苍爱

中国财富出版社

图书在版编目（CIP）数据

苦爱 / 万贤滋著 . —北京：中国财富出版社，2019. 5

ISBN 978 -7 -5047 -6901 -5

Ⅰ. ①苦…　Ⅱ. ①万…　Ⅲ. ①长篇小说—中国—当代　Ⅳ. ①I247. 5

中国版本图书馆 CIP 数据核字（2019）第 087397 号

策划编辑　寇俊玲　郝婧婕　　责任编辑　齐惠民　李小红

责任印制　梁　凡　郭紫楠　　责任校对　刘瑞彩　　责任发行　张红燕

出版发行　中国财富出版社

社　　址　北京市丰台区南四环西路 188 号 5 区 20 楼　　邮政编码　100070

电　　话　010 -52227588 转 2048/2028（发行部）　010 -52227588 转 321（总编室）

　　　　　010 -52227588 转 100（读者服务部）　010 -52227588 转 305（质检部）

网　　址　http://www. cfpress. com. cn

经　　销　新华书店

印　　刷　北京京都六环印刷厂

书　　号　ISBN 978 -7 -5047 -6901 -5/I · 0291

开　　本　710mm × 1000mm　1/16　　版　　次　2019 年 6 月第 1 版

印　　张　16　　印　　次　2019 年 6 月第 1 次印刷

字　　数　238 千字　　定　　价　48. 00 元

自 序

《苦爱》这部书稿，2017 年上半年接近完成，后因故搁置下来。

2018 年春天到了，大地回暖，万物复苏，花草飘香，大自然一片欣欣向荣的景象。受大自然美好季节的感染，我心情逐渐向好，便把书稿拿出来。重读书稿，有一种初作时没有过的感叹与冲动。

男女主人公在处理婚姻、家庭、社会等纷繁复杂的矛盾时，敢于破除世俗偏见。面对家庭和社会舆论的重重压力，他们自信守节、相依相扶、不屈不挠的精神，在我脑海里萦绕，挥之不去，使我产生了一种割舍不下的情怀，使我不得不鼓起勇气完成这部小说的写作。

这部书稿是否成书，心里很是犹豫——成书的后续工作，必然要耗费一定的精力，怕力不从心；如果束之高阁，将前功尽弃，实在又不甘心。再三斟酌之后，决心把它整理出版，献给亲友和你。这也许是“敝帚自珍”在潜意识中的反映。

为了一个心愿，在整理修改过程中，以“跨时空、跨地缘 + 作者主观意识”的方式，增写了一个正直、善良、憨厚、勤俭且有佛缘的“小人物”——石瑞。但愿是水乳交融之笔，而不是画蛇添足。

“苦爱”是大爱，男女主人公将这种爱渗透在了社会生活之中。

万贤滋

2018 年 5 月

目 录

楔　子

冷玥和他的故事很平凡。似乎发生在昨天、今天，发生在你和你周围熟悉的人身上。

她像一坛陈年美酒，把尘世中的真与假、善与恶、美与丑酿在其中，醇香四溢，沁人心脾，使你在不经意间品味出市井百态。

她像一张记录着一对患难情侣人生经历的素纸，字里行间浸透着悲苦、大爱、辛酸、欢乐……

第一章

K 县的古槐镇，三面环山，因镇中有一棵古槐而得名。镇的西面比较平坦，受山上泉水的冲击，这里形成了一个水潭。潭水终年不竭，养育着镇上百姓。镇上居住着手工业者、商人、农民……虽不十分繁华，却是周边山民的商品集散地。这里的人们憨厚、朴实，过着日出而作、日落而息的较为闲适的生活。

镇上有个小有名气的面点手艺人，姓冷，名秋，是从深山里迁徙来的。妻子桂氏，名巧，除承担家务外，还帮助丈夫照料生意。夫妻俩过着相濡以沫、夫唱妇随的生活。他们生活中也有缺憾，年近四十尚无子嗣。在当时比较封闭的社会，除了求神问卜，别无他法。

1923 年，有个远房族弟老九，对冷秋说："秋哥，我听说县城的仁济诊所，有个叫秦宜岚的女医生，人称'送子观音'，对妇女病的治疗有独特之处，你和嫂子何不去瞧瞧?"

冷秋听了摇摇头："兄弟，生儿育女之事是命中注定的，不可强求，看医生不管用。"

"秋哥，管不管用看了便知，说不定有奇迹出现。"族弟力劝冷秋。冷秋道："让兄弟费心了，我和你嫂子商量商量。"

晚上休息的时候，冷秋便把族弟的建议告诉了妻子。妻子求子心切，便极力劝说丈夫："族弟说的这个医生，我也听说过。如果你不反对，我们去一趟县城探探虚实。"冷秋知道了妻子的态度，也就默许了。

冷秋和妻子择了一个吉日，赶往百里之外的县城，经过路人指点，在东门找到了仁济诊所。秦宜岚和丈夫丁济才开的这家诊所，已悬壶十五年，颇有名气。见一个女医生忙着接诊病人，冷秋便上前拘谨地问："您是秦医生吧?"

秦宜岚抬头望着问话人："是啊，看病是吗?"

"是的。"冷秋拉着妻子，"我内人有病求医，特来找秦医生的。"

"好，好……"秦宜岚边观察身边患者的病情，边回答，"你们稍等一会儿，前面还有两位候着呢。"

二人等了约一个时辰，终于轮到了。秦医生听了他们对病情的陈诉，仔细询问了与生育有关的细节，切脉后，便对桂巧说："你的病沉积太久，治疗时间比较长，不知你有没有这份耐心?"

桂巧慌忙抢着答道："有，有。只要有希望，不管时间长短。"

"好。你们住哪里，离县城远吗?"

冷秋回答说："路远没关系，我们不怕辛苦。"

"要是这样，先开半个月的药回去吃。半月后再来复诊。"随后，秦宜岚又向他们嘱咐了在生活起居方面的注意事项。

夫妻二人付费拿了药，对秦宜岚千谢万谢，带着希望与兴奋，连夜赶回了古槐镇。

经过秦宜岚的精心治疗以及夫妻俩积极主动的配合，半年以后，奇迹果然出现——桂巧怀孕了。冷秋高兴之际，带了一筐鸡蛋到县城向秦医生报喜。秦宜岚很高兴，交代说："你妻子是高龄产妇，有危险性，最好到县里来分娩。"冷秋犹豫片刻应道："好，听医生的。"

在桂巧怀孕期间，冷秋把妻子当宝贝护着，不让她干重活儿累活儿。桂巧在临盆前，对丈夫说："秋，我做了一个奇怪的梦，梦到一个月亮撞到了我的怀里。"冷秋听了憨厚笑道："好兆头，好兆头!"他反常地把妻子搂在怀里……

桂巧经过十月怀胎的辛苦，将要分娩的时候，她和丈夫雇车到了县城。经过秦宜岚的精心护理，桂巧于1925年秋平安生下一个女婴。孩子满月之前，桂巧要丈夫给孩子取名字。冷秋只是初通文字，想不出什么特别文雅的称谓，他突然对妻子说："有了。"

"有什么了？"

"你在怀孕时，不是梦到月亮撞到了你的怀里？就叫'月'。"桂氏也同意了。

孩子满月这天，夫妻俩把能想到的亲朋都请来了，邻里、同行也都赶来祝贺。冷秋的小院子里，一时间充满了欢声笑语，祝福声不断。这是冷家从来没有过的热闹景象。小冷月的名字，在亲朋邻里间叫开了。

冷秋两口子视冷月为掌上明珠，劳作空闲时，都围在小冷月身边哄逗她。冷月一周岁时，已经长得像精灵一样美丽，玲珑乖巧，人见人爱。一日闲暇时，桂巧说："秋，跟你商量一件事。我们应该带小月儿去趟县城，感谢感谢秦医生。"

冷秋听了，点头赞成："这是应该的。小月儿是秦医生赐给我们的。"

冷秋他们择了一个天气晴朗的日子，买了当地最有名气的土特产，带着小月儿到了县城。秦宜岚见到小月儿，赶紧抱着，左瞧瞧，右看看，像欣赏一件艺术品一样，爱不释手，高兴地说："恭喜你们！"又问道，"取了名字没有？"

冷秋把取名字的事对秦宜岚讲了。她听后好奇地问："有这种奇事?！这小月儿的来历不一般。"

随后，秦宜岚和丈夫执意要留他们吃晚饭。他们再三辞谢，但经不住主人的诚意挽留，便在丁家住下来了。秦宜岚为了款待冷秋夫妇，一个下午没有坐诊，她准备了丰盛的晚餐。席间，秦宜岚看着小月儿，感叹道："我们要是有这样一个漂亮的女儿就好了。"

"秦医生不是有两个儿子吗？"冷秋随意说，"儿子比女儿有出息。"

"不！女儿比儿子贴心。"

桂巧望了一下丈夫，腼腆地说："既然秦医生这么想要个女儿，就让小月儿做您的干女儿吧，不知您是否愿意？"她觉得自己高攀了。

秦宜岚与丈夫喜出望外，同声说：“那好呀！我们就认了这个干女儿。”

散席后，秦宜岚与丈夫耳语了几句，她看丈夫点头了，便到房里取出一个锦盒，走到小月儿面前，笑容可掬地说：“小月儿，干爹干妈没有什么贵重的东西给你，给你一块‘平安’玉，祝小月儿健健康康成长。”她随即取出玉，戴在小月儿的脖子上。冷秋从来没有经历过这种场面，不知说什么好，连连说：“小月儿托你们的福了……”

冷秋他们在丁家宿了一夜，第二天准备起程回古槐镇。走的时候，丁济才以商量的口气说：“大哥，嫂子，我有一个想法，能不能给小月儿的‘月’字加一个‘王’字旁（很多“王”字旁的字都与美玉有关）？”

冷秋觉得他们都是有学问的人，说的话一定不会错，便连连应允：“好，好。”他又问道，“加了什么旁还念‘月’字吗？”

“是的，是的，只是更符合梦中的意境了。”

这是冷月的“月”变成“玥”的原因。

丁、冷两家相约，要像亲戚一样往来……

第二章

冷玥长到五六岁，已是一个美人坯子了——一张秀丽的瓜子脸，白皙娇嫩的肌肤，明亮圆圆的大眼睛，鼻子周正，身材匀称，比同龄儿童高出一截，身上散发出一种独特的清香。街坊四邻无不啧啧称赞。冷秋看在眼里，喜在心里。为了让小玥儿不走自己辛劳的老路，将来有个好前程，尽管家庭并不富裕，她的父母还是把她送到了镇上一所私塾读书。

冷玥在私塾学习期间，悟性很高，加之勤奋，一年的时间读了《三字经》《百家姓》《女儿经》《增广贤文》等启蒙读物，并能熟背主要章节，深得先生的喜爱。这位老先生姓章，是镇上的一个儒生。他对冷秋说："令爱是个可造之材，应该到县城找个高级学馆去深造。"冷秋听不懂先生文绉绉的话，只得说："先生，您的意思是不教冷玥了？"章先生知道他曲解了自己的话，便用乡村俚语进行解释，这才让冷秋有所领悟，他连忙说："冷秋是个粗人，对先生的话曲解了。谢谢先生。"他踌躇了一会儿，为难地说，"先生，冷玥太小，我们在县城又无亲戚朋友，恐怕要辜负先生的好意。"

章先生连忙说："我是怕浪费冷玥的光阴。我的意见，只供你们参考。"

章先生说的话，冷秋对桂巧讲了，桂巧灵机一动说道："秋，既然先生这样看重我们的小玥儿，一定是小玥儿有读书的天分。这事找她的干爹干妈说说，听听他们的意见。或许他们能想出好法子。"

"不可，不可……"冷秋随即否定，"小玥儿是我们的心头肉呀，说什么也不能让她离开我们。”

冷秋的话也触动了桂巧难离爱女之心，桂巧也就默然了。

关于小玥儿到县城读书的事，没了下文。

1935 年 9 月的一天，丁济才对妻子说：“宜岚，再过几天就是冷玥的十岁生日，大哥来请过我们，咱们是不是应该送份贺礼。”

“应该，应该。”秦宜岚回答说，“大哥夫妇多次请我们去古槐镇做客，只因路途遥远没有成行。我们有一年时间没有见到冷玥了，很是惦记。此次下个决心去一趟冷家，不知你意下如何?”

“这……”丁济才面有难色，“去是可以。只是诊所无人照应，怕耽误病人。”

“我也想过。我去找父亲商量商量，请他老人家过来照应几天，具体事情要德轩多做。”

“这个主意可以，只是辛劳老人家了。”

二人统一意见后，秦宜岚去请了父亲。

秦宜岚家悬壶济世历经四代，她的父亲是当地著名的中医，名扬周边乡里。丁济才是她父亲的得意门生，主攻心血管内科。秦宜岚从小跟随父亲，广读医书，潜心钻研妇女杂症。他们结婚后，独立开了诊所，父亲虽然年事已高，仍然在家授业带徒，对特地上门求医的病人也接诊。

那个叫德轩的人，是她父亲的关门弟子。

第三章

丁氏夫妇经过一番准备后，在冷玥十岁生日那天，突然出现在冷家小院。冷玥第一个发现，欣喜若狂地上前把秦宜岚抱住："干妈，见到你和干爹，小玥儿高兴死了。没想到你们那么忙，还能到古槐镇来。"冷秋两口子也很意外，连忙上前热情迎接："真想不到，二位先生能在百忙之中抽空参加小玥儿的十岁生日宴。只是地方小，房屋也简陋，委屈你们了。"丁氏夫妇放下礼品，秦宜岚很谦卑地说："大哥和嫂子什么事都把我们放在心里，只是我们来得太少了。小玥儿的十岁生日要是不来，你们不怪罪，我们也要责备自己寡情。"

丁氏夫妇的到来，给冷玥的十岁生日增添了不少光彩。镇上的许多人都跑来看热闹。有些不孕妇女在冷玥的生日宴结束后，想通过冷家的关系找秦宜岚看病。冷家不想给秦宜岚带来麻烦，总是借理由推托。有些求诊的妇女看到冷家的态度就都先后离开了。只有镇上一户农民的媳妇，磨蹭着不肯走。桂巧把她拉到房里劝道："妹子，我知道你家人为你生娃的事揪心，可是秦医生是来做客的，我不好开口呀。"

"嫂子，你是过来人。生不出娃，我在家里的日子不好过。公婆对我头不是头脸不是脸的，狗娃成天唉声叹气。"

"你最好和狗娃商量一下，到县城去找秦医生。"桂巧出了主意。

"我们也想过，可是家里穷，公婆认为生娃不生娃是我命中注定的，不同意花钱。"

桂巧为难了："这……这……"

她们的谈话，被在隔壁房间休息的丁氏夫妇听到了。第二天，秦宜岚问桂巧："嫂子，昨天是不是有人想找我看病？"

桂巧只好如实说了。秦宜岚思忖了许久，说："我和她干爹商量过了，把回县城的时间推迟两天。你现在去把昨天说话的那个妇女请来，我给她看看。"

桂巧喜出望外："您真是菩萨心肠，我这就去。"不一会儿，桂巧把那个女人带来了，女人很腼腆。秦宜岚把脉问诊后，对女人说："你去把你的丈夫叫来，我有话问他。"

女人去了一会儿，带来了她的男人。秦宜岚问了一些男女间的隐私，男的不肯配合，跑了。秦宜岚对那个女人说："你不能怀孕，不一定是你造成的。说不准你丈夫有很大的责任。我建议你带你的丈夫到县城天主教会医院去检查，他们有比较先进的检查方法。"

女人为难了："医生，我们家穷，没有钱跑到县城看病。"她又反问，"医生，女的不生娃，怎么会与男的有关系呢？"

秦宜岚不好回答了，只得说："我说了你也不懂，你还是回家与家人商量商量吧。"

女人满腹疑惑而失望地离开了。

丁氏夫妇在冷秋家接诊病人的消息不胫而走，这成了这个闭塞小镇上的新鲜事，求医问诊的人络绎不绝。一时间冷家门庭若市。

第三天是丁氏夫妇预定回县城的日子。头一天，冷家把镇上最好的厨师请来，做了一桌丰盛的晚餐，为丁氏夫妇饯行。席间，秦宜岚问道："你们镇上有没有医院或诊所？"

"没有什么医院，只有几个凭自学有点本领的医生，头疼脑热这样的小病尚能看看，生娃这种病都是靠求神问卜。"冷秋回应。

"昨夜，我和先生商量，能不能让小玥儿跟着我们学医，将来回到镇上给镇上人看病？一来能让小玥儿学到一技之长，受用终身；二来也能解除镇上百姓看病的困难。不知大哥大嫂意下如何？"

冷秋听了，摇摇头："一个农村女娃，没有什么见识，不成，不成!"

"我听你们讲过，小玥儿很聪明，记忆力特别好。我私下考过她，确实如此。她学医是有前途的。"丁济才说了小玥儿的有利条件。

冷玥在一旁听得心花怒放，拉着她爹娇情起来："爹，让我跟干爹干妈去吧，县城比这里好玩儿。"

"你就知道玩儿!"桂巧怒视着女儿，"你干爹干妈是要你去学医的。那医书多深奥，你读得懂?"

"我能读懂。《幼学琼林》我都能背下来。只要我认真学，医书也一定能背下来。"她顽皮地笑了，"我学好了给您治病，给镇上的人治病。"

冷玥把在场的人说笑了。秦宜岚对丈夫说："先生，让大哥他们考虑考虑，一切由他们做主。"

丁氏夫妇走的那天，冷秋他们一家还有很多乡邻赶来送行。丁氏夫妇说了些感谢的话就起程回县城去了。

冷玥学医的事被搁置下了。

第四章

冷玥的十岁生日过去了近两年，在这段时间里，她没少跟父母吵过、要求过。冷氏夫妇总是以她人小不懂事为由批评她。冷玥去县城没去成，却在镇上引起了议论。有人惋惜："这么好的事，不知冷秋他们是怎么想的。"

"独生女，舍不得嘛。"隔壁的尹嫂说，"也是，女娃读的书再多，还不是别人家的人？"

"尹嫂，你这话不对。女娃有了本领，何愁招不来一个'驸马'？"柳大爷反驳了她。

冷玥上县城学医的事，传到冷秋的一个叔爷那里。叔爷是个有文化的人，在族人中有很高的威望。他不顾年高，步行五十多里的山路来到古槐镇。冷秋见叔爷来了，很是意外，热情招呼："叔爷，您老想来镇上，捎个话我去接您呀。"桂巧赶紧给叔爷冲泡了一杯热茶："叔爷，您喝茶。您累了，我去做饭。"

叔爷歇了一会儿，气已经喘匀了，示意冷秋坐下："我今天来是有件事问问你。"他喝了一小口茶，"听说小玥儿的干爹干妈要小玥儿去县里学医，是不是有这个事？"

冷秋一下愣住了，心想：这事怎么让他老人家知道了？便回道："叔爷，这是一年多以前的事了。您放心，我们是不会让小玥儿到外面抛头露面，败坏门风的，我们不会的！"

叔爷怔着问："我是这个意思吗？"

“这……”冷秋不知叔爷葫芦里卖的什么药，一时愣着不知说什么。

“我是听到这个信儿才来找你们的。”叔爷稍微停顿了一下，“秋，你怎么这样糊涂！多好的事让你耽搁了。”他摇摇头，“可惜！可惜！”

冷秋明白了叔爷的意思，回道：“当时我想，小玥儿是个女娃，年纪又小，所以……”

“所以什么？”叔爷打断他的话，“女娃怎么了，过去还有女状元、女诗人、女词人哩！十一岁还小吗？甘罗十二岁小不小，他不是当了丞相？”

当着叔爷的面冷秋尴尬得不知所措，只好沉默。

叔爷又说话了：“秋，我们冷家没有一个出人头地的后生，小玥儿如果修成了正果，那是冷家的大幸，是光耀门庭的事儿。你不要糊涂了，赶紧把小玥儿送到县里她干爹干妈那里去，不要再耽误她的前程。”

“叔爷，让我和您孙媳妇商量商量再回您的话。”

“怎么，叔爷说话不灵验了？”叔爷有点生气，“那好，我就坐在这里等着，等你回话了我再走。”

“叔爷，是我不懂事，惹您生气了。听您的，我准备准备，过几天把玥儿送到县城去。”

“那就这么定了。”他起身说道，“我就不耽误你的事了。”叔爷说完就要走。

“叔爷，您这么远来一趟不容易，总得吃顿饭再走。”冷秋诚心挽留。

“不，不。族里还有事等着我。”他走了几步回身叮嘱，“最近几天，你一定要和小玥儿去县里，委托丁医生他们把她管好。”

“是，是……”冷秋看挽留不住，给叔爷装了几个现成的面点，又把老人送出了镇子口。

冷秋送走了叔爷，回到屋里与妻子商议：“巧，叔爷说的话你都听到了？你是什么想法？”

桂巧沉着脸说：“叔爷的话没错，只是……”她的眼泪流出来了，“只是小玥儿太小，我不放心。”她停顿了一下，“我们身边只有一个小玥儿，舍不得!”她抽泣起来。

冷秋虽然对叔爷许诺了，心里却是七上八下的。他也舍不得冷玥离开。只得说：“问问小玥儿，她要是真心想去，我们只有狠心点儿让她去了。”

桂巧点点头：“听小玥儿的。”

那天，桂巧做了玥儿喜欢吃的菜，吃晚饭的时候，桂巧净往玥儿碗里夹菜。吃完晚饭，冷玥觉得爸爸妈妈今天有点不对劲，于是问：“爸、妈，今天怎么了？看玥儿的眼神怪怪的。”

冷秋问：“玥儿，你想不想去县城跟干爹干妈学医?”

“想!”她反问，“你们不是不让我去吗?”

冷秋拍拍女儿的头：“爸妈想清楚了，女儿长大了总是要飞的。早点飞早点翅膀硬，早点有出息。爸妈只是舍不得你离开我们。”

冷玥听了，心里一阵高兴，可一想到要离开古槐镇，离开父母，忽然犹豫起来：“爸妈真同意玥儿去县城，玥儿……”她说不出自己的心情。

“你是不是不想去了?”桂巧问。

“是……不是……”她说得颠三倒四。

“到底是还是不是?”冷秋追问。

“不是。只是舍不得离开你们，离开古槐镇的小伙伴。”

冷秋想起了叔爷“光耀门庭”的叮嘱，为了冷玥的前途着想，他知道他不能顺着她的话说下去，说道：“玥儿，到县城有干爹干妈护着你，也能结识很多小伙伴。最重要的是能学到为乡邻治病的本领。我和你妈也会经常到县城去看你。”

冷玥内心极其矛盾地抱着妈妈哭了……

经过几天的准备，在父母的护送下，冷玥恋恋不舍地离开了古槐镇……

第五章

冷玥到县城后，丁氏夫妇对她视如己出，百般呵护。秦宜岚亲自为她制订学习计划，让她从《汤头歌》学起，培养她学医的兴趣。冷玥逐渐适应了陌生的环境，她确有非凡的记忆力，只要学过的东西，她都能做到有问必答。秦宜岚高兴之余对丈夫说："小玥儿是个可造之材，我们要用心把她培养出来。"

"嗯。"丁济才回应说，"从现在开始，要有意识地提升她的专业知识水平，培养她的实践经验。你可以带她坐诊，教她如何切脉、望色……"

"你说培养的重点是什么？"

"当然是妇科。"

"我同意你的意见，又不完全同意你的意见。要从多方面培养她，因为她终究要回到家乡去为老百姓治病，单科是不能适应的。"

"是这样，是这样。"二人的意见达成了一致。

光阴如白驹过隙，冷玥到县城快两年了。正当冷玥的学习和生活步入正轨的时候，局势发生了突然的变化——K 县在 1938 年落入日本侵略者之手。

丁氏一家极度恐慌，远在百里之外的古槐镇也动荡不安。冷秋和妻子商量后，决定去县城探个虚实，把冷玥接回来避乱。冷秋在中途遇到了逃难的人群，他踌躇了一会儿，然后问一个上了年纪的逃难者："大哥，县城怎么样？能进城吗？"

"你想进城？那是找死。日本人见人就抓，稍一不慎就……"那人做了一个手势，“一刺刀捅死了。”

冷秋听了这个恐怖的消息，对丁家及冷玥更是担心，决心去碰碰运气。他走到离县城不远时，遇到一队拉夫的日本兵。他打算逃走，可运气不佳，还是被逮着了。日本人把他和一群被捉到的人，用绳子连着，带进了县城。他们被带到一处修碉堡的工地，日本人用皮鞭强迫他们劳动，两天下来，饥饿和寒冷时刻威胁着这些人的生命。第三天，日本人将冷秋等人转移到县郊的一处工地。由于看管的日本人少，人群中有人带头高呼：“等着死不如杀几个鬼子再死。”这时人群激愤，大家拿起手中工具砸向日本人。一时间工地大乱，冷秋乘机逃走了。这次事件有记载，K县县志称这次事件为爱国行动，带头向日本人发难并牺牲了的这位农民，被追授为“爱国志士”。

冷秋沿着小路和荒野，走了两天才回到古槐镇。桂巧见丈夫狼狈的样子，知道遇到了麻烦，赶紧烧水煮饭。冷秋没有精力说话，对妻子的询问沉着脸一声不吭。冷秋简单洗漱整理了一下，狼吞虎咽地把妻子做的饭菜吃了个精光。他坐了一会儿，长长地舒了一口气，才把整个经过讲了。桂巧听了吓出一身冷汗：“好险哪！祖宗保佑你捡了一条命回来。”

桂巧对丈夫能活着回家感到庆幸，却又不免担忧起冷玥来：“秋，秦医生一家和冷玥会不会遇到什么危险？”

“县城里一片混乱，日本人到处拉夫抓人，时不时能听到枪声，有人说那是在杀人。一想到这些，真后悔让小玥儿去县城学医。”冷秋很是自责。

“你不要责怪自己。谁知道日本人会来中国杀人放火？”桂巧安慰了丈夫，又说，“现在最要紧的是想法子把小玥儿接回来。”

“唉，想什么法子……有什么法子可想？”

夫妻俩忧心忡忡地议论来议论去，没有议论出一个好办法来……

日本人占领K县县城后，奸掳烧杀了一阵子，强迫民夫在县城的东、西、南、北方位修了四个碉堡。他们觉得“统治”的根基稳固了，开始实施“以华制华”政策。一些汉奸走狗，为虎作伥，成立了维持会、警察局之类为日本人服务的机构，县上的秩序略有好转。

丁氏夫妇的仁济诊所长时间停诊之后，也开始接诊主动上门求医的病人。一天，丁济才一家正准备吃晚饭，突然闯进一个带着翻译的日本军官。秦宜岚机警地拦住从后屋到前厅的冷玥，把她拉到一间暗室里藏起来。日本人由于胃疼得厉害，没有注意屋里的人，丁济才赶紧把他们引到了诊室……事后，秦宜岚对丈夫说：“先生，县城在日本人统治下，他们什么坏事都干得出来，刚才发生的事好后怕！现在最担心的是小玥儿。她是一个女孩，长得又特别惹人喜爱，最容易招惹麻烦。真的出了什么意外，我们不仅对不起小玥儿，对她的父母也不好交代，最好送她回家去躲一躲。”

“你所担心的何尝不是我所担心的。”丁济才紧锁眉头想了一会儿，“小玥儿通过两年的学习，进步惊人，是个可造之材。如果让她终止学习，可惜得很！但时局险恶，又不得不狠下心来，无奈呀！”他望着妻子，“你去找小玥儿谈谈，尽量让她明白道理，了解我们的苦心。”

秦宜岚答应了：“我去找她谈。”秦宜岚晚饭后把冷玥叫到自己的卧室，对冷玥说：“玥儿，干妈找你来是问你——日本人来了你怕不怕?”

“怕！他们到处干坏事，无恶不作。”冷玥突然明白了，“干妈，您是不是担心我呀?”

“是的。日本人天天在县里作恶，对女子的威胁最大。我和你干爹商量了，想送你回古槐镇去暂避一时。那里是山区，离县城又远，日本人很难去骚扰，比这里安全。”

冷玥听后哭了：“干妈，我不回去。玥儿学得正有兴趣，不愿放弃学业，何况我只有十三岁呀。”

“玥儿，你的心情干妈理解，我们也不愿意放你走。”她又开导说，“日本人做坏事是不照顾年龄的，你长得又比同龄人出众。”

“不，不……”冷玥噘着嘴一个劲儿地抹泪。

秦宜岚耐心劝说："玥儿，你是暂时离开我们，时局一好转我们再把你接回来。"

冷玥此时思想斗争非常激烈，她沉默着。二人僵持了一会儿，冷玥问："干妈，我回古槐镇，就学不成医了，您不是要玥儿学了本领给乡邻治病吗？"

"玥儿，你可以把你学过的或没有学过的启蒙医书带回去，继续你的学业。自学时把不懂的条文记下来，我和你干爹有机会到古槐镇去，再一条一条教你。"

冷玥的思想松动了，提出要求："干妈，能不能把你们平时看病的医案选重要的让我抄一遍？"

秦宜岚为难地说："玥儿，中医的治病处方不是一成不变的。你拿回去了也不能套用。如果完全照医案给人治病，那会出危险的。"

"干妈，玥儿懂。玥儿回去又不给人治病。"她解释说，"我只想把你们的医案和医书做个比较，从中学点经验。"

秦宜岚没想到冷玥有这份情怀，高兴地允下了："可以。但一定不能照医案给人治病。"

"干妈放心。玥儿虽然年幼，但知道做医生要讲道德。"

秦宜岚觉得玥儿的思想工作已经做通了，便说："玥儿，我和你干爹的医案有厚厚的好几本，你要抄到什么时候？"

"玥儿选重要的起早贪黑抄，十天半月总可以的。"

秦宜岚把和冷玥的谈话结果告诉了丈夫，丁济才说："难得玥儿对学医这般钟情。"

"先生，还有一件事你考虑过没有？"

"什么事？"

"我是想，将来冷玥在县城住下了，能不能和俊儿联姻？"俊儿名丁世俊，是他们的小儿子，年十七，现在在省城高中读书。

丁济才摇摇头："现在局势这么乱，不谈这个，不谈这个。"

秦宜岚听了丈夫的意见，说：“不谈，不谈……”

经过近半月的准备，丁济才瞅准了一次送病人回家的机会，雇了一辆马车，要冷玥女扮男装，带着出诊箱。丁济才嘱咐冷玥：“玥儿，过哨卡时你要装成哑巴，不能说话，有什么问话干爹来应付。”

“玥儿知道了。”

丁济才选择了比较僻静的西门出城。西门只有几个警察把守。守卡人示意他们停车检查。丁济才立刻下车，对检查的人说：“杨树沟一个患痨病的病人快不行了，我们要把她送回去，请兄弟行行好。”

守卡人听说是患了痨病的人，连忙捂着嘴说道：“一个一个下车检查。”他见冷玥没有反应，恼怒地吼道，“你听到没有!”冷玥还是一动不动。丁济才马上回话：“兄弟，他是病人的儿子，一个哑巴，听不到。”守卡人上前拉了一把冷玥，又仔细瞧了瞧：“怎么看着像个女娃?”丁济才掏出一块“袁大头”：“兄弟，病人耽搁不得，怕拖不到家。”

守卡人看了一眼车里，一个妇人盖着一床破被蒙着鼻子和嘴在呻吟，他接过银圆：“快走，快走！晦气!”

丁济才连连称谢赶紧出了城……

冷玥回到古槐镇后，在两年的时间里，把带回的医书、医案反复读了许多遍，有的章节已经背得滚瓜烂熟。但她总是觉得缺少什么。后来，冷玥明白了——治病实践。不能接诊病人，怎么能有治病的经验呢？她冥思着……一天，她发现母亲用手在腹部反复地揉，便问：“妈，哪里不舒服?”

“不碍事，可能是东西吃多了肚子胀。好长时间总是不想吃油腻的东西。”

“我给您看看。”她拉住妈妈的手。

“你看什么？一个小孩子家。”桂巧拒绝了。

“看一下有什么关系?”冷玥强行给她妈切了一会儿脉，又看了舌苔，对她妈说，“妈，您可能是肝上有问题，属于肝气郁结，要疏肝理气。”

“什么肝什么气，妈不给你做试验。”她不相信女儿的话。

冷玥想了一会儿：“妈，我去请教一下东街的沈郎中，给您弄几味药来治治。”

桂巧不置可否地说：“随你便。”

冷玥根据所学知识，到东街一家中药店买回来一些药，哄着她妈：“妈，这是沈郎中给的药，您吃了试试，看有没有效果。”

桂巧埋怨冷玥：“乱花钱。”但还是把她买回的五剂药吃了。几天过去了，桂巧的病情果然有好转。冷玥加减了几味药，让桂巧又吃了五剂。之后，桂巧的脸色红润起来，精神也好了起来。一天，桂巧在街上遇着了沈郎中，说：“沈郎中，多亏您的几剂药把我的病治好了，您看我多精神，谢谢您。”

沈郎中一头雾水：“你吃了我的什么药？你有什么病？”

“不是……不是我女儿找您抓的药？”

沈郎中明白了，阴阳怪气地说：“桂嫂，你的女儿有出息，真有出息……”沈郎中说完便走了。

桂巧似乎明白了什么，回家问冷玥：“玥儿，你给妈治病的药是哪里弄来的？”

冷玥知道露了馅儿，笑着说：“药是谁给的不重要，只要有效果。”

“你把妈当什么了？你想谋害妈？”桂巧心里很是骄傲，却故意气恼着说。

“妈……”冷玥撒娇说，“玥儿是一片好心，也是想试试学的东西管不管用。”她又反问，“妈，您说管用不？”

桂巧一脸笑意：“你这是‘瞎猫碰到死老鼠’，再不准你胡闹了。”

“是，是，玥儿再不胡闹了。”她笑着一把抱住了桂巧。

冷玥给她妈治病后，心更“野”了，一发不可收拾。她虽然不敢主动接诊病人，但如果街坊四邻、同学中有人病了，只要她知道了，总想去实践实践。一般的只是说说，关系好的还写个处方。时间一长，积累了一些实践经验，时有一些患头疼胃痛等小病的患者找她询问。这个偏僻小镇上的人对她有了印象，都知道冷家的小姑娘能够治病。

时间到了1942年，镇上不知什么时候来了一个装神弄鬼的游医，他在地摊上摆了一些瓶瓶罐罐，什么“神仙散”“增寿膏”“祛病贴”……一天，冷玥去找章先生路过这里，见一群人围着地摊。一个年轻女子搀着一个老妇人在与游医理论：“你说我奶奶身上有邪气，保准五天治好，诓了我家两块银圆。你瞧了十天，奶奶被你越治越没有精神。”

游医红着脸争辩：“谁人治病能跟你保证？姑娘，你奶奶身上邪气重，要慢慢来。”

在人群中看热闹的冷玥问了年轻女子看病的经过，又问了老奶奶的病情，站出来说：“先生，这位奶奶身上是什么‘邪气’？您能说个明白吗？”

游医见是一个女孩质问自己，不屑地说：“小姑娘，你懂什么？一边儿去！别在这里生乱。”

冷玥被激怒了：“您瞧的什么病？不切脉，不问病情，笼统说是‘邪气’，您能治好病才怪呢。”

“我不能治好病，你能治好病，你治治试试！”游医根本看不起冷玥，恼怒地激她。

“您把老奶奶的两块银圆退了，我来治！”冷玥被游医激得放肆起来，说了一句收不回的话。

游医不曾想“半路杀出个程咬金”，一下子怔住了，脸红一阵白一阵。这时人群骚动了，你一言，我一语，有人支持冷玥，有人怀疑冷玥，还有人觉得她不知天高地厚。有一点是统一的——要求游医退钱。

游医此时十分尴尬，急忙收拾摊子想溜。有个青年站出来拦住游医：“你不能走，必须把钱退给这位奶奶。”人群中附和着：“退钱！退钱！”

游医被群众逼得无法脱身，掏出了两块银圆摔在地上，对冷玥狠狠瞅了一眼：“小姑娘，你狠！算你狠！！”提着瓶瓶罐罐悻悻地走了。

多数看热闹的人走了，留下几个想看个究竟的人。此时的冷玥惶恐起来，她知道自己惹祸了。那个青年走到她的面前："姑娘，你对治奶奶的病有把握吗？"他见她不语，鼓励她道，"我听说过你，你叫冷玥，给乡邻们治过病，你要有信心。"

冷玥听了男子的话，很受鼓舞，一脸羞涩："先生，你怎么知道我的名字？"

那个青年笑着说："古槐镇有多大？你冷玥有点名气哩，我能不知道？"

他看她红着脸瞧着自己不语，便自我介绍："我家住东街，家父叫殷道全，我在A县教会学校读书，名昌烈。我们算是相识了，以后多多交往，互相照应。"

冷玥听了不置可否，红着脸沉默了一会儿，随后对那个女子说："你和你奶奶到我家里去。"她领着祖孙俩离开了现场。

冷玥领着她们回到家里，冷秋夫妇不明究竟，见是跟着女儿来的，便热情招呼："稀客，稀客！"

冷玥对病人进行了切脉、问诊、观色等，对祖孙俩说："老奶奶畏寒，手脚冰冷，夜里尿频，舌苔白，周身乏力，这是肾阳虚的表现。因为老奶奶的病拖得太久，治疗需要时间。"

女子疑惑地问："是真的吗？你能不能治好？"

"这种病是可以治好的。我先开几剂药，吃完了再来看。"冷玥拿出纸笔，思考起组方来：病人身体虚，不能用鹿茸之类的猛药，便开了肉桂、熟地等十二味温补肾阳的药。她把处方交给病人，交代说："你们到东街药店去抓药。"

祖孙俩走的时候连"谢谢"都没有说一声，因为她们对冷玥的能力表示怀疑。冷秋知道了真相，恼怒地问冷玥："玥儿，你给人治病了？"

"是的。"冷玥便把整个经过说了一遍，接着道："玥儿是荒唐了一点，但玥儿被逼得不得不赌上这一把。"

"我问你，"冷秋担心起来，"要是你医不好老人家的病，或是医出个什么好歹来，你怎么向她的家人说?”

冷玥听了父亲的话也后怕起来：“这个……当时只是和游医赌气，没有想过后果。”她又安慰父亲，“您要相信女儿，不会有问题的。”

冷秋无奈地哼着说：“相信，相信……”

冷玥忐忑不安地过了七天，患者与她孙女满脸笑意找来了，见了冷玥就说：“小姑娘……不，先生，你的药还真有效。你看，我的脸色好看多了，也有精神了。”

冷玥也高兴起来：“老奶奶，您觉得药有效，我心里的一块石头也落下了。”她又认真给老奶奶看了病，问了饮食方面的情况，在原处方的基础上加减了几味药，对老奶奶说：“您的病还要继续看。我在药方里加了健胃消滞的药，吃了会增加食欲。”她把药单递给了老奶奶，“调理饮食很重要，想吃东西了身体自然会好起来。”

这个病人经过冷玥两个多月的治疗，病好了一大半，能在家干些轻活儿了。她的家人为了感谢冷玥，敲锣打鼓给她送了一面锦旗，锦旗上写着“妙手回春”四个大字。这件事在这个缺医少药的山区小镇引起了不大不小的轰动，镇上的人们争相传颂：冷家的玥儿还真能治病。冷玥一下子被推到了进退维谷的境地：乡邻们找上门来，是应诊还是推卸？她和家人十分为难。她毕竟学识有限，经验甚微，从根本上讲还不具备当医生的资格；找上门的人都是邻里乡亲，拒诊又放不下情面。就这样，冷玥半推半就当起了医生：既不挂牌应诊，也不拒绝有人求诊。她本着一条原则——谨慎、再谨慎，决不乱开处方。她这个不是医生的医生，却方便了那些常患小病的镇上人。

有一段时间，镇上患脓疱疮的人极多，冷玥家的人也无一幸免。冷玥从医案中选了几味排脓收敛的药，然后把它们磨成粉末，再用食用油调成糊状涂抹，果然有效。冷玥心想：能不能制成药膏解决乡邻们的痛苦？她把这个想法告诉了爸妈。冷秋很赞成，桂巧问：“这药膏是卖，还是送给乡邻?”

“当然是送。这点小东西还能收乡邻们的钱?”冷秋回应了妻子。

“那要花多少钱?”

冷玥回答:“花不了多少钱。这几味药很便宜,主要是到A县去买凡士林。”

“桂巧,我们到镇上已经二十多年了,乡邻们待我们不薄。这算是做功德,回报乡邻们。”冷秋做妻子的思想工作。

冷家统一了思想,冷玥开始筹备。她把原药买齐后,开始制作药粉。她在研磨药粉时问:“爸,谁去A县买凡士林?”

“买凡士林做什么?”一个男子接过了她的话。

她转身一看,她爸不知道去了哪里,回话的是那天与游医争吵时碰到的那个年轻人。她一下惶恐起来,心想:他怎么跑到我的家里来了?冷玥腼腆地问:“先生找谁?”

“找冷玥医生。听说您有一种药能治脓疱疮,我是来求药的。”

冷玥说:“我不是医生,不用这样称呼我。”

“好,我就叫你冷玥。”

“先生听谁说的?”

“是永康中药铺的倪先生告诉我的。他说你去药铺买过药。”

“先生,我是在试验,没有完全的把握。”

“你不是要去A县买凡士林吗?买凡士林是不是与你的试验有关?”

“是的。”冷玥觉得他是个正直的人,便把前因后果说了个透。

殷昌烈听了很兴奋:“既然你想做一件功德无量的好事,我愿意帮助你。比如去A县买凡士林,那里我熟,我去。”

他们正在说话的时候,冷秋从后屋走出来,不觉一愣:他不是殷家少爷吗?怎么在跟玥儿说话?他正在疑惑时,殷昌烈很有礼貌地说道:“伯父好。”他怕冷秋产生误会,又解释,“我是来找冷玥求药的。”

冷秋愣了一会儿,说了句“好好,你们谈”便去干自己的活儿了。

冷玥心里想:我和他素无往来,怎么可以接受他的帮助呢?于是说:

“先生，制药膏的事，我们只是设想，就不用先生劳神了。”

殷昌烈仍然很热心：“冷玥，你不要找托词，我是真心实意的。在经济上我有这个能力。”

冷玥迟疑了一会儿，说：“既然先生这样热心公益，我和我的家人商量一下。”

“可以，我明天等你答复。”

她见他要走，问：“先生，你不是要药膏吗？”

“我明天再来。”他打了招呼转身走了。

殷昌烈走后，冷秋上前问女儿：“殷家少爷找你求药？”

“是的。”冷玥便把他要求参加制膏捐药的事说了，又问，“爸，您说能不能答应他的要求？”

“玥儿，你是怎么认识他的？”

“那天与游医理论的时候，他站出来讲了公道话，所以我有印象。”她又问，“爸，你认识他吗？”

“认识。他是东街怡和绸布店的少爷，在外读书。”冷秋提醒女儿，“你少和这些人往来。有钱人和我们不是一路人。”

“他明天来我拒绝他的要求就是了。”

“不要他帮助，我们自己筹钱。穷要穷得有骨气。”

第二天，殷昌烈果真来了，热心地问：“冷玥，你们商量好了没有？如果你家同意，我明天就可以去买凡士林，一切都准备好了。”

“不，不……不劳烦先生了，我家已经准备了足够的钱。”冷玥婉言谢绝。

殷昌烈有点失望：“我还能为你做些什么？”

“谢谢先生的热心，以后要先生帮忙之处，再有劳先生。”

殷昌烈讨了治脓疱疮的药膏，失望地离开了冷家。

冷玥经过半个月的调制，将药膏分成若干小袋，挨家挨户给了患脓疱疮的人。冷家的公益行动，在小镇上引起了强烈的反响，不少受益者都口头向她表达了感谢。冷玥在镇上有了很高的人气。

第六章

冷玥在古槐镇的名望，与她的年龄极不相称。十七岁的冷玥，婀娜多姿，楚楚动人，处处洋溢着青春少女的朝气与妩媚，用清秀俊俏形容她的美丽，一点儿也不过分。

冷玥从县城回到镇上以后，上门求亲说媒的人不少，有亲戚邻居，有富家子弟，还有不务正业的纨绔后生……殷家多次托人上过门。冷秋夫妇对求亲者以各种理由婉言拒绝。已过天命之年的他们，有一个美好愿望——招一个忠厚正直、才貌能与女儿相匹配的后生入赘，使自己老有所依。他们用挑剔的眼光，花里选花，没有一个让他们满意的。在那个年代，已到婚嫁年龄的冷玥，还待字闺中。至亲好友都为他们着急。一天桂巧的妹妹桂彩到冷家探亲，看到长相出众的冷玥，担心地对桂巧说："姐，玥儿长成人见人爱的大姑娘了，现在世道很不太平，早该找个人家嫁了，免得生出什么枝节来。"

桂巧莞尔一笑："没有找到合适的，不慌。"

"不慌？兵荒马乱的，这样一个大姑娘待在家中你不担心？"妹妹警告桂巧说。

"说实话，对玥儿哪有不担心的，但不能因为担心就稀里糊涂把她嫁出去。"

"这事你和姐夫要抓紧，不要等出了意外再后悔。"

桂彩走了以后，桂巧对丈夫说："她小姨很为玥儿担心，要我们把她早点嫁了早点安心。"

冷秋一听，似乎有所触动："嗯！她小姨说得是。可是……可是……"他心里也没有办法。

冷玥的婚事，在不知不觉中又拖了一年。这一年，冷玥全身心地经营着她的不是诊所的诊所。自家后屋的一个房间被腾了出来，做了工作室。她平时在这里温习和研究医书医案，有人求诊时这里就成了诊室。

殷昌烈从第一次邂逅冷玥以后，隔三岔五便来找她，时而求医，时而闲聊。他的目的很明确——培养感情以获得她的芳心。冷玥经过多次与殷昌烈交往，对他也深有好感——才貌和人品她都很满意。尽管父亲不断警告她，但她从不拒绝他的造访，愿意和他交谈。一次，冷秋发现殷昌烈和女儿聊了很久，他走后，冷秋对冷玥说："玥儿，你一个大姑娘与殷家少爷闲聊那么久，不怕别人说闲话?"

"爸，他来求医，我能拒绝吗？再说，他除了讲些外面的新鲜事外，并没有对女儿讲什么龌龊话，也没有什么非礼行为。"冷玥不希望冷秋干涉他们交往。

冷秋不曾想冷玥会说出袒护殷昌烈的话来，有些气恼地问："玥儿，你是不是对他有意思?"他见冷玥沉默不语，心里有些明白，哼了一声道："玥儿，终身大事不能当儿戏，这事非得要我和你妈做主。"

"爸，您想到哪里去了?!"冷玥有些生气，"玥儿跟殷昌烈有不检点的地方吗？我和他只是相识，连朋友都算不上。您不要往那个方面想。"

"好，好。"冷秋不想惹女儿生气，"没事就好，是爸多想了。"

当天，冷秋在休息的时候对妻子说了与冷玥争论的事，桂巧听后说："你说殷家这娃怎么样？殷家不止一次托人上门说过……"

"不成，不成!"他没有让她说下去。

"什么不成？你看不上殷家小子?"

"不是。"冷秋沉思了一会儿，"这娃长得还算英俊，应该也有学问。"他话锋一转，"殷家是富家呀，我们高攀了，让镇上的人瞧不起。"

"秋，我不同意你的意见。"桂巧反驳他，"按你的想法我们玥儿只能嫁给穷人。你愿意让玥儿一辈子过我们这种勤扒苦做的生活？何况是殷家上门求的亲!”

冷秋无言了。一会儿，他冷不丁地蹦出一句话：“我舍不得玥儿。”

“我也舍不得。”桂巧又劝丈夫，“你我沉住气，看玥儿是怎么想的。以后的日子还得她去过。”

冷秋夫妇议论到半夜，也没有议出个“子丑寅卯”来……

第二天，殷昌烈果然又来了。冷玥昨天受到了父亲的唠叨，对他不理不睬。殷昌烈有些纳闷儿：昨天还是好好的，今天怎么了？于是问：“玥儿，什么事不高兴?”

“你看我哪里不高兴?”她回了他，又问，“你怎么还不回学校读书?”

“我回不去了。”

“为什么?”

“我们学校被日本人‘征’去做了战时伤兵医院。办学的英国人与他们交涉，日本人蛮横不讲理，不肯退出来。”

“你不读书了，总得干点事情。”她和他说话不怎么顾忌了，关心起他来。

殷昌烈领会她的话，嗫嚅着：“我想……”他说了半句突然沉默了。

冷玥看他说话吞吞吐吐，愣着问：“你想什么呀?”

“我想和你一起开家诊所，为乡邻们治病。”

“你瞎扯什么?”冷玥非常惊讶，“治病是件好玩的事？你懂什么?”

“你还不了解，我们教会学校的课程就有医学知识。”他解释说，“不过不是中医，是西医。”

“你学的知识现在管用吗？不要异想天开了。”冷玥给他泼了冷水。

“是的。我现在学到的知识很肤浅，不能给人治病。我有一个学长，和我的关系很好，他已经在A县水湾镇办诊所一年了，我想请他来帮我一阵子。”

“不成。”冷玥拒绝了，“我是一个并不合格的医生，不敢招摇过市开什么诊所。”

“能不能试试?”

“不能!”她说得斩钉截铁。

殷昌烈碰了一个钉子，很是气馁。他犹豫了一会儿道：“冷玥，你琢磨琢磨，我明日再来。”

“没有什么好琢磨的，明日你不要来了。”冷玥想起父亲的唠叨，想淡化和他的关系。

殷昌烈愣愣地望着她：“冷玥……怎么了?”

她做了个不耐烦的手势撵他：“你走，你走。”

殷昌烈走出诊室没多远，看到市面上的两个混混走进了冷家，他担心她遭人欺负便躲起来暗中观察。

走进冷家的两个青年，一个名叫胡山，是酒馆老板的儿子；一个名叫贾冬，家里是开染坊的。二人在镇上结伴尽做伤天害理之事。他们曾到冷家以看病的名义非礼冷玥。后来，冷玥一见到他们就到后屋躲藏起来，总是冷秋夫妇出来解围。今天冷玥正在给一个求诊者看病。她给病人开完处方并把处方交给他后，发现了胡山他们，急忙起身要走，贾冬上前把她拦住了：“冷医生，我的肚子疼，你给我看看。”冷玥只好为他切脉……他时而要求切右手，时而要求切左手，无休止地纠缠。冷玥绷着脸说：“你没有病。”

“怎么没有病？哎哟……我的肚子……”他装着疼的样子，“冷医生，不信你摸摸我的肚子。”冷玥想趁机逃脱，猛然推了他一把，骂了一句：“流氓。”对方果然倒下……这时，胡山上来抓住冷玥：“谁是流氓?”胡山借机摸了她的胸。她气极了，狠狠地扇了他一记耳光。一时间，二男一女混打起来……躲在屋外的殷昌烈，眼看冷玥要吃亏，挺身站出来帮助冷玥。但殷昌烈哪里是他们的对手，他被打得躺到了地上。胡山抬脚向殷昌烈踹去，这时一只大手攥住了他的腿：“想打架吗？来!”胡山和贾冬二人知道遇到了对手，边跑边说："你等着，你等着……"

冷玥看到被打得躺在地上的殷昌烈，哭了。那个男子把殷昌烈扶起来："幸亏你早来一步，不然，玥儿就要被那两个流氓欺负了。"他把殷昌烈搀到椅子上坐下，"伤到哪里了，要不要紧？"

殷昌烈回过神来："谢谢您！不碍事的，坐一会儿就好了。"

冷玥知道殷昌烈身上有伤，便说："你把伤处说个位置，我给你敷点药。"她看他摆了手，知道有所不便，又说："我给你药，你拿回去敷。"

正在这时，冷秋夫妇从外面回来了，见此情景，知道出了事，吃惊地问："玥儿，这是怎么一回事？"

那个男子便把刚才发生的事说了。冷秋对男子说："邵哥，谢谢您。若不是您，我们玥儿就要遭罪了。"

"看你说的。乡里乡亲的，谢什么！你们去哪里了？"

"我的一个侄子病了，去探视了半天，半天时间不在家……唉，真是！"冷秋说了原因。

"好，你们回来，我就放心了。"邵哥起身要走。

"邵哥，再谢了，您慢走。"冷秋送走了邵哥，回头对殷昌烈说："殷公子，谢谢你帮了玥儿，只是……"他迟疑了一下，"我们玥儿的事你不要掺和进去了，把你弄出个好歹来，我们担当不起。"

殷昌烈正尴尬之际，冷玥开口了："爸，怎么这样说话？他是护着我受伤的。"她情绪激动，对殷昌烈说："谢谢你在我危难之时出手相助，我送你回家。"殷昌烈不知如何回答为好，连连说："不用……不用……"

"什么不用？我得给你家人一个交代。"她轻轻推了他一把，"走！"

冷秋夫妇怔了一会儿，冷秋下意识地叫了一声："玥儿……"

冷玥像没有听到一样，和殷昌烈一前一后走了。他们到了东街怡和绸布店，因为是下午，店里很清静。这时从店里走出一个人来，吃惊地说："昌烈，你被谁打了？"无疑他就是殷昌烈的父亲了。殷父注意力在儿子身上，似乎没有发现冷玥。殷昌烈回了父亲的话："两个流氓欺负冷玥，我上前说了公道话，就……"

冷玥红着脸说："伯父，都是因为我，殷先生才被流氓打的。冷玥送先生回家，向伯父伯母赔罪。先生所需的医治费用，都由我家承担。"

这时，殷道全才注意到冷玥。他心里想，好一个美丽大方而又懂事的姑娘。冷玥被他看得羞涩起来……殷道全知道自己失态了，镇静了一下，微笑着说："姑娘，你不要自责，事情是两个混混引起的，昌烈在你危难之时出手相助，这是一个正直人应该做的。我看他伤得不是很重，你不要放在心上；至于治病的开销，更不足挂齿了。"殷父又对儿子说："昌烈，请客人到厅里去坐。"

"不叨扰伯父了。既然殷先生无大碍，我就告辞了。家里人还等着我。"冷玥怕在殷家待的时间长了会引起误会，把带来的药放在桌上，"这是外敷药，用麻油调后敷在伤处。"

"不是……昌烈送送……"殷父对儿子说。

"不用，谢谢。"她头也不回地急步走了。

这次事件发生后，情窦初开的冷玥无意中爱上了殷昌烈，两人交往频繁起来。碍于小镇上比较保守的世俗民风，他们不能公开接触，但两人的心里已经到了热恋的程度。

有一次，两人相约夜晚在古槐树下会面。当天是个月夜，景物朦胧，殷昌烈等了一会儿，冷玥来了，他们有距离地坐在隐蔽处。殷昌烈首先说："冷玥，我已经向父母谈了我们的关系，他们很赞成。但他们有个顾虑，怕像前几次上门提亲一样遭伯父拒绝。"

冷玥考虑了一会儿："我爸我妈是有想法，怕镇上人说我们高攀。"她望了他一眼，"你说是高攀吗?"

"绝对不是。要说高攀是我高攀了，我配不上你。"他瞅着她思忖了一会儿，"这层纸还得请一个中间人来捅破。"

"你是说请个说媒的?"

“不是一般的媒婆，要找个德高望重的老者。”

“要是你爸有面子，去冷家岭找我叔爷爷去。如果他肯出面，我爸肯定听他的。”冷玥出了主意。

“好。我让我爸去。”

殷家的诚意打动了冷秋。在冷玥叔爷爷的首肯下，冷玥和殷昌烈的婚事便定下来了。

第七章

1943—1944 年，日本军队在战场上节节失利，后方又遭到抗日武装的打击。为了扭转不利战局，日本人在统治区周围开展了武装“大扫荡”。比较平静的古槐镇也未能幸免。

1943 年冬天的一个夜晚，寒风凛冽，行人稀少，镇上忽然响起了枪声、狗吠声、嘈杂的脚步声。宁静的街道，顿时骚乱起来。冷秋赶紧叫醒妻子与女儿，颤抖着从后门逃到一片黑黝黝的树林里……等到中午，听到邵哥叫道：“冷秋，日本人已经走了，快回来。”冷秋一家人有些不相信，磨蹭了好一阵子才走出树林。他们回到家里，家里被翻得一片狼藉。几只鸡和没有卖完的面点统统被掠走了。后来听说，东街一家百货店的女儿，被日本人糟蹋了。

镇上的人惶恐起来，不少有钱人携家外逃。殷昌烈在父亲的授意下，到冷家商议，要求带冷玥一起走。面对动荡的局势，冷秋心里惴惴不安，问殷昌烈：“是你的意见，还是你爸的意见?”

“是我爸的意见，也是我的要求。”

“你们打算逃到什么地方去?”

“我们准备到南山去，那里有我的一个叔叔，在当地很有名望。”

冷秋考虑了一下：“玥儿跟你们一家去躲难不合规矩，我不放心。”

“伯父是什么意见?”

“要玥儿跟你们家走，必须有合适的身份，不然……”冷秋表明了自己的态度。

“伯父，我知道你的意思了，我马上回家与家人商量。”殷昌烈起身，有点兴奋地走了。

殷、冷两家正在筹备婚礼之际，发生了一件让人意想不到的事情——日本人和保安团为了“围剿”抗日武装，驻扎在古槐镇不走了。镇上的恐怖气氛更加浓烈。殷昌烈和冷玥的婚礼是不能办了。殷家已经关了店门，收拾了细软，雇了马车，计划连夜起程；冷家虽然是小户人家，但有个如花似玉的冷玥拖累，也不能待在镇上了，准备回原籍冷家岭。

殷昌烈经过父母同意，还是想带上冷玥一起走。他又一次来到冷家，看到他们也在整理衣物准备起程，就说了父母和自己的要求。冷秋很是犹豫：冷、殷两家的婚事，已是铁板钉钉的事，不同意殷家的要求，道理上说不过去；可在兵荒马乱之时，让女儿离开自己，也是打心眼儿里不放心。他问殷昌烈：“昌烈，玥儿跟着你逃难，你能保证她的人身安全吗?”

殷昌烈激动地说：“伯父，不管遇到多大的凶险，我一定用我的生命保护玥儿。”

桂巧犹豫再三，说：“玥儿就交给你了，你要保护好她。”

“伯母，我保证不让玥儿受任何委屈。”他说得义无反顾。

这时，冷玥心里极其矛盾，她抱着母亲哭了：“妈、爸，我们还能再见面吗?”

“能，一定能!”殷昌烈代替冷玥回答道。

冷秋下决心似的：“玥儿，跟着昌烈去，以后要自己珍重。”

殷昌烈和冷玥趁着夜色走了没多远，只听冷秋急骤的喊声：“玥儿，等一等……”

冷玥他们停下脚步，愣着等了一会儿，冷秋夫妇带着两大包行李卷赶到了。冷秋正要说话，忽见远处出现了多束火光，火光由远而近，叽里呱啦的声音越来越清晰。他们知道是日本兵和保安团“围剿”回来了，赶紧在近处的树林里躲藏起来。他们从火光中看到，有十来个青壮男士和几个年轻姑娘走在路上，他们被绳子连着，带路的居然是胡山和贾冬。只听一个翻译对贾冬说："太君问你，镇上有漂亮的女人没有?"

"有，有，冷家面点铺的女儿大大的漂亮。"

翻译和一个日本军官嘀咕了一阵子，对贾冬说："太君要你带路。对你……"他又指了指胡山，"还有你大大有赏"。胡山和贾冬听了，一副受宠若惊的样子，连声说："谢谢太君，谢谢太君。"他们低声下气，俨然一副走狗模样。

这群人走了一段时间，他们才敢说话。冷秋惊魂未定，颤抖着说："祖宗保佑，迟一步我们家就完蛋了。"

殷昌烈迎合着："冷玥命大福大，自有神仙保佑！伯父不要担心。"

"不!"冷秋回过神来，"昌烈，玥儿还是不能和你们家一起走。"

冷玥蒙了一会儿，说："爸……"她想说的话，不好意思说出来。

殷昌烈也愣了："伯父……"

"昌烈，我知道你要说什么。我不让玥儿跟你走，不是想毁约。世道太乱，如果玥儿跟你走了，我和她妈成天要过担惊受怕、牵肠挂肚的日子，我们还能活吗?"

冷玥听了哭着说："爸、妈，我也不想离开你们，只是昌烈有难处呀!"

"现在哪家都有难处。冷家的难处比殷家大。"冷秋冷静了一会儿，好言劝道："昌烈，玥儿和你如果有缘分，将来自然会成为夫妻；如果缘分不到，就算跟你走了也未必能成事。姻缘是前生注定的。"他知道此时不能优柔寡断，拉了冷玥一把，"玥儿，爸的主意已定，跟我们回冷家岭；如果你朝去南方的路迈一步，爸就死给你看。"

冷玥被冷秋毫无商量余地的话吓住了，对殷昌烈说："我只能暂时和你分开了。"她哭了，"玥儿等你一辈子。"她一步一回头地跟着父母去了前往冷家岭的方向。

“玥儿……”殷昌烈哀怨的叫声，在灰暗的夜空中回响……

冷秋由于对镇上老屋的牵挂，情不自禁回头望了一眼古槐镇……眼前的情景让他惊呆了，他喃喃道：“完了，一切都完了！”桂巧和冷玥不明究竟，也回头望去，只见他们住的那个方向，燃起了熊熊大火……

第八章

冷秋一家突然回到祖居地，众多族人前来探望，询问他们回冷家岭的原因。叔爷冷惠生哼了一声："还有什么原因？逃难嘛！"

冷秋把镇上的情况简单说了后，对族人说："各位长辈和兄弟们，我们家毁在日本人的手上了，秋只有回老家一条路了。求大家帮秋渡过目前的难关。"他含着泪深深鞠了一躬。叔爷说："求什么？冷姓人帮冷姓人天经地义。"立刻有人回应："叔爷说得对，我们族人能出十分力，绝不出九分。"

冷秋感动得不能自制："九弟，凭你这句话，兄就给你行大礼了。"他扑通一声跪到了地上。九弟慌了，连忙去扶他："这使不得，使不得！"叔爷也拍了拍他："起来，起来，兄弟之间不要这样。"冷秋起来后，泪流满面："叔爷，秋现在落得'上无片瓦，下无寸地'的窘境，今后可怎么过日子?!"

冷惠生已经想到了安置冷秋一家的办法，胸有成竹地说："你暂时到祠堂的偏屋住下。过几天族人都出把力，给你盖间屋。"

那位九弟说："听叔爷安排。明天我们就上山砍树，不出十日，保证你有屋住。"众人立刻回应："秋（哥、弟、叔），你放心，众人拾柴火焰高，一切听老九安排。"

冷秋让桂巧掏出了几块银圆，对大家说："秋平时还有点积蓄，钱不要大家掏。"他把银圆交给老九，"九弟给我当家。"

老九没有接钱，对他说："村里盖间屋是不花钱的。原材料有的是，木工、泥工冷家多得是。你把钱拿回去，留着以后谋生用。”

冷秋一家在族人的帮助下在冷家岭住下了。

冷秋在古槐镇经营面点铺几十年，除了糊口之外，多少有些积蓄。过了一些时日，冷秋对妻子说：“二十多年没有下地，年纪也长了二十多岁，再去种地恐怕是没有力气了。如果不谋点事做，家里的那点薄底儿用不了多久就会坐吃山空。”

桂巧听了丈夫的话，愁绪挂到了脸上：“唉！我也想过，有没有法子呢？如果做手艺，单靠村里人买，肯定会赔本；而村子周围都是大山，人烟稀少，赶个集都要走三十多里山路。”

冷秋夫妇在商量时，冷玥在隔壁听得清清楚楚。她敲开父母亲的门，说：“爸、妈，你们的话玥儿听清楚了。玥儿觉得，只要能吃苦，过生活是没有问题的。玥儿有个主张——我们可以开荒种地，出力的事，玥儿担当起来；爸还是把手艺活儿捡起来，做出来的面点担着去赶集。我打听过集市的日期，离我们最近的柳林镇是单日，双桥镇是双日，三天一个集日。当然古槐镇是不能去的。”

冷秋听了不住地摇头：“不行，不行！玥儿，你的主要精力是学习，给人治病，别的事轮不上你。”

“爸，现在什么最重要？吃饭过日子。总不能挨着饿去学医治病。”

桂巧听了冷玥的话，觉得有道理，于是说：“秋，玥儿的话很实际，眼下解决吃饭的事最重要。”

“做出的面点谁去赶集卖？”

“我去！”冷玥自告奋勇。

“玥儿，你一个大姑娘，在不太平的环境下，是不能抛头露面的。要去，我去。”桂巧担起了责任。

冷秋考虑了二人的意见，说：“照玥儿出的主意办。只是赶集的事不能让玥儿去。我和你妈去。”

冷秋他们经过短时间的准备后，便开始行动了。第一个集市在离寨三十五里的双桥镇。冷秋和桂巧三更动身，五更到了目的地。所谓集市，不过是三个小时的买卖。集散后，他们看天气还早，担着剩下的面点走了两个自然村，总算卖完了。二人拖着疲惫的身子上灯时分到了家。这时，冷玥已经把饭菜做好了。吃了饭，三人坐下算起账来：除了原料成本，赚的钱可以买五升苞米。冷秋他们虽然辛苦，总算有了一个谋生的路子，一家人还是很欣慰的。就这样，冷秋一家的生活稳定下来了。

冷玥已经是大姑娘了，长得又特别惹人喜爱，使寨里的小伙子们仰慕不已，想入非非。冷姓有个在外读书的年轻人，家境殷实，假期回寨遇到了冷玥，被她的美貌弄得神魂颠倒，大着胆子找冷玥说："冷玥，我们做个朋友吧。"冷玥一听，满脸羞红，生气地问："你姓什么？你还是人不？"

他知道冷玥说的意思，解释说："我找族里的老人问过，我和你已经出了五服，辈分一样，为什么不能交朋友？"

"我不认识你，你滚！"冷玥气极了，哭了起来。刚好冷惠生路过，听到哭声，便推门进去问冷玥："玥儿，怎么哭起来了？"冷玥哭着不回应。他又问站在一旁的年轻人："彦坤，是你欺负了玥儿？"彦坤尴尬得面红耳赤。冷惠生猜到了一个大概，鼓励冷玥："玥儿，他是怎么欺负你的，当着叔爷爷的面什么话都可以说。"

冷玥哽咽着说："他要和我交朋友。"

冷惠生伸手打了彦坤一耳光："畜生！你知道族规吗？冷家怎么出了你这样一个败类?！滚！"彦坤一脸羞愧，低着头跑了。

第二天，当冷彦坤拎着行李卷走出寨子的时候，碰到正在地里劳动的冷玥，他站住了。他看四周无人，丢下行李卷把冷玥抱住了。冷玥使劲儿地喊，可是嘴被他的手捂住了。他想非礼她，她拼命保护自己。正在千钧一发之际，一个中年男子上前打了彦坤一拳，彦坤一看是自己的父亲，拿起行李卷狼狈地在他父亲的骂声中顷刻跑得无影无踪……

彦坤的父亲连忙去拉冷玥，冷玥不让他碰："叔，你站远一点儿，我自己会起来。"

他知道冷玥的意思，因为冷玥的衣衫被彦坤撕扯得很凌乱，他只好说："玥儿，叔代彦坤这个畜生向你赔不是，叔求你不要对你爸你妈讲，让族里的人知道了大家都不光彩。"

"叔，"她已经整理好衣服站起来，"您要好好管教彦坤。他再敢对玥儿非礼，我就去叔爷爷那里告他。"

"玥儿，你就原谅他这一回。他短时间是不会回来的。"

"叔，你回去吧。"

"好，好，我回去。"他走了几步站住说，"嗐！真是。"他手里拿着一双胶鞋，"彦坤忘记把胶鞋带走，我是赶来给他的。"他见冷玥不回应他的话，站了一会儿，没趣儿地回村里去了。

冷彦坤对冷玥的不端行为，不知被谁传了出去。骂彦坤是畜生的人不少，也有人说冷玥漂亮是祸根。这些议论终究传到冷秋夫妇耳朵里。他们找冷玥问了情况，起初冷玥不肯说，怕爸妈担心，后来经不住父母的刨根问底，就一五一十说了。冷玥又成了冷秋夫妇的一块心病。他们商量后去找了冷惠生："叔爷，秋有桩心事要您出主意。"

"说，说，什么事？"

"玥儿长大成人了，应该是好事，可是她招来好多是非，秋没有好辙儿，请您给我出个主意。"

听话听音，冷惠生知道说的是冷玥的婚姻大事，说："玥儿不是许配给殷家了吗？怎么没成？"

"不是……"他把两家的婚事粗略告诉了叔爷。

"玥儿已经有人家了，但并不是所有人都知道，所以出了彦坤这种事。"他考虑了一会儿，"这样，借村里开会的机会，我把殷冷两家的婚事告诉大家，让那些对玥儿有企图的小伙子死心。"

"这不好吧，叔爷。"冷秋认为在会上说冷玥的婚事有"此地无银三百两"之嫌。

"这个你不用管，叔爷说话自有分寸。"

冷惠生瞅准了一个机会，在族人会议上说："族人们，今天只讨论一件事，如何团结起来，对付日本人的骚扰。现在日本人还没有踏上冷家岭，但周边有的山寨已经在受难。我们要未雨绸缪，做好准备。冷秋为什么从镇上逃回来？玥儿与殷家公子准备成亲的大事为什么搁下来？大家不要对日本人存在什么幻想，他们对中国人狠得下心下得了手，什么坏事都干得出来。"他望了一下冷秋，"秋，你对玥儿要好好保护，'同姓不婚'是族规，任何人不得违反。"

"叔爷，秋知道了。"

…………

这次族人会开了以后，冷氏族人算是明白了，再没有人对冷秋一家说三道四，想打冷玥主意的人也断了念头。

冷家岭还杂居着外姓人。听到冷惠生说了'同姓不婚'的族规，暗地里高兴，觊觎冷玥的小伙子跃跃欲试。王姓有个青年叫王成文，向父母提出要求，要到冷秋家去提亲。他父亲正色说："成文，你不要异想天开，冷玥是有主的姑娘，惹怒了冷氏族人，我们小户人家还能在这里生存?"

王成文不服："她有什么主？没有结婚也算是有主了?"

王成文的父亲认为自己的儿子不成器，生气地打了他："你再胡思乱想，就不是我的儿子。"

王成文被父亲训斥后，不服气，约了几个臭味相投的外姓后生说了自己的苦闷，这些人愤愤不平，给他出了主意……

一天，冷玥从地里回来，匆匆忙忙回家准备做晚饭，路过一片竹林，竹林里突然蹿出个黑衣人拦住她的去路。她吓得大声喊："有鬼啊！有鬼啊!"突然，一只大手捂住了她的嘴，另一只手开始撕扯她的衣服……那人憋着声音说："冷玥，我就喜欢你，只要你……"她知道自己处境十分危险，不顾一切地反抗，用脚朝那人的下身狠狠踢去……只听那人"哎哟"一声，便倒在了地上，她趁机飞速地跑了……她气喘吁吁跑到村头，遇到了老九，老九一看是冷玥，惊问："玥儿，什么事这样惊慌?”

冷玥像遇到救星一样，一头扑向老九：“九叔，救救玥儿，救救玥儿!”

老九扶住她，问：“什么事？快跟九叔说。”正在这时，寨里的两个年轻小伙儿架着一个黑衣人一歪一扭地走来了。老九什么都明白了，拦住了三个人，很严肃地问其中一个人：“春生，你们三个做了什么坏事?”

叫春生的颤抖着，语无伦次：“不知道……我和石头路过……看到……看到成文倒在地上……我们就把他扶回来了。”

“成文!”老九斥责道，“你老实地把事情说清楚。”

“哎哟！我疼，我疼……”他又倒在了地上。

老九看到成文疼的样子，知道伤得很重，对春生说：“春生、石头，赶快把成文送回他家里去。”

三人走了以后，冷玥哽咽着说了事情的经过，她有点后怕了：“九叔，玥儿该不会惹出什么大祸吧?”

“不要怕!”老九宽慰她，“是他非礼在先，你怕什么？有什么事，九叔替你顶着。”

王成文的伤还真的很重，幸好没有伤到重要部位。他父亲对王成文有一种恨铁不成钢的恼怒，而对冷玥也很仇恨——一个女孩儿这么狠心。他气愤之下去找冷秋理论。冷秋是一个奉息事宁人为圭臬的老实人，向他赔了礼。这老王得寸进尺，大吵大闹，几乎全寨人都围了上来。这时，老九出来说话了：“王大哥，这事是你儿子非礼在先，玥儿出于保护自己的本能才进行了反抗，玥儿有什么错?”在场的冷姓小伙子跟着起哄：“你儿子想吃‘天鹅肉’，该打！活该！……”老王知道敌不过冷姓人，何况是自己的儿子理亏，说了下台阶的话：“九弟，你是明事理的人，你说成文将来成了废人，我们家怎么办?”

“王大哥，我问了季郎中，他说成文没大碍，你就放心好了。”老九安慰了他。

“只要成文没事，我什么话都不说。”他准备走时，又捧了老九一句，“九弟，你是一个主持公道的人，一切听你的。”

这件事发生以后，在这个一向闭塞、山民朴实憨厚的山寨，冷姓小伙子和外姓小伙子的矛盾变得尖锐起来，他们多次为冷玥争吵。冷惠生为平衡关系，做了不少工作，但收效甚微。有些山民把山寨的这些微妙变化，归罪于冷玥。有个冷姓的老先生总是在寨里踱来踱去，自言自语地感叹：“人心不古……红颜祸水。”这些话，时时都在折磨冷秋一家人。冷玥从此变得郁郁寡欢，很少与寨里的人说笑。

第九章

1945 年 9 月，冷秋夫妇赶集回来，带来了一个激动人心的消息——日本人投降了。

日本人投降本来是 8 月的事，由于冷家岭是个交通闭塞的地方，很少有人进寨，寨外的重大消息都是口头传递进来的。冷惠生听了急忙去找冷秋核实。

冷秋说："叔爷，双桥镇的人放了鞭炮，还贴了红纸条的标语，搞庆祝呢！那还有假?"他停了一下，"原来在街上横行霸道的兵，也不见踪影了。"

冷惠生异常兴奋，找来老九和几个有脸面的人，对他们说："根据冷秋说的话，日本人真的投降了，担惊受怕的日子该结束了。我们寨要开个群众大会庆祝一下。"大家附和说："这么大的喜事，应该，应该！"寨里把尘封了多年的龙灯、高跷、锣鼓……一起清理出来，年纪大一点的做指导，年轻人成了玩耍的主力军。山民们把积攒下来的食物，在禾场上摆成了"百家宴"。村里村外，不分姓氏，不分男女，整整欢闹了两天。

欢庆后，冷秋找到冷惠生，说："叔爷，我想去古槐镇看看形势，不知合适不合适?"

"去看看形势，有什么不合适的?"冷惠生又叮嘱，"为了稳妥起见，你去找和你关系好的人打探打探，不要在街面上行走。"

"叔爷想得周到，秋听您的。"

冷秋回家把回古槐镇的想法告诉了妻子和女儿，冷玥听了很高兴，提出要求："爸，我和您一起去。"

"你不能去。"桂巧反对，"谁知道坏人还在不在镇上干坏事。"

冷秋也劝道："玥儿，镇上的形势好转了你再回去。爸先去看个究竟。"

冷玥只好放弃了。她心里有个小九九，去打听打听殷家的情况。她羞答答地说："爸，去昌烈家里看看。"

冷秋笑了："你不叮嘱我，我也是要去的。你的心思爸懂。"

冷玥的心思被父亲猜着了，她满脸羞红，无言地跑了……

冷秋稍微准备了一下，第二天天不亮就起程了，到古槐镇的时候，已是正午了。他走进自己熟悉的那条街，映入眼帘的是满目疮痍，被日本人焚烧后的街道，瓦砾成堆，只有零星的几间草屋在风中颤抖。他找到自己家的屋基，没有剩下一点有用的东西。他目光呆滞站了一会儿，伤心地哭了……忽然，他觉得有人拍了他的肩膀，他回头愣了一会儿，认出来了。他抹了泪，苦笑一声："邵哥，几年不见，差点认不出来了。"

邵哥已经苍老了许多，身体衰弱得走路有点颤巍巍的。邵哥说："我瞧你一个时辰了，没想到你也老得差点让人认不出了。"他感叹道，"这个世道把人折磨得人不人鬼不鬼的。"他提高了声调，"总算熬出头了。走，到我家里去喝杯水。"

"哪儿是你家？"

"那间草屋。"邵哥指了指稍远一点的一间草屋。

冷秋随邵哥到家后，喝了一口他递的水，问："邵哥，现在镇上混乱不混乱？"

"混乱！"他也喝了一口水，"日本人和伪兵是走了，地方上的各种帮派势力趁机壮大起来，明的是维持秩序，暗地里却打着各种幌子敲诈老百姓。"

"有没有什么官管事？"

"不知道，听说县国民党党部要派人来。"邵哥说了又问，"冷秋，想不想回古槐镇来?”

冷秋看了镇上的形势，很是犹豫，说：“我是想回古槐镇，又怕过上以前那种提心吊胆的日子。”

“这个说不准。不过，镇上逃出去的人正陆陆续续回来。”

冷秋打听道：“东街怡和绸布店的殷家回来了没有?”

“没听说。可能没有回来。要不，你去打听打听。”邵哥又劝道，“冷秋，还是回来吧，在镇上谋生总比在冷家岭容易些。”

冷秋沉思了一会儿，说：“我是想回镇上。一来，在镇上生活了几十年，有感情；二来，冷玥已经长大成人了，在深山里许多问题不好解决。”

“冷玥不是跟殷家走了吗?”邵哥疑惑了。

“原是准备跟殷家走的，临了我变了卦，赶去把她带回了冷家岭。”

“哦，是这样。”

冷秋对镇上目前的状况有了了解，不想久留，起身向邵哥告辞：“邵哥，路上不太平，我想早点回家。秋托你一件事——如果殷家回镇上了，给我捎个信。”

邵哥也是家徒四壁，吃了上餐愁下餐，便没有留他：“邵哥不留你。有了殷家的消息一定给你捎话。”冷秋走的时候，邵哥又说：“冷秋，还是回来吧。出力的事，我找几个朋友帮你。”

“好，好，我想好了再来找你。”冷秋别了邵哥回程了……

冷秋回到冷家岭，吃了晚饭去了冷惠生家。叔爷一见他就问：“古槐镇的情况怎样?”冷秋便把听到的、看到的详细说了。然后征求叔爷的意见：“叔爷，秋现在是进退两难——我在镇上已经是空无一物，回去另起炉灶是件很艰难的事；如果继续过目前的日子，玥儿的问题不好解决，她终究还是殷家的人。叔爷，您给秋出个主意。”

冷惠生听了冷秋的话，心里沉重了，说了这样的话：“秋，叔爷没有什么好主意，无论是留是走，都有利有弊。”他踱着方步思考片刻，“叔爷的意思，为玥儿着想回到镇上是上策；可是你已近花甲之年，白手起家不是那么容易的。”

“叔爷的话说到秋的心里了。秋是想，为了玥儿，回镇上去拼一阵子。我现在没有什么大病，身子骨还算硬朗。”

“如果你是这样想的，叔爷支持你。”他知道冷秋回镇上的思想占了上风，迎合着他，“叔爷帮不上什么大忙，盖屋之类的事，我和老九他们合计合计，族里人会帮助你的。”

冷秋听了很感动，动情地说：“叔爷，秋这一辈子都不会忘记您的恩情，秋每次遇到困难，您和族人总是尽心帮助秋。”

“你家的事也是全族人的事，众人拾柴火焰高嘛。你回去和你媳妇、女儿慎重商量好了，再给我一个实信儿。”

冷秋再三谢了叔爷，回到家里，把桂巧、冷玥叫到一起，说了镇上的情况和找叔爷谈话的内容，问：“你们也说说你们的意见。”

“我愿意回镇上去。”冷玥首先表了态，“到了镇上玥儿可以继续给人治病。”她的隐私——等殷昌烈的消息——当着父母的面不好说出来。

“我们还能像二十多年前那样白手起家吗？”桂巧的顾虑很实际，“到了镇上靠什么谋生？”

“这事我反复想过，只要盖间可以安身的小屋，当然是靠手艺谋生活。”冷秋说了自己的主张，“本钱少，就做小本生意，少做勤卖；镇上卖不出去，就挑担子串乡。只要人勤奋，生活是可以过得去的。”

“玥儿成人了，时局还没有稳定，到镇上去会不会再惹是非，这是我最担心的。”桂巧说出了心里话。

“你是想太多了。”冷秋劝了妻子，“你说这几年在冷家岭生活，玥儿有什么错？不是照样闲话不断吗？”

冷玥哭了：“你们不要考虑我了，我成了你们的累赘！”

“玥儿，爸妈说什么都是心疼你，为你着想，怎么会把你当成累赘呢？”冷秋劝了冷玥，“爸妈离不开你。”

“玥儿，是妈不好，不该当着你的面说伤你的话。”

冷玥感动了，抱着桂巧哭着说："是玥儿无知，没有理解你们。"她抹了眼泪，坐起来，坚定地说："爸妈，玥儿一切听你们的，和你们一起渡过难关。"冷秋的家庭会议，有了一个统一的意见——回古槐镇去。

冷秋再次来找叔爷，给叔爷回话。

"既然你们意见统一了，我明天把老九他们找来商量，你去镇上把盖房子的地方确定下来。"

冷秋又一次来到镇上，与邵哥和其他邻居们斟酌后，把地基选在了原址上。

开工的前一天，冷家族人的青壮年劳力几乎全体出动，把盖屋需要的木、竹原料，沿着下山的盘山小路，靠人抬肩扛一根一根运送到了工地，留下了会泥工活儿、木工活儿的手艺人。

冷秋与老九商量："九弟，族人们不能饿着肚子干活儿，饭总是要吃的，我准备到镇上找家饭馆……"

"秋哥，你别说了。"老九打断他的话，"叔爷有吩咐，来的人都带了干粮，你只让嫂子和玥儿烧几壶水就行。"

"那不行。秋哥再穷也不能让族人带粮做工。"

"叔爷说过，你现在是白手起家，家底又薄，这次不能让你掏钱。"他拍拍冷秋，笑着说，"等你发了财，再办几桌酒席，酬劳酬劳我们这些弟兄。"

冷秋感动得泪流满面："叔爷太体谅秋了，只是秋不能这么做。要不，每天中午秋做一顿葱油饼酬劳大家。"

老九寻思了一会儿："行。就这么定了。"

经过两天起早贪黑的施工，一间简易屋建起了。这是这条街上在日本人烧毁的废墟上建起的最惹眼的一座房屋。

冷秋一家在 1945 年冬又回到了镇上。冷秋夫妇继续经营他们之前的生意，冷玥除了帮做一些家务事外，专心研读医书。她吸取了以往的教训，很少上街行走。偶有知情人找她看病，能推的尽量推辞，特别好的朋友或乡邻，也谨慎地写个处方。

过了不久，镇上的行政机构由国民党指派的官员接管了，一些逃难离去的商家，陆续回到了镇上。百姓的生产生活秩序逐渐恢复。

殷家人始终没有回来，连一点音信也没有。这让冷玥和她的父母担惊受怕起来。殷昌烈的安危成了冷玥心中的牵挂……

1946 年仲秋，暑气已经退尽，暖暖的阳光让人十分惬意，古槐镇的人们的脸上有了劫后余生的笑意。冷秋趁着美好的时光，走街串巷叫卖自己生产的面点。一天下午，一对绅士打扮的夫妇从马车上下来，问道：“大哥，向您打听一个人。”

冷秋正在低头收买面点人的钱，随意答道：“先生您找谁?”

“我找原先在西街做面点手艺的冷师傅。他现在还在镇上吗?”

冷秋愣了一下，抬头瞧了一会儿，认出来了，又惊异又高兴地叫道：“是丁先生、秦医生!”

丁济才这才看清楚，很是意外：“真是巧事，真是巧事。”他付了车费，打发赶车人走了。

冷秋热情引路：“到家里去!”

“冷玥现在还好吧?”这是丁氏夫妇最急于知道的。

“还好。在家里闲着。”

丁氏夫妇在冷秋的带领下，到了他现在的新屋。冷秋进屋就高兴地喊：“桂巧、玥儿，你们看谁来了!”

“刘婶的胃有点痛，我正在给她看，稍等一会儿。”冷玥在小房里回应着。

桂巧甩着两只水淋淋的手，走进屋，瞧了一会儿，惊喜道：“稀客，稀客，真没想到！真没想到!”

冷玥在专注看病，不知道是谁来了让爸爸妈妈这么高兴。心想，是殷昌烈来了吧？她突然兴奋且忐忑起来，给刘婶开了药方，说：“刘婶，您到永康药店去抓药就行。”刘婶谢过后走了。

冷玥稍微整理了一下心情，走到前屋，一怔，忙上前把秦宜岚抱住了：“干妈，真没想到你和干爹会来镇上看玥儿！”

冷秋忽然说：“只顾高兴，忘了……”

“忘了什么?”桂巧问。

“丁先生他们走了这么远的路，怕是饿坏了。”他连忙吩咐，“桂巧，你去热几个桂花饼，先填饱肚子再说。”

“不急，不急。”丁济才回应。

“一高兴，茶水都没有递一口，真是惭愧。我去，我去。”桂巧说后，到里屋准备吃的去了。

“玥儿，你在给人看病?”秦宜岚问冷玥。

冷玥腼腆地笑笑：“干妈，我哪敢给人看病！只是镇上一个像样的医生都没有，大家常被游医糊弄。有些头痛脑热、犯胃病的小毛病，乡邻们找上门来，我不好推却呀。”

“乡邻们怎么知道你会治病?”秦宜岚有些纳闷。

“这事说来话长。”冷秋有点骄傲，就把斗游医、治脓疱疮的事说了。

“我说吧，玥儿就有当医生的天赋。”丁济才有些高兴，捧了玥儿。

“干爹，我哪有什么天赋！只不过是依照医书和你们的医案画葫芦罢了。”冷玥在丁氏夫妇面前哪敢放肆，有点撒娇地说，“干爹、干妈，是不是玥儿无知，做了荒唐事?”

“不是，不是，实践出真知嘛！你不给人治病，哪能有经验！”秦宜岚鼓励她。

他们正在说话的时候，桂巧端来一盘桂花饼和一盆鸡蛋汤：“快来吃。”丁氏夫妇肚子确实饿了，便坐上了桌：“都来吃，这么多我们也吃不了。”

“我们已经吃过了。粗茶淡饭不成敬意。”冷秋说了客气话。

为了招待丁氏夫妇，冷秋到邻居家借来肉、鱼、蛋，准备了一顿丰盛的晚餐。

是夜，丁、冷两家人谈了近几年的苦难和遭遇，都嗟叹不已。丁济才感慨地说：“日本人走了，心里总是牵挂着玥儿，由于时局混乱，路途遥远，对你们一家的情况毫无所知。现在，时局稳定了，我和她干妈商量，决心来古槐镇探个究竟，幸好，你们在大难中挺过来了。”

冷秋应了话：“谢谢丁先生、秦医生的关怀。我们也想你们，只是出于同样的原因，不敢到县城去。今天见到你们，我们心里的一块石头也落下了。”

秦宜岚问了冷玥：“玥儿，你是大姑娘了，长得越来越标致，有了婆家没有?”

冷玥脸羞红了，含笑不语。桂巧便把殷、冷两家的亲事说了，幽怨道：“殷家离开古槐镇后，一点消息也没有。日本人投降了，人不回来总应该捎个信儿来。这家人真是……”

“人家不捎信来，总是有原因的。不要责怪别人。”冷秋说了桂巧。

丁氏夫妇这次到古槐镇来，还有另一层意思——想撮合冷玥与他们小儿子的婚事。了解到殷、冷两家已经有了婚约，自然把这层意思隐瞒了下来。

他们谈得忘记了时间，还是丁济才看了怀表说：“哎呀！已经十二点了。大哥明天还有活儿做，快休息去吧。”

冷秋对丁氏夫妇说：“我们原来的房子被日本人烧了，这座房屋是冷氏族人帮我们盖的，没有原来的宽敞，委屈你们一下。先生们睡那间大房，铺盖虽是旧的，但很干净。”

丁氏夫妇没有客气：“客随主便，只要有个休息的地方就行。”

第二天，丁氏夫妇吃了早餐，准备起程回县城去。冷家想留他们多住些时日，丁氏夫妇谢了说：“这次来，看到你们平安，我们就放心了。我们的诊所没人照顾，必须得回去。改天请你们一家到县城做客。”

这时，冷玥突然哭起来，这可把在场的人弄糊涂了。冷秋怔着问：“玥儿，好好的哭什么?”

秦宜岚似乎懂得她哭的原因，说：“玥儿，趁干爹干妈还没有走，有什么话说出来，不要哭。”

冷玥哽咽着：“干爹、干妈，你们不管玥儿了?!”

“我们挺爱玥儿、心疼玥儿的。干爹干妈愿意为玥儿做任何事。”丁济才安慰了她。

“我……我……”

“不要有顾虑，说出来。”秦宜岚也鼓励她。

“我还是想跟你们学医。”

“这个……”丁济才望了一眼冷秋，“这个，当然可以。不知大哥大嫂是什么意见?”

“冷玥，不要为难干爹干妈。”冷秋把她的婚姻放在第一位考虑，“假若殷家回来要人怎么办?”

“要什么人?!”冷玥有些生气，“他们走了这么长时间，连一点信息都没有，他们心里有玥儿吗?”

“玥儿，你冷静一点。”秦宜岚心里有了倾向性的意见，“我觉得你想学医是个积极的态度，这与殷家婚姻没有关系。”她看了一眼冷秋夫妇，“只是你爸你妈放不放心你去县城。”

冷秋心里矛盾极了：为女儿的前程着想，应该支持她去；可是，老两口已近花甲之年，身边无人照顾，让和自己生活了二十多年的女儿离开，失落啊。最后，他说了句模棱两可的话：“玥儿，这是一件大事，让爸妈和你商量好了再定。”

丁济才觉得冷秋的意见合理，劝道：“玥儿，你爸说得对。如果你爸你妈支持你继续学医，我和你干妈持欢迎态度。”

冷玥听了大家的意见，觉得很有希望，也表了态：“听你们的，玥儿的命运就交给你们了。”

丁济才他们在镇上雇了一辆马车，辞别了冷家人回县城去了。

冷玥耐心地给父母做思想工作，讲了去县城的好处：“玥儿到了县城，有干爹干妈呵护；如果玥儿学业有成，能做个合格的医生，回古槐镇为父老乡亲服务，你们也光彩呀。”

“殷家的婚事怎么办？”冷秋问。

“我和殷昌烈只有一个婚约。如果他对我有心，不会反对我继续学医；若他的心不在玥儿身上了，强扭的瓜不甜。何况，殷家目前的情况我们毫不知晓。”冷玥讲了她对殷家婚姻的态度。

冷秋问妻子：“桂巧，你是什么想法？”

桂巧沉思了一会儿，说：“玥儿说得在理，你做主，我同意。”

冷秋最后下了决心：“玥儿离开我们，我打心眼儿里舍不得。既然她有大的志向，我们也拦不住。”他又提醒女儿，“玥儿，你到了县城，专心你的学业。你是一个大姑娘了，容易惹出是非，自己珍重自己。”

“爸的话玥儿谨记在心。我会时时处处自珍自爱，什么事都听干爹干妈的。”

冷家人统一了意见，1947年春节过后，冷秋偕女儿奔县城去了。

第十章

冷玥到县城以后，依然寄宿在丁济才家。秦宜岚给她重新制订了学习计划：重温读过的医书，同时增加了新的科目，带她坐诊开处方，让她在实践中积累经验。这样，冷玥不得不频繁在诊所露面。在鱼龙混杂的社会里，多数人是真求医，也有少数纨绔子弟和居心不良者，以看病的名义，一睹冷玥的芳容。一天，来了一个官家模样的青年，称头痛，专门找冷玥看病，冷玥解释说："先生，秦医生出诊了，请你等候一会儿。"

"你不是医生吗？你不看病坐在这里干什么？"冷玥一听这声音，好熟悉呀，仔细一瞧，认出来了：这不是贾冬吗？心想，他一个日本人的走狗，怎么混到县城来了？于是，装着不认识他说："我是学徒，没有开药方的资格。"

"你看了再说嘛。"他一脸流气，伸出手，"你把把脉，我心跳得厉害。"他想故技重演。

冷玥知道他是来找碴儿的，不肯给他看，他从衣兜里掏出手枪往桌上一放："你识趣点儿，老子就是要你看！"

"我只给人看病，不给狗看病。"冷玥恼怒了。

"谁是狗？"贾冬气急败坏打了冷玥一耳光。外面的争吵，惊动了正在里屋给一位县官看病的丁济才，他马上走出来，惊异地问："玥儿，出了什么事？"

冷玥哭着说："他欺负人……他打人……"

丁济才怕把事情闹大，语气很温和地说："这位先生，你稍等一会儿，我给你看。"

"不行！我就当回狗让她看。"贾冬存心要横。

"只有日本人才这样不讲理，请你自重。"丁济才也生气了。

"谁是日本人?"

"你……你是日本人的走狗!"冷玥一横心揭了他的老底。

这时，那位找丁济才看病的县官从里屋走出来，对贾冬斥责道："你是干什么的？放肆!!"

贾冬是认识这位县官的，他就是查道然查县长。贾冬知道自己遇到了麻烦，垂头丧气站着不语。

那位县官的跟班对县官耳语了几句，县官非常生气："你等着关禁闭！滚!!"

贾冬像一条丧家犬跑了……

那位县官转过身安慰冷玥："你不要跟这种人生气，我一定惩罚这个坏蛋，给你讨回公道。"

冷玥认为自己受到了极大的侮辱，还在气恼，没有回应。

丁济才叫道："玥儿，查县长跟你说话哩。"

冷玥抹了泪，抬头应了声："谢谢查县长!"

查县长仔细瞧了冷玥一眼，又说："不要生气了。以后如有人找你的麻烦，我给你做主。"他指指丁济才，"丁医生是我的好朋友，他的事就是我的事。"他瞧玥儿瞧得忘了神，站着不动。丁济才难为情地说："查县长，到房里去喝茶。"

查县长觉得有些失态，随丁济才进了屋。

秦宜岚出诊回来，看冷玥哭丧着脸，问："玥儿，什么事让你不高兴?"

冷玥不语，一个劲儿地抽泣……

秦宜岚问了丈夫，才知事情的始末，劝道："玥儿，这种人不值得你生气。以后遇到不怀好意的求医者，你躲开些，由我和你干爸去应付。"

"我为什么要躲禽兽不如的东西！越怕，这种人的气焰越嚣张。"冷玥有自己的胆识。

“事情已经过去了，生气伤身子，你歇歇去。”

晚上睡觉的时候，丁济才对秦宜岚说了查县长看冷玥的那种淫邪眼神，说：“宜岚，玥儿是个特别美丽的妙龄少女，让许多心术不正的人垂涎三尺，我真担心她惹出什么是非来。”

“玥儿长得美丽有什么错？女孩子长得像丑八怪一样就没有是非了?!”她愤愤不平。

“我就是担心!”

“你说怎么办？把她送回古槐镇?”她停顿了片刻，“一个很有培养前途的医生，我不忍心让她半途而废。”

“我不是要送她走，但我们有保护她的责任。要未雨绸缪，想个稳妥的办法。”

“先生，不要前怕狼后怕虎。日本人那么骄横地残害中国人，我们都挺过来了。现在毕竟是中国人自己的政府，怕什么?”

“自己的政府……”他叹了一口气，“民主是句空话，官压民的事件层出不穷，你未必看不清楚。”

“现在不讨论时局，我们只谈玥儿的事怎么办!”

“能不能不让她或少让她在诊所露面，要她一心一意学习功课，理论基础深厚了……”

“我不同意你的主张。”她打断他的话，“学医，理论是基础，而本领是要从实践中得到的。”她看他不语，继续说，“我和玥儿共同接诊病人快一年了，虽然是她开处方我签字，但我觉得她在实践中有了很大的进步，得到了好多续诊病人的信任。如果不让她在诊所看病，对她是不公平的。”

丁济才被她说服了，说：“你的意见我同意。只是我们要多留意，防止她受到伤害。”

“保护玥儿是我们义不容辞的责任，多加小心就是了。但还是要一如既往地让她实践，让她将来成为一个出色的女中医。”她把灯熄了，“睡觉!”

第十一章

冷玥的麻烦果然来了……

在很长一段时间里，贾冬没有上门找碴儿，而那位查县长隔三岔五便到诊所看病。每次来时，总要和玥儿说上几句关心她的话。一天，查县长来时，刚好丁济才出诊去了。他以等丁济才的名义在诊所逗留。秦宜岚主动给他看病，说："查县长，丁先生出诊一时半会儿可能回不来，您要是相信我，我给你看看。"

"不……不……"查县长回应道，"我的病丁医生熟道，还是等等吧。"他又吩咐跟班，"可筠，你有事就先回去。我看完病自己回去。"跟班答应一声走了。

此时，冷玥正在专心地为一个病人诊断，一切程序过后，便开了处方递给秦宜岚："这位病人主要是肝区有压痛感，已经吃了五剂药，病情有好转，您再看看。"秦宜岚重新问了病情，切了脉，聚精会神地斟酌药方……查县长趁空隙主动和冷玥说话："你已经可以独当一面了，不错，不错。"

冷玥沉着脸不回应，查县长又问："你多大了？"

她还是不理他。这时，秦宜岚把处方递给冷玥："我加了两味理气的药，你再看看。"

冷玥接过处方，看了一下："行。您签个字。"冷玥把签了字的处方拿在手里，"我到药房抓药去。"她转身到后屋去了。

诊所里只有查、秦二人了，他问："秦医生，这个女子是你的学生，有多大了？她叫？”

她知道他问话心存不轨，便趁机说了：“她叫冷玥，是我的学生，不知道她还能跟我多久。”

“为什么？”他有些诧异。

“她有婆家了，婆家什么时候娶她，她就什么时候回古槐镇去。”

“哦！哦！是这样啊。”他表现出很失望的样子。这时，丁济才回来了。他和查县长打招呼：“胃痛好些了吗？让您久等了。”

“没事。你稍歇一会儿。”

“不怎么累。”丁济才用手势礼貌地请他，“请县长到诊室去。”他们一前一后去了诊室。

一个月后的一天，查县长来到仁济诊所找丁济才看完病后，还没有要走的意思，丁济才只好陪他聊天。

查县长从诊所的经营情况入手，很自然问到了冷玥：“丁医生，你的那个女学生是不是叫冷玥？”

“是的。县长是怎么知道的？”他警惕起来。

“秦医生告诉我的。”他说话有点语无伦次，“她……她二十二岁了吧？”

“是……是的。”丁济才已经意识到查县长的用心了，“应该出嫁了。她婆家说不定什么时候来娶她。”

查县长沉思良久，终于露出了他的不良居心：“丁医生，我家里已经很久没有女主人了，我想娶冷玥，了却我续弦的心愿。请你力劝冷玥嫁给我，你是有这个能力的。”

丁济才见他摊牌了，从保护冷玥的角度严词拒绝：“查县长，这件事丁某无能为力，她是有婆家的人，丁某不能有违道德。”

“不，不，”查县长仍然和颜悦色，“我已经派人到古槐镇调查清楚了。她和殷家只是一纸婚约，且殷家到现在音信全无。这种婚姻是不受法律约束和保护的。”他微微一笑，“我们现在是国民政府，什么事都要讲民主讲法律嘛!”

“查县长，您是一县的父母官，应该为民表率，不能因一己之私拆散他人婚姻，丁某也绝不做千夫所指之事。”丁济才斩钉截铁地回了他。

他怔了一下，口气十分温和地说道：“此事从长计议，不谈了，不谈了。”他起身对丁济才礼貌地说，“查某太急切了，说了有失身份的话，请你不要放在心上。”丁济才一句客气话没说，他悻悻而归。

晚饭后，丁济才提议：“宜岚，我们出去走走。”秦宜岚同意了。

他们走在郊外的一条小路上。已是仲秋天气，一弯上弦月洒着清光，一切是那样的神秘。丁济才心思沉重地对妻子说：“宜岚，玥儿的麻烦不幸被我们言中了，将来的结局不可预料。”

“是不是查道然对玥儿有所图谋?”

“是的。”他把查道然今天提出的无理要求对她讲了。他感叹道：“人心不可测！看似一本正经的查县长，居然一副奸诈心肠。没有料到的是，他竟派人到古槐镇把玥儿的情况调查得一清二楚。”

秦宜岚的心情也沉重起来，惆怅地说：“先生，我想查道然不会善罢甘休的。为了玥儿的安全着想，最好让她回古槐镇去躲一躲。”

“你找玥儿谈谈，让她有个思想准备。”

“好。不过，玥儿不一定同意，她现在求知欲很强。”

“谈谈再说。”他又叮嘱，“说话尽量不要刺激她，既要让她知道处境危险，也不要把她吓坏了。”

“我知道，我知道。”

第二天傍晚，秦宜岚和冷玥走在昨天她和丁济才走的同一条小路上，秦宜岚说：“冷玥，干妈有件事和你聊聊。”

“干妈，你说，玥儿听着。”冷玥回答得很随意。

秦宜岚便把查道然想娶她续弦的事说了。问：“玥儿，你听了心里怎么想?”

“干妈，这是玥儿料到会发生的事。我和他只接触过几次，就知道他包藏祸心。”冷玥毫不惊诧，镇定地说，“玥儿不怕，玥儿这几年经历的事太多了。软弱是要被欺辱的。在这样的社会里，只有和命运抗争才能生存。他查县长在光天化日之下难道敢把玥儿抢去不成?!”

秦宜岚听了很是意外：“玥儿，你长大了，敢和邪恶势力抗争了，难得!”她思量了片刻，“只是你的处境危险哪！他会不择手段达到目的的。”

冷玥抽泣起来，哽咽着说：“县里的女子成千上万，他唯独不放过玥儿，为什么呀?”秦宜岚给她擦了泪：“玥儿，不要难过，我们这不是在设法保护你嘛。”她以商量的口吻说，“玥儿，干爹干妈有个想法，想和你商议商议。”

“干妈，我知道，你们想要我回古槐镇躲避查道然的纠缠。”冷玥已经猜到他们的意思了。

“是的。你回家一阵子，等事情有了转机你再回来。”

“干妈，你们的好心玥儿理解。但玥儿现在就是死也不回古槐镇。”

秦宜岚一怔：“为什么?”

“日本人来中国奸掳烧杀，玥儿不得不回老家去躲避；现在是国民政府，难道国民政府也和日本人一样草菅人命?!”她有点愤怒了，“玥儿不过是个妙龄女子，招谁惹谁了，为什么就容不下玥儿?!”她又哭了。

秦宜岚同情地说：“玥儿，干妈理解你，玥儿没有招谁惹谁，是这个世道不让有点姿色的女子好好生活。”

“干妈说到这里，玥儿越发想不通——女子长得有模有样一点，就成了社会上的‘红颜祸水’，就该被有权有势的人蹂躏?”她义愤填膺。

“不，不，谁说你是‘红颜祸水’?”

“玥儿第一次回到老家，明明是那帮不怀好意的人千方百计想欺侮玥儿，玥儿只是为了做人的尊严进行抗争，却被心存男尊女卑思想的人说一切都是玥儿的罪过，用‘红颜祸水’来作践我。”她发泄后心情稍微平静了一些，“干妈，你们都是为玥儿好。假若我这次回到古槐镇，不知会有多少脏水往玥儿的身上泼。这是玥儿现在宁死不回古槐镇的真实想法，希望干爹干妈理解。”

“干妈知道了。”秦宜岚听了冷玥的诉说，心里很是不平，“玥儿心里很苦，都是混浊世道造成的，玥儿没有罪过。”

冷玥感动得又哭泣起来：“只有干妈能理解玥儿的苦衷。”

“不哭了。事情还没有定论。也许查道然遭到你干爹的严词拒绝后，会幡然悔悟，打消这个念头。”秦宜岚安慰她。

“但愿如此。”冷玥迎合了秦宜岚的说法。

二人都无语地走着……一会儿，冷玥突然问：“干妈，假若姓查的采取卑劣手段强娶玥儿，玥儿怎么防?”

“这个……”秦宜岚也无对策，“干妈劝你，最好还是躲一躲。”

“怎么个躲法？要躲的唯一办法就是回古槐镇。与其回古槐镇被众人的唾沫淹死，不如与姓查的同归于尽，轰轰烈烈去死。”她长叹一声，“干妈，如果让我中止学医，玥儿活着还有什么意义!”

“玥儿，你想得太悲观了。不要自己吓唬自己。”秦宜岚劝了冷玥，“果真发生了你想象的那种事，干妈干爹会全力保护你。”

“有了干妈对玥儿的承诺，玥儿心里就踏实了许多。”

过了许久，查道然又一次到诊所找丁济才看病。他只瞧了正在坐诊的冷玥一眼，没有说什么。丁济才给他看完病，说：“县长，你的病大有好转，只需吃几剂后续药就可痊愈，无须继续治疗。”

“谢谢丁医生。”他说了句客套话，吩咐随从拿了药就告辞了。有关冷玥的事，他只字未提。他的这种态度，反而让丁济才心里忐忑起来——他是悔过自责不谈冷玥的事了，还是酝酿着更大的阴谋?

第十二章

1948年秋，时局动荡起来。有传言省城已被共产党攻陷。周边几个县正处于拉锯战中，多股土匪趁机抢劫掠夺，奸淫妇女。县城的一些官府眷属和富贾绅士，纷纷逃到乡下或其他城市躲避战乱。面对这种混乱的局面，丁济才夫妇也惶恐了。他们商议，暂时到古槐镇去躲一躲。秦宜岚把冷玥找来，对她说："冷玥，现在时局变幻莫测，我们对共产党的政策也不了解，我和你干爹觉得，在时局未明朗的情况下，我们最好暂时到古槐镇去住一段时间，等时局平稳了再回县城，不知你的意见如何?"

冷玥听了，心想，既然他们要去古槐镇，自己无理由提出异议，于是说："玥儿听你们的。你们去了，我爸我妈会安排周全的。"

"不需要什么特别的安排，有住有吃就行了。"秦宜岚叮嘱冷玥，"不要给你爸你妈增加太多麻烦。"

"好。要不玥儿先行一步，去准备准备?"

"不必，我们雇车一起走。"

他们商议后的第二天，县城的居民隐约听到了枪炮声。丁济才一家急了，赶紧雇了一辆马车，收拾了必要财物，和冷玥一起连夜去了古槐镇。

他们的突然到来，令冷秋夫妇又惊又喜，热情地接待了他们。丁氏夫妇在冷秋周到的安排下，有了一种在自己家的感觉。是夜，冷秋对丁氏夫妇说："我们周边虽然不很平静，但我们镇处在三个县的边缘，又是山区，除了偶尔有共产党领导的游击队之外，并无什么险恶之事发生，请你们安心在这里歇息。"

“这里有共产党领导的游击队?”丁济才听了心里有些惊慌。

“他们不是常来。”冷秋解释说，“共产党的队伍纪律很严，来了也不扰民。除了宣传他们的政策之外，还访贫问苦，安抚百姓。”

“听说共产党对有知识的人不怎么客气?”秦宜岚担心地问。

“没听说过。但是他们会鼓励镇上有文化的人出来为他们做事。我们镇上的章先生常替他们写宣传标语。章先生的教馆也没有受到什么干扰，办得很有生气。”冷秋的回答多少消除了丁氏夫妇的疑虑。

不久，丁氏夫妇来镇上逃避战火的消息在山民中传开了。有些求医的人上了冷家的门。丁氏夫妇踌躇起来。丁济才问妻子：“宜岚，我们是来躲避战火的，给人治病是否适宜?”

“悬壶济世是一个医生的责任，不论在什么环境下都应该遵循这个宗旨，对求诊者不能拒之门外。”

“嗯。”丁济才回应说，“既然你是这个态度，我们索性在冷家设诊室应诊。”

二人把商量的意见告诉了冷玥和她的家人，冷玥十分高兴，并收拾出一间小房，开始接诊。一时间冷家又热闹起来，十里八乡的山民赶来求医。在接诊过程中，丁氏夫妇有意识地让冷玥多露面，帮助她在镇上积累人气，她心里也很兴奋，自豪感油然而生，暂时忘掉了身处战乱时局的危险……

第十三章

一日，丁氏夫妇和冷玥送走了最后一个病人。忙了一天的他们正准备吃饭，突然闯进一个老妇，哭道：“医生，我家的大儿子病了一个多月了，今日吃饭的时候突然倒在地上了……求求医生救救我儿子……”她扑通一声跪在他们面前。

丁济才怔了一下，连忙扶起老妇：“老人家起来说话。”

老妇起来后，也说不清儿子到底患的什么病。丁济才又问：“您家住在哪?”

“不远，不远……在离镇三里多路的石磨村。”

丁济才随即拿起出诊箱：“请您带路。”又对秦宜岚他们说，“救人要紧，吃饭别等我。”

冷玥拦下丁济才：“干爹，我对这里熟，陪您一起去。”

“我一个人去就行了，你累了一天了，在家歇息吧。”

“不行。我一定要陪您去。”冷玥坚持着。

丁济才还想说什么，冷秋说道：“先生，天黑路又不好走，让玥儿陪您去吧，做个伴儿。”

丁济才不好推辞，随即把出诊箱交给了冷玥。

已经是午夜了，丁济才和冷玥还没有回来。冷家人和秦宜岚心里紧张起来。冷秋说：“秦医生，看个病人不会要这么长时间吧?”

“可能病人病情复杂。”其实秦宜岚心里也忐忑不安，但不好显露出来。她安慰了冷秋夫妇，“没关系的，我们出诊经常深更半夜才回来。”

“要不这样，”冷秋征求秦宜岚的意见，“我去路上碰碰。”

“也好。”秦宜岚同意了。

冷秋点燃了油灯，拿了一根木棍走了……

又过了一个时辰，门突然被推开，冷秋搀扶着丁济才回来了。大家一看丁济才，惊呆了——他的衣服被撕破，脸上血迹斑斑。

秦宜岚战栗地问：“是怎么一回事？玥儿呢？”

丁济才连连摇手，上气不接下气：“……玥儿……”桂巧一听丁济才说话的口气，又没见到玥儿，知道出事了，一下瘫在地上……

秦宜岚赶紧把桂巧扶起，掐了人中，给她灌了一口热水，桂巧才慢慢醒过来……爆发式地哭了一声：“玥儿命苦啊！”

秦宜岚又把丁济才扶到了一把椅子上，一脸惊恐地问丈夫：“先生，是怎么一回事？”

丁济才惊魂未定，喘着气说：“我们……我们给病人……针灸，给了药，病人醒过来没生命危险了……我和玥儿走出病人家没多远，树林里冲出一伙人，一律黑衣黑头巾，拉着玥儿就走……”他还沉浸在恐惧之中，说不下去了。秦宜岚给他喝了口水，对他的胸部进行了按摩：“你冷静冷静，慢慢说。”

“我拼命把玥儿护在怀里，这伙人恼羞成怒，对我拳打脚踢，强行把玥儿架走了。玥儿奋力反抗，只听她不断骂一个姓贾的是畜生。他们走了很远我还能听到玥儿的骂声。”他又喝了一口水，哭了，“是我害了玥儿，我没有保护好她。”

冷秋在一旁哭丧着脸，一句话不说，直到听到丁济才的自责，才带着悲愤的口气道：“先生没有错，先生没有错……”他还是忍不住哭了，“是我们的命不好，害了玥儿。”

突然的变故，使两家人不知所措。还是秦宜岚比较沉着，对大家说：“我们不要自责，不要悔恨，赶紧一起想办法救玥儿。”

“玥儿骂的人姓贾？”冷秋自言自语。他忽然明白了什么似的，“我知道了，我去找他。”他起身便走，丁济才拦住他：“大哥，姓贾的是什么人？”

“是我们镇上开染坊那家人的儿子。过去给日本人当走狗，日本人走了，又成了国民党的警察。”

“哦！我记起来了。”丁济才讲了以前在诊所看病时玥儿与警察发生冲突的事，劝道：“大哥，您找他家里没用，反而落个理亏。”他慎重思考后，毅然决然地说：“宜岚，我们明日回县里去！”

“明日就走？”秦宜岚有些意外。

“明日走。救玥儿要紧。”

“先生，县里的战火未熄，您现在回去有危险。”冷秋很担心。

“没关系的。我听了大哥对共产党的介绍，心里有底。为了救玥儿，赴汤蹈火，在所不辞。”

“玥儿被掳到县城了？”桂巧问。

“有很大可能。我早就说过，姓查的不会放过玥儿的。”

“姓查的是什么人？玥儿怎么会和他结了仇？”冷秋困惑地问。

“大哥，这事你们不知道最好。以后对你们解释。”丁济才不想在冷秋的伤口上撒盐。

大家议论到半夜，最后统一了意见，连夜雇了一辆马车，第二天天不亮，由冷秋护送丁氏夫妇朝县城奔去……

他们走到大半路，离县城不远了，被一队人拦下。一个头领向他们问话：“你们是做什么的？”

“我们俩是医生，出诊看完了病人，现在准备回县城去。”丁济才回了话。

那个头领很客气，劝道：“先生，我劝你们现在不要回去。现在回去有危险。”

“我们都是老百姓，有什么危险？”丁济才央求道，“长官，你就行个方便，让我们回去吧，家里有病人正等着我们。”

“实话对你们说吧，解放军已经把县城围得水泄不通，只等上级命令攻城，现在不能放你们进城。”

丁济才还想说什么，只见那个头领摆摆手：“你现在说什么也没有用。”他吩咐一个士兵，“小李子，把这几位带到村里去休息。”他掉头走了。走了没几步，回头又说：“小李子，对王队长说一声，要他把这几位的生活安排好。”

丁济才迟疑着不肯走，对小李子说：“请你放我们原路回去行不行？”

“不行！”小李子说话很坚决，“现在是战时，军令如山。”

丁济才他们知道求情无望，只好随着小李子到附近的一个村子里去了。他们到村后，村子里的景象让他们大感意外：当兵的和老百姓像一家人。不少妇女在军队厨房洗菜做饭，军人帮老百姓打扫卫生，大家互相说笑着，没有一点拘束，欢声笑语充满了整个村子……

晚饭时，军队厨房里一个厨师模样的人端来了饭菜，他很客气地说：“不好意思，没有什么好吃的招待你们，只能保证你们填饱肚子。”

丁济才他们道了谢。

掌灯时分，王队长来了，对他们说：“现在是战时，外面很不安全，你们不要出村子。”他又喊道，“小李子，你把这几位客人的住处安排好了没有？”

小李子应道：“报告队长，已经安排好了，不过条件不好。那位女同志住在卫生队，男同志跟战士打通铺。”

王队长温和地对丁济才他们说：“委屈你们了，条件只能是这样了。”

“谢谢王队长。”丁济才说了句感谢的话，“我们有吃有住就心满意足了。”

是夜，军队有了行动——哨声响起，部队紧急集合，炊事班点火做饭，群众中的青壮年在清理小推车、担架……紧张的气氛扑面而来。这时，一个军官模样的年轻人，匆匆进了冷秋他们住的屋，“你们怎么……”他发现不是士兵，厉声问，“你们是什么人？”

丁济才正要答话，冷秋认出了那位军官："你……你……"那位军官也认出了冷秋，惊异地问："伯父，您怎么在这里?! 冷玥呢?!"

冷秋还来不及回答，只听外面集合号又一次响起，那位军官说："伯父，军务在身，不能细谈，等县城解放了我再去找您。"他说完立刻走了。

丁济才有点纳闷儿，诧异地问："大哥，你认识这个人?"

"认识。他就是玥儿的未婚夫。"他们正说着，殷昌烈又回来了："伯父，我已经关照过王队长了，要他照顾好你们。战事结束前你们哪里都不要去。外面很危险的。"他说完跑步归队去了。

一时间，整个部队除留守做后勤的少数军人和后方医院的人之外，全部上了前线。老百姓中留下的也是一些老人、妇女、儿童。村子里沉寂得令人毛骨悚然。丁济才他们处在前进不得、后退不能的境地。好在有留守解放军的照顾。

第二天，王队长来看望他们，问："你们跟殷参谋是什么关系?"

冷秋抢先回答："我们是老乡。"他不想说出私情，"他是什么参谋?"

"是团部的参谋。"

丁济才他们在这种环境下，更加牵挂冷玥。昨天，能听到从县城方向传来的枪炮声，一天过后，枪炮声渐渐平息，随之，从前线运来了不少伤员。这时，冷秋心里倒担心起殷昌烈的安危来，想到伤兵中去瞧瞧，无奈医院有解放军看守，不让进去。

当天下午，王队长对丁济才他们说："老乡，我们马上进县城。你们不是要进县城吗？可以跟着我们一起走。"

丁济才说了感谢的话，三人随即收拾带来的物品，跟着部队一起走了……

第十四章

丁济才三人回到县城，这时已经离 1949 年春节不远了。他们看到不少军人冒着严寒在打扫道路，清除战争痕迹，还不时听到宣传共产党政策的土喇叭声，欢迎解放军的标语到处可见。有的商店半开着门在营业，有的商店还没有开门，个别提篮小贩毫无顾忌地沿街叫卖，一派战争过后的景象。

丁济才回到自己的诊所，沿着屋里的各个角落走了一遍，没有发现损毁和抢劫的痕迹，心里安慰了许多。他稍事休息后，对冷秋说："大哥，你和宜岚在家待着，我去外面走走，寻找玥儿的线索。"

"我和先生一起去。"冷秋要求道。

"您对县城不熟。我还有些朋友，兴许可以从朋友那里找到一些蛛丝马迹。"

秦宜岚也劝冷秋留在家里等消息。

丁济才要找的第一个人就是陆守义。陆守义虽然很少与官家往来，但结交甚广。陆守义见丁济才上门拜访，甚是客气。一番礼让之后，他问道："丁先生找陆某有何吩咐?"

"陆兄客气了。丁某有一事相求。"丁济才便把冷玥被绑架一事做了详细介绍。

陆守义沉思良久，问："您的这个学生平时与谁有过节?"

丁济才又说了查道然要娶冷玥的事，然后说："查道然犯案的可能性最大。听说他已逃离了县城。"

“解放军破城的当天，查道然从一个秘密通道逃了，被俘的人员中没有他。”

“被俘人员中有没有女子？”丁济才不放过一线希望。

“这我倒没听说。”陆守义回答后又说，“我托人给先生打听打听。”

“那就谢谢陆兄了。”丁济才起身准备走，陆守义又问道：“你这里还有什么线索吗？”

这时，丁济才突然记起：“有一个重要线索差点忘记告诉陆兄——绑架冷玥的人中有一个是警察局姓贾的小头目。如果能找到这个人，什么事都明白了。”丁济才走时，特别说了感谢的话：“丁某人微言轻，束手无策，此事全仰仗陆兄了。”

“不必客气，一有消息，陆某定及时告知先生。”

丁济才辞别陆守义回家去了。

丁济才回到家里，把找陆守义的经过告诉了秦宜岚和冷秋。

在等冷玥消息的过程中，丁济才把诊所整理出来，开始接诊。

时间过去了三天，陆守义派人请了丁济才，丁济才满怀希望到了陆府，见到陆守义说了几句礼节性的话，便急着问：“陆兄定有好消息告诉丁某。”

“丁先生请坐。”陆守义慢条斯理地说，“查道然的下落无从得知，您的学生也无消息。”他稍微停顿了一下，“不过，一个重要人证找着了。”

“谁呀？”

“警察局那个姓贾的小头目被俘虏了，被关在解放军的俘虏营里。”他看丁济才还望着他，便说了结束语，“我能告诉先生的只有这些，以后得到什么消息，再转告先生。”

“谢谢陆兄了。”丁济才征求陆守义的意见，“陆兄，用什么方式才能见到姓贾的？”

“这个……陆某也无从知道。”

丁济才见陆守义为难的样子，说：“不为难陆兄了，丁某慢慢想办法。

丁某先告辞了。”

陆守义送走客人的时候，忽然说：“先生，共产党进城以后，成立了军管会（“军事管制委员会”的简称），您最好找军管会提出您的要求，求得他们的帮助。”

“丁某去找他们合适吗？”他对与共产党接触心中无底。

“陆某听说，他们对老百姓很友善，丁先生也是老百姓嘛。”陆守义鼓励了他。

“谢谢陆兄的主意，丁某去试试。”他说完便拱手与陆守义告别。

丁济才把从陆守义那里得到的消息告诉秦宜岚和冷秋后，说：“我明天去找军管会。”

“这么大的事，人家能答应？”秦宜岚有顾虑，“假若把我们和姓贾的拉上关系，你说得清楚吗？”

冷秋听了他们夫妻的对话，救女心切，鼓起勇气说了有担当的话：“丁先生、秦医生，找军管会的事我去。我熟悉贾冬，又与他是乡邻，解放军会相信的。出了什么事冷秋顶着。”

“大哥，你一个人去不行。有些事你说不清楚。”丁济才有了主意，“这样，明天我和大哥一起去。”

丁济才的意见得到了二人同意。

军管会设在当地一个逃跑了的劣绅的大院里。第二天，丁济才与冷秋在军管会外面驻足了一会儿，只见周围有荷枪实弹的军人守着，进进出出的也多半是军人。偶有着便装进去的，都要经过盘问、登记。丁济才大着胆子走近卫兵，用刚学到的新词问：“同……同志……”

卫兵看他说话吞吞吐吐，问：“老乡，有事吗？”

“我们有个情况想找部队的首长反映。”

“反映的情况重要吗？”

“不重要，自己的事……”丁济才说话胆怯了。

“重要的事首长都处理不完，现在没有时间见你们。”卫兵拒绝了他们。

“我想找一个人。”冷秋忽然记起了殷昌烈。

“找谁?”

“找你们团的参谋，姓殷。”

“你跟他是什么关系?”

“我们……我们是老乡。”

“他们在开会。”

“我找他只说两句话。”冷秋急了，抬步想闯进去。

卫兵猛地拉了他一把：“怎么，你想闯会场?”

冷秋一个趔趄差点摔倒，他认为自己被羞辱了，急得哭了起来。丁济才劝道：“大哥，他们有他们的纪律，我们在外面等一等。”

这时走来一个军官，问道：“老乡，你哭什么?”

冷秋不语，丁济才把找人的事说了。那个军官批评了那位卫兵：“王奇，对老乡的态度要和气，你忘记纪律了?”他又对冷秋说：“领导们在开会，你们进去不方便，在外面等一会儿。”

丁济才连忙说：“可以，可以，麻烦长官了。”

“我不是什么长官。”他回头说，“我们共产党内只有同志。”

“是，是，我说话冒昧了。”丁济才道了歉，拉了冷秋一把，“大哥，我们明天再来吧。”

“不，”冷秋倔起来，“先生，你先回去，我一个人在这里等。”

“大哥既然是这个意思，我陪着你。”

中午，只见从院内走出来许多人，冷秋凑上前一个一个瞧。有卫兵觉得冷秋形迹可疑，拉着他：“老乡，离远一点，鬼鬼祟祟干什么呢?”

“我……我……”冷秋说话哆嗦起来，“我找一个人。”

“你找谁?”

“你们团的参谋，叫殷……”他急得一时记不起名字。

“殷昌烈是吗?”那人朝里面叫了一声，“殷参谋，有个老乡找你。”

殷昌烈应了一声，从里面走出来。他发现是冷秋，热情地叫了一声："伯父，我正准备去打听你们的下落，你们来得正好。"他最牵挂的人是冷玥，很担心地问，"冷玥呢?"

冷秋一听他问冷玥，心里悲愤极了，哭了起来。丁济才走过来："大哥，不哭，有什么事慢慢说。"他又自我介绍，"我姓丁，是冷玥的老师。我和他爸是专门来找您，请您帮忙寻找冷玥的。"

殷昌烈非常担心地问："冷玥怎么样了?!"

"冷玥遭人绑架了。"

"什么时候的事?"

丁济才把大致经过告诉了殷昌烈，说："绑架冷玥的人中可能有一个是国民党警察局姓贾的人。据说，他已经被贵军俘虏，关在俘虏营里，只要审问了姓贾的，冷玥的下落就有可能水落石出。"

殷昌烈听了，一脸愤怒和担心，说："这事我来想办法。姓贾的我也认识。"他又问，"伯父是不是住在丁先生诊所里?"

"是的。"丁济才回答。

"我一有消息就去找你们。"他有点难为情，"伯父，我们刚进城，要办的事情有很多，又没有一个固定的住所，不能安置您，请伯父原谅。"

冷秋听了殷昌烈的话，得到许多安慰，说："丁先生如同兄弟，我住在那里很好。"他又嘱咐，"玥儿的事你要快一点办，她妈还在家里等消息。"

"伯父放心，救玥儿昌烈义不容辞。"他听有人叫他，忙说，"昌烈有事要去处理，就不陪你们了。"他说完就匆匆走了，冷秋他们只好回家等消息。

殷昌烈虽然是个团参谋，但审问俘虏他没有这个权力。当天，殷昌烈参加了由团长——军管会主任主持的会议，会议一直开到深夜。团长宣布散会后，其他人都走了，只有殷昌烈迟迟没有挪步。团长很奇怪："昌烈，你不累？怎么还不走?"

“团长，昌烈有件难事想请团长帮忙。”

“夜深了，休息去，有什么事明天说。”团长掖着公文夹子要走。

“只耽搁您几分钟。”

团长没有理他，走了几步，又说：“一起走，边走边说。”殷昌烈抓住这个机会，对团长讲了想审问贾冬的理由。

“这事，这事……”团长觉得殷昌烈应该回避，“这事你不能插手，按规矩办，由受害人家属向军管会提出申请，由军管会派人去审问。”

“照团长的意见办。”他和团长边说边走了。

第二天，殷昌烈抽空到了仁济诊所，刚好三个人都在。他把团长的意见传达后，说：“请丁先生以伯父的名义写一份申请，递到军管会去。”

“我们进去很难。”冷秋说。

“没关系的。约个时间，我在门口候着。”

申请递进去没几天，审问贾冬的结果让冷秋他们失望了。

贾冬承认执行了查道然绑架冷玥的行动。他把冷玥交给了查道然，过了几天就被俘了，冷玥的下落他一点儿都不清楚。他说冷玥有可能被查道然带走了。

冷秋听了殷昌烈的回话，顿时哭了起来：“玥儿命苦，是我们的命不好害了玥儿。玥儿若有个三长两短，我和她妈也活不下去了。”

殷昌烈安慰他：“伯父，您不要过于悲观，我想玥儿那么聪明，定会逃出虎口的。”他在安慰冷秋，同时也是在安慰自己。

“昌烈，你一定要把玥儿找着。活要见人，死要见尸。”冷秋说着说着又哭了，“是我害了玥儿。那时如果跟着你走了就不会有这事……”他晕了过去。

丁济才马上进行急救，冷秋才慢慢醒过来，但他一句话不说。

殷昌烈见冷秋没事，说了句有担当的话：“伯父，您放心，昌烈就是上刀山下火海也要把玥儿救回来。”他看了一下怀表，“我马上要参加一个会，不能耽误了。”

第十五章

丁济才夫妇和冷秋把救冷玥的希望寄托在殷昌烈的身上，殷昌烈隔三岔五就来一次诊所，带来一些不确定的消息……

一天，一个老者来仁济诊所求医，丁济才诊断后给老者开了处方。老者问：“先生贵姓?”

“我姓丁。”

“这位呢?”他又指了指秦宜岚。

丁济才有些纳闷，心想，他问这些干什么？但又不得不回答：“她姓秦，是丁某的内人。”

“哦，哦，好人。”老者拿了药，从怀里掏出一块玉佩：“先生，我没有带现钱，这块玉抵押在这里，我明天来赎。”他不等对方表态，转身走了。丁济才觉得老者好奇怪，拿着玉看了又看，突然叫道：“宜岚，你来看看，这块玉似曾相识。”秦宜岚凑近一看，惊诧得说不出话来：“这……这……这不是我们送给冷玥的那块玉吗?”

“是的，是的。”他醒悟过来，“那老伯……”

“快去追呀!”她提醒他。

丁济才急忙跑出诊所……过了一会儿，他丧气地回来了，说：“老伯已经不知去向，追了一阵子也不见踪影。”

秦宜岚惋惜的同时，也找到了希望：“先生，玥儿肯定没死，并且就藏在离县城不远的地方。”

“你推断的没错，只是我们失去了一个难得的机会。”

第二天，老者果然来了，他放下一辆手推车走进诊所。老者没有看到丁济才便对秦宜岚说：“我孙女病得厉害，请您看看。”

秦宜岚应了一声，赶紧走近车上的女病人，只见她衣衫褴褛，蒙着头巾。秦宜岚掀开她的头巾，这一瞧非同小可，她顿时激动不已，惊呼道：“冷玥！我的冷玥!!”秦宜岚大声哭了起来。

丁济才和冷秋听到秦宜岚的哭叫声，马上跑出来，冷秋扑上去，看到冷玥悲惨的样子，瘫在了地上。丁济才缓解了一下情绪，走近冷玥：“玥儿，受苦了。”

冷玥面对他们三个人，一脸呆滞，不哭，不笑，不语……

老者开口了：“秦医生，先把病人安置了再说。都别激动，这样对病人不好。”

丁济才谢过老者，对妻子说：“宜岚，先把玥儿扶进屋，以后再慢慢聊。”

秦宜岚把玥儿抱起，显然抱不动，冷秋上前帮忙，两人把玥儿抬进屋里去了。

老者又从车上拿出一个小包，交给丁济才：“这是给她治病的草药，从山上采的，你看看有没有用。”

丁济才接过小包，说：“老伯，到屋里去坐一会儿，请您把玥儿的情况对我们说说。”

“不啦。她什么事也没有对我讲，连她叫什么我也是现在才知道。”

“您是怎么救下她的？”

“一队逃跑的国民党官员经过我们村子……那天夜里，我听到有人敲我家后门，便起来打开门，她靠在墙壁上用微弱的声音说：‘救救我。’我和老婆子看她可怜，就把她扶进了屋。我用草药为她调理了几天，她才慢慢说话。她要求我到县城仁济诊所找丁先生和秦医生，其他什么事都没有对我讲。”

“老伯贵姓？是哪个村里的？”

“我姓丘，是文村的。”

“您对玥儿有救命之恩，丁某一定重谢！请您在家多住几日。”

“谈不上什么‘恩’，这是一个乡下人应该做的。”他起身，“老婆子一个人在家，我一定要赶回去，就不叨扰了。”

丁济才想买点东西谢他，他摆摆手。丁济才忽然记起：“老伯，您的玉……”

“那不是我的，是玥儿的。”他推着车头也不回地走了。

丁济才送走了老者，吩咐妻子：“宜岚，把玥儿扶到房里去。你打盆水，帮她洗一下，让她换上你的衣服。”秦宜岚答应一声，扶玥儿进了房。

到了吃下午饭的时候，秦宜岚专门做了几个菜，将玥儿扶上座位进餐。她像个木头人似的。饭桌前，她望着众人“哇”的一声哭出了声。冷秋怔着问：“玥儿，有什么话说出来。”

丁济才拦下冷秋：“大哥，让玥儿哭，别问她什么。”

冷玥号啕大哭了一阵子，似乎缓过气来，吃了一碗粥，又不语了。

吃完饭后，丁济才检查了玥儿的病情。认为她的病为惊吓所致，于是开了些镇静安神的药，当晚煎给她服了。

冷秋在和冷玥交谈的时候，无意间讲了殷昌烈目前的情况。冷玥听了反应强烈，说了很生硬的话：“玥儿不想见他！你们切不可向他讲玥儿的事。”

“为什么？”丁济才问。

“不为什么。你们要是让他知道玥儿在县城，玥儿马上走。”

“我们不告诉他，行吗？”秦宜岚说后又问，“玥儿，他现在为找你操碎了心，而且还在继续努力。你为什么不能理解他？”

冷玥对秦宜岚的话不做任何解释，沉默不语。

“好了，大家休息去吧。一切听玥儿的。”丁济才希望冷玥的情绪能慢慢平复。

“丁先生，我想明天回古槐镇去，给玥儿妈报个信儿。”

丁济才望了一眼冷玥："玥儿，让你爸回去，可以不可以？"

"玥儿和爸一起走。"

"不行。"秦宜岚说，"你的病干爹干妈要负责，必须在诊所医治。"

"玥儿，等你身体恢复了，爸再来接你。"

冷玥不置可否……

第二天一早，冷秋准备起程，他当着冷玥的面对丁氏夫妇说："丁先生、秦医生，玥儿就托付给你们了。"又对女儿说，"玥儿，一切要听干爹干妈的。"

冷秋别了三人，回古槐镇去了。

这期间，殷昌烈一如既往地往仁济诊所跑，每次都是遗憾地离开。

冷玥回到诊所将近一个月了，经丁氏夫妇用药精心调理，身体有了很大的好转，情绪也慢慢向好。秦宜岚总想知道她被绑架后的经过，可每每问到这里，冷玥总是沉默以对。丁济才劝妻子："宜岚，玥儿的心结没有完全解开之前，不要碰她的伤处，她一定有难言之隐。"

"是的。我也是困惑，以后慢慢做工作吧。"

一天，殷昌烈又来到诊所，当他和丁济才谈冷玥的事时，忽然听到后屋有一女子的声音："干妈，有个方剂问您一下。"

原来，玥儿在治病期间，闲来无事，便抄写秦宜岚的医案，可能碰到了疑问，所以叫了秦宜岚，秦宜岚应了一声到后屋去了。殷昌烈听出是冷玥的声音，大喜过望："是玥儿！是玥儿！"他正要到后屋去，丁济才拦住他，解释道："殷参谋，此时你不能去。"丁济才便把冷玥拒绝见他的事说了，"她现在一点思想准备都没有。如果你这时突然进去，她定会反感，甚至会闹出病来。"

"她为什么不肯见我？"殷昌烈很不理解。

"冷玥没有讲出任何理由。为了照顾她的病，我们也不能刨根问底。"

殷昌烈沉默了一会儿，爆发式地边喊边冲进了内屋："冷玥！冷玥！……"

冷玥突然见到殷昌烈，脸上异常难看。她想躲避他，不料殷昌烈情绪失控，一把把她抓住了：“冷玥，我是殷昌烈，我找你找得好苦呀!”他哭了起来。

冷玥一把推开他：“我不认识你，你走!”

“冷玥，你不能这样对我，说什么我都不能再离开你。”

秦宜岚遇到这种尴尬事也束手无策，她用身体护着冷玥：“殷参谋，给玥儿一点时间，她会想起你来的。”

丁济才把殷昌烈请到了前屋，劝道：“殷参谋，玥儿受的打击可能很深，一时半会儿回不过神来，你应该理解。”他寻思了一会儿，“这样，我们先把玥儿拒绝见你的原因搞清楚了再告诉你，然后有针对性地解开她的思想疙瘩。”

殷昌烈到底是受过教育的人，知道欲速则不达的道理，他心平气和地说：“丁先生，昌烈做事鲁莽了，一时冲动没有听您的劝告。”他沉思片刻，“丁先生，玥儿的工作靠您和秦医生去做。我耐心等待。K县刚解放不久，公务繁忙，我不能久待了。”他走出大门，依依不舍，又回头朝内屋看了一眼。

和殷昌烈的突然见面，使冷玥内心的斗争非常激烈。她的苦衷只有她自己知道，又无颜向任何人倾诉。她越发郁郁寡欢了。

以后的日子里，殷昌烈多次来探听冷玥的病情，都只在前厅与丁济才聊聊。他想了解冷玥为什么疏远他，可仍然得不到答案。

春天来了，到处都能感受到盎然春意。一天，秦宜岚对冷玥说：“玥儿，好久没有到外面去散步了，今天天气好，我和你一起出去走走。”

冷玥经过近两个月的调养，身体恢复得很好，情绪也更加稳定，愿意和人说话了。她见秦宜岚约她，笑着说：“我陪干妈去。”

秦宜岚和冷玥稍微整理了一下衣衫，便牵着手走出了诊所。这是冷玥回来后第一次走出大门。在她眼里，满街都是新鲜景象：解放军和老百姓说话和和气气，时有军人在打扫街道，见不到原来满街的乞丐，人们脸上荡漾着幸福和喜悦……

她们走出东街，沿着一条柳堤漫步。柳树已经抽出嫩条，经受过严冬的草地有了返青迹象，堤下是一条小溪，消融的冰水沿小溪潺潺地流着……

在春意浓浓的环境下，冷玥也有了好心情，挽着秦宜岚边走边说话。秦宜岚总想借机打探她内心的秘密。她刚想开口，冷玥忽然呕吐起来。秦宜岚惊问："玥儿，怎么啦?"

"胃不舒服，想吐。"她喘着气回答。

"好，坐下来休息一会儿。"秦宜岚扶她坐下。

休息了一会儿，冷玥的心情突然阴沉下来，说："干妈，我们回去吧。"

凭医生的敏感，秦宜岚猜到冷玥出了大事，只是不愿说出，应道："好，我们回去。"

在回家的路上，不管秦宜岚跟她谈什么，她都冷着脸一言不发。到家后，冷玥立刻进了卧室，随即听到了她的抽泣声。

秦宜岚安抚冷玥后，去诊室找了丁济才。丁济才见她严肃的样子，问："出去只一会儿，为什么回来了?"

"玥儿可能出了大事。"

"玥儿出了什么大事?"

秦宜岚把冷玥的生理反应对丈夫讲了。丁济才听后在思想上完全无法接受："这事不可能发生在玥儿身上!"秦宜岚没有辩驳，二人都沉默了。

"你先冷静下来，既不能给玥儿施加压力，也不能对任何人讲这件事。"丁济才嘱咐妻子。

"我想玥儿已经知道了，因为她是医生。从现在起，我们要时时刻刻注意玥儿的情绪变化，不能让她的思想出岔子，以免做出什么蠢事来。"

丁济才听妻子一说，思想上惶恐了，他有点自责："我忽略了。"他思忖良久，又说："宜岚，今天晚上你和玥儿睡。只有你们两人的时候，可以把这层纸捅破。”

“可以，我先给她把把脉，证实一下我的猜测。如果事情证实了，再给她耐心做工作。”

“玥儿的事只有你出面了。最好能把详细情况了解清楚，有针对性地解开她的思想疙瘩。”

用人胡妈已经把饭菜端上桌了，叫他们吃饭。秦宜岚叫了冷玥：“玥儿，起来吃饭。”等了片刻，冷玥的卧室没有半点动静，秦宜岚去推她的房门，门反锁着，叫了几声也无应答，秦宜岚知道出事了，惊慌得颤抖起来：“先……先生……快来……”

丁济才听声音知道不好，马上赶来，他一脚踹开了房门，只见冷玥躺在床上，被单上血迹斑斑。凭着职业习惯，他没有慌张，看了冷玥的手腕，并迅速把伤口用白布包好。好在时间很短，血流得不多，冷玥还是清醒的。秦宜岚说了很多宽慰她的话，她一声不吭，闭着眼睛，任泪水如泉水般地流下。过了一会儿，冷玥突然把秦宜岚紧紧抱住，发泄一般地哭了起来：“干妈，玥儿来这个世上有什么罪，为什么要遭如此报应?！玥儿不想活了……”

秦宜岚陪着哭了：“玥儿没有半点罪，有罪的是那些魔鬼……玥儿要活，要活出一个人样来给世人看!”

这一夜，秦宜岚陪着冷玥，给她切了脉，确定她是怀孕了。秦宜岚说：“玥儿，事已至此，你能不能把真实情况告诉干妈？干妈好给你拿主意。”

接着是一阵可怕的沉默……

半夜，冷玥的情绪平复了许多，她觉得秦宜岚是唯一可以倾诉的对象，于是便把被绑架以后的遭遇一五一十地告诉了秦宜岚。

冷玥被贾冬带的人绑架以后，眼睛被一块黑布蒙着，走了没多远就上了一辆大马车。走了很久很久，她被带到一栋楼房里。他们把她的眼罩取下，她睁开眼睛，眼前一片模糊，等她能看清了，发现房里有一张床、一个条桌、两把椅子，椅子上坐着一个男人，这男人不是别人，是查道然。查道然一脸奸笑地望着她："冷医生，把你请来不容易。你受惊了，先休息休息吧。"

"你要干什么?!"冷玥愤怒质问。

"不干什么。"他慢悠悠地回了话，"有病请你看病，这个理由不充分吗?"

冷玥不理他，奋力往外跑。当她打开门，发现门外有两个粗壮的男子守着，其中一个拦住她："进去，别乱跑，外面危险。"她又被推进了房里。

查道然换了一副面孔，近乎哀求地说："冷玥——我知道你叫冷玥。我向你的老师提出过想娶你。我是真心实意的，请你成全我。"

"你别做梦！我就是死，也不会嫁给畜生!"冷玥斩钉截铁地回了他。

"冷玥，现在时局紧张，这个县长我不当了。我和你一起回到安徽去，家里的财产足够你我过一辈子的富裕生活。"他看冷玥不吭声，又说，"如果你同意，我马上和你走。"

冷玥拿起桌上的花瓶，狠狠向查道然砸去："你这种人渣，不得好死!"

查道然下意识地偏过头，溅起的碎片还是把他的脸划破了……查道然看到冷玥坚贞不屈的态度，无奈地说："冷玥，查某是有身份的人，绝不做强人之事。这事……这事今天不谈了，你先休息。"他用一块手帕捂着流着血的脸走了。

冷玥一个人被关在房里，心里想着爸妈，想着干爹干妈，她哭了，哭得很伤心……

天黑下来，一个女人走进屋，看见桌上的饭菜原样放着，说："妹子，不管事情多大，饭还是要吃的。"

她见冷玥不理她，劝道："女人逃不过男人这一关，你就从了县长吧。"

“你是什么东西？滚!”冷玥愤怒地训斥这个女人。

“查县长正准备撤离县城。”这个女说客并不气恼，继续说，“他唯一的愿望就是带你远走高飞，去过无忧无虑的日子……”

“这么好的事，你跟他去呀!”冷玥没有让她说下去。

“我何尝不想，只是人家看上的是你。”

她们正说着，一个仆人模样的人又端来了一碗肉丝挂面，冷玥恼怒地拿起面碗朝仆人扔去，幸好落在地上，没有伤到人。那个仆人敢怒不敢言：“这，这……”

那个女人吩咐仆人：“你出去让元杏儿拿瓶开水来。”

过了一会儿，一个女人拿来一个暖水瓶放在桌上，走了。

“妹子，我知道你心里很苦。但还是要吃点东西，不然身体撑不下去。”

“你滚，别在我面前装好人。你们都是一丘之貉。”

“好，好，你休息吧，我走。”

这个女人走了以后，冷玥确实感到肚子饿了。她在内心里警告自己：不能吃她们送来的任何食物，要绝食抗争。她已经两天两夜没有吃一口饭、喝一滴水。饥饿她可以扛住，而口渴她扛不住。她顺手拿起桌上的口杯，用暖瓶的水清洗了一下，便倒了一杯水凉着……她把那杯凉好的水喝了，不一会儿便迷迷糊糊倒在床上，接着就睡着了……直到天大亮，她才醒来。眼前的一切，让她陷入了天崩地裂般的恐惧中……她被人迷奸了。

她没有泪，只有愤恨……她顺手拿起暖水瓶朝自己的头上砸去……她的手臂被刚进房的一个男人的手攥住了：“冷玥，你这是何苦？这不是很好的结果吗?”攥她手臂的不是别人，正是查道然。

这时，枪炮声越来越密集，只听有人报告：“县长，快点，再不走就来不及了。”

查道然此时露出了狰狞的面目，对冷玥说：“现在形势紧张，没有跟你商量的余地!”他马上吩咐道:“元杏儿、胡艳,赶快带上冷玥一起走。”冷玥拼命反抗,最后被查道然下令绑了。

她和押着她的一群人从地道里走出来,上了一辆伪装的救护车,车上挤着十多个人,救护车在解放军攻城的枪炮声中加速跑了。过了不久,汽车的速度慢慢减下来,最后不能动了。她听到当官的在训斥:“石瑞,怎么搞的?”

“抛锚了。可能出了问题。”

“快修。”

“这不是一时半会儿能修得好的。”石瑞回答得很从容。

“修不好,枪毙你!”当官的怒了。

“随你的便吧。”石瑞回答得不卑不亢。

此时,从县城方向传来似乎是追赶他们的枪声。走在前面的卡车,看到后面的车不动了,便停下来,下来了两个人,跑步来到救护车前,惊恐地叫道:“查县长,赶快下来,上前面的车。”坐在副驾驶位子上的查道然已如惊弓之鸟,战栗地下了车。他走的时候,没有忘记冷玥,语无伦次地说:“冷玥……还有……”

“县长,都什么时候了,逃命要紧。”那两人不听他啰嗦,不顾一切地架着他跑了。

石瑞看到当官的一个个逃命去了,对车上的人说:“你们还在等什么?快跑呀!”车上的人面面相觑,有的大着胆子下了车,其中负责看管冷玥的两个女人,踢了冷玥一脚:“快下车!”冷玥不动。她们一起动手抬着冷玥准备往下扔。石瑞立刻制止,对两个女人举着拳头吓唬道:“你们要干什么?想闹出人命?快滚!”她们知道敌不过石瑞,急忙跳下车逃命去了。石瑞解开了冷玥身上的绳子:“你快下车逃命去吧。”冷玥因为这几天粒米未沾,又遭精神折磨,连挪动身子的力气都没有了。石瑞拿出水壶,给她喝了几口水,又扶她下了车:“姑娘,你到附近的村子里躲一阵子,等时局平静了再回家去。”他把她送到了一条小路上,从背包里拿出一包饼干给了她。分手的时候，冷玥问："大哥，您为什么不逃？"

他摆摆手："你不要管我。我是想逃的，不然不会故意把车子抛锚，我才不想为他们卖命。"他有点玩世不恭，"回老家喽，享自己的田园之乐去。"他走的时候，冷玥用微弱的声音叫了一声："大哥，您叫石瑞吧，谢谢您的救命之恩。"

他回头应道："应该做的，不是为了图你的谢。"他说完，大踏步地朝另一个方向奔去……

天已经黑下来，冷玥听了石瑞的话，避开大路，朝最近的一户亮着灯的人家慢慢挪动步子……

第十六章

秦宜岚听了冷玥的倾诉，抱着她哭了：“玥儿，你经历了常人难以想象的苦难。你要坚强起来，面对现实。现在要考虑的是如何处理怀孕的事，你自己要有主张。”

冷玥把悲惨遭遇向秦宜岚倾诉以后，心情轻松了许多，她毫不犹豫地回道：“干妈，这个孩子不能要，你要帮我。”

秦宜岚听了，把冷玥抱得紧紧的：“干妈理解，干妈理解。”

第二天，秦宜岚对丈夫讲了冷玥的遭遇以及冷玥对怀孕的态度，问：“先生，你说说你的意见。”

“我完全尊重玥儿的意见。只是有风险呀。”

“是的。”秦宜岚理解丈夫说的话，“堕胎是有危险的。对玥儿的身体也会造成严重的伤害。但玥儿的心意已决。”

“唉!”丁济才叹息一声，“玥儿的命苦啊!”他又说，“我们要谨慎用药，把伤害降到最低程度。”

“我还想，堕胎之事要不要告诉她父母?”

“这事你问问玥儿。”一会儿，他又说，“最好让大哥他们知道，否则万一出了事，我们不好交代。”

当晚，秦宜岚对冷玥讲了他们夫妻二人的意见，又问：“玥儿，你有什么想法?”

“不要告诉我爸我妈。”冷玥回话以后又说，“要是用药我能离开干爹干妈吗?”

桂巧知道冷玥获救自然高兴，但牵挂之心没有一天淡下来。过了一些时日，桂巧说："秋，我一静下来眼前尽是玥儿的影子。我想玥儿，咱们能不能去趟县城?"

冷秋很理解妻子的心情，说："过几天，我做些准备，咱们带点儿礼物去。"桂巧同意了。

就在冷玥犹豫是否回古槐镇的时候，冷秋夫妇到县城来了。看到女儿自然欣喜，但他们发现女儿的精神面貌和以前判若两人，一脸忧伤，他们问什么，她都不理不睬的样子。这天晚饭后，冷玥洗漱整理去了，桂巧趁空问了秦宜岚："秦医生，玥儿怎么了？精神跟以前完全不一样。"

"嗯。"秦宜岚很为难，只好说，"她受到了伤害，回来不久，还没有缓过神来。"

"没有别的大事吧?"桂巧心里很是担心。

"没……没什么大事。"

桂巧见秦宜岚说话吞吞吐吐，心里更加惴惴不安，又不能刨根问底，只好不再说话了。睡觉的时候，桂巧对冷秋讲了自己的疑惑，冷秋也说："我觉得玥儿是有什么事瞒着我们。"

冷玥的事，惹得夫妻俩一夜没有睡好……

事情非常凑巧，就在冷秋夫妇在县城逗留期间，殷昌烈因心里放不下冷玥，也到仁济诊所来探望，邂逅了冷秋他们。殷昌烈很是意外："伯父、伯母，见到你们好高兴，你们还好吧?"他礼节性地向他们问好。

桂巧是第一次见到当了解放军的殷昌烈，有点诧异："你当兵了?"

"是的。我到部队已经有三年多的时间了。"他回答后问，"你们是来看玥儿的吧？她人呢?"

"她在后屋休息。你是不是找她?"桂巧不知道以前发生的事，"你等一会儿，我去叫她。"

秦宜岚拦住桂巧："大姐，别去叫玥儿，她正睡着。"她又对殷昌烈说："殷参谋，我知道你很忙，再约个时间找玥儿吧。"

“好，好!”殷昌烈听懂了她的话，“我现在手头还有很多事要处理，那就改天吧。”他又对冷秋他们说：“伯父、伯母，昌烈有事要走了，过些日子再来看你们。”他很失望地走出了诊所。

冷玥的事怎么处理，丁济才夫妇感到为难了。他们讨论了几个方案，都因利害关系不敢实施。丁济才拿定了主意，对妻子说：“宜岚，这事不能再拖了。与其遮遮掩掩，不如当着她父母的面把话说个透彻，然后再找出妥善的办法。”

“这事稳妥一点为好。一定要先让玥儿知晓‘纸包不住火’的道理。只要玥儿想通了，大哥、嫂子的工作一定不会出麻烦；也可以解决玥儿与殷昌烈之间的矛盾。”这是秦宜岚的主张。丁济才也附和道：“只能这样了。”

第二天，秦宜岚出面约了冷玥，两人在小溪边坐了两个多小时。秦宜岚说了遮遮掩掩的利害关系。这时，冷玥的思想斗争非常激烈，她一个劲儿地哭，最后她同意与父母沟通。秦宜岚看到工作有了进展，又问：“玥儿，你为什么拒绝见殷昌烈?”

“我有脸见他吗？我不能用自尊和人格去换取他对我的同情。”

“干妈理解。”秦宜岚听了认为有做工作的空间，劝道：“玥儿，这是你的主观想法。假如殷昌烈真心爱你，不仅同情你的遭遇，还心甘情愿帮你医治心灵的创伤，你愿意同他接触吗?”

“干妈……”她语塞了一阵子，“这事……这事放在以后再考虑吧。”

秦宜岚认为冷玥的思想工作只能做到这儿了，说了些宽慰她的话：“玥儿，你在医学方面是个很有前途的人，只是走路的时候被恶狗咬了一口。这怕什么？不能被皮毛之伤害得一蹶不振。”

当晚，丁济才约了冷秋夫妇，把冷玥所遭遇的真实情况向他们讲了。冷秋吓痴了，一句话不说，桂巧只知道哭。丁济才劝道：“现在最痛苦的是玥儿。你们不能在她的面前表现出任何的懊恼和悲愤；只有你们给了她温暖，才能让她摆脱阴影，勇敢地站起来。”

桂巧止住哭，问：“先生，她肚子里的那个孽种怎么处理?”

丁济才讲了冷玥的态度后，说："要说这个小生命没有罪过，拿掉甚是可惜，并且对玥儿的身体可能造成伤害；可不拿掉，对玥儿今后的生活又会留下隐患。"

"这件事怎么处理为好，全凭先生做主。"冷秋说话了。

"听说你们明天准备回古槐镇，请大哥、大嫂考虑一下，玥儿的事商量出一个定论来你们再走。"丁济才觉得冷玥毕竟是他们的女儿，他们必须有个明确的态度。

"先生，"桂巧似乎有了什么想法，说道，"我们明天不回去了，我和她爸商量了再回先生。"

"可以。"丁济才尊重她的意见。

当天夜晚，冷秋一家三口进行了一次谈话。谈话开始是一番撕心裂肺的痛哭。等玥儿心情平静后，桂巧说："玥儿，有爸妈在，有干爹干妈呵护，你不会再受到任何伤害的。你不能自己作践自己，发生的一切恶事你半点责任都没有。"

冷秋说："你妈说得对。你要有摔倒了勇敢爬起来的志气。"

"爸、妈，"她又悲愤起来，"眼前的这道坎儿玥儿怎么过？"

桂巧知道女儿说的这个坎儿是什么，沉思了一会儿，说："玥儿，只要是坎儿都能过去的。"桂巧看冷玥沉默不语，继续说，"爸妈希望你和我们回古槐镇去，等把事情处理好了，再送你回县城。"

"不，我有脸回去吗？"冷玥有这个想法很自然。

"我们只当什么事都没有发生，邻里间绝不会猜疑。"冷秋给女儿壮了胆。

冷玥原来不愿回古槐镇，是怕增加父母的精神负担，事情既然已经公开了，就没有了这层顾虑，于是说："一切听爸妈的。"

第二天，冷秋把冷玥的意见对丁氏夫妇讲了，然后说："玥儿的事，拖累了丁先生和秦医生，让她回家一段时间，好好调整调整状态吧。"

秦宜岚听后说："这样也好。"她又问了一个实际的问题，"胎儿的事怎么办?”

冷秋和妻子对堕胎之事意见相左，互相望了一眼，还是冷秋回了话：“秦医生，这事……这事……请秦医生用心给药，我们带回去后再商量商量。”

丁济才知道他们犹豫不决，便说：“堕胎的事完全由你们决定，但不要违背玥儿的意愿。”

“是的，是的，一切听玥儿的。”桂巧回了话。

一切准备就绪，冷秋一家准备起程了。冷玥对父母说：“我去找干爹干妈单独说说话。”她来到前厅，叫了声干爹干妈，就泪如泉涌：“玥儿命苦，给你们带来了不少麻烦，你们对玥儿是尽心尽责的。”她忽然跪下，“玥儿今日一别，不知还能不能再和干爹干妈相逢，希望你们原谅玥儿。”冷玥这一举动，把丁氏夫妇的感情也调动起来，近乎生离死别的悲哀涌上心头。丁济才情绪平复后，扶起冷玥说：“玥儿，不要这么悲观，干爹干妈还等着你回来呢。”

“玥儿，”秦宜岚把她抱住，“人要有精神。精神好了，一切困扰都会烟消云散，切不可往坏处想，萎靡不振。”

冷玥听了干爹干妈鼓励的话，心里升起一种力量，说：“玥儿听你们的，不往坏处想。”她起身走时，突然站住说：“干爹、干妈，玥儿还有一件事托付你们。殷昌烈肯定会再来找我，如果他以人格担保，不对任何人泄露我的隐私，可以把我的遭遇毫不遮掩地告诉他。”她近乎自言自语，“倘若他爱的是以前纯洁善良的冷玥，而不是现在满身伤痕的冷玥，我能和他交往吗?”

“你不肯见他就是这个原因?”秦宜岚问。

“是的。”冷玥回答后又说，“我对他离开我以后的情况毫不知晓，也是一个原因。我不能和一个形同陌路的人谈感情。”

“明白了。干妈帮你弄清楚他的态度。”

冷玥再三谢过丁氏夫妇，和父母一起起程回古槐镇去了。

第十七章

冷玥走后的第二天，殷昌烈果真到诊所探望冷玥一家人。他知道他们不辞而别有原因，问了秦宜岚："秦医生，玥儿走的时候说什么没有？"

"怎么没有呢，不知你想知道什么？"

"秦医生，冷玥是您的干女儿，您一定知道她不肯见我的原因。昌烈恳请您把实情告诉我。"殷昌烈态度非常诚恳。

"你是真心爱冷玥吗？"

"是的。没有半点虚情。"

"假如她现在已经不是你想象的那样纯洁了，你还能爱她吗？"

殷昌烈一怔："秦医生，您说这话昌烈就不明白了，难道冷玥做出了什么出格的事？"

"你说冷玥会做出什么出格的事吗？"

"不会。冷玥是一个善良、正直的女子，这一点，昌烈一点都不怀疑。"

"那就好。"秦宜岚思量了许久，"假如……我说的是假如，假如冷玥被坏人残害了，不再是一张纯洁的白纸，你是什么态度？"

"只要她不是主观上有什么过错，再大的事，昌烈都能接受。"他毫不犹豫地表了态。

"你要真想知道冷玥的现实情况，和她对你的态度，我可以告诉你。但你必须以人格担保，要永远替她保守秘密。"

"我能做到。"殷昌烈口头上发誓，心里已经有预感——冷玥出事了。

“好，好，我告诉你。但你一定要有承受痛苦的思想准备。”

“只要冷玥好，我什么样的痛苦都能承受。”

秦宜岚把殷昌烈领到厅屋，叹息一声：“玥儿苦啊!”便把冷玥的不幸遭遇详细讲给殷昌烈听了。殷昌烈在静听的过程中，心里五味杂陈——愤恨、痛苦、同情、惋惜……一起涌上心头，最后伤心地哭了……

他走的时候，对秦宜岚说：“我找玥儿去。我要向她发誓，我殷昌烈要天长地久地爱她，海枯石烂不变心。”

“你现在去不合适。”

“秦医生，有什么理由不让昌烈见玥儿?”他带着情绪对她说了不礼貌的话。

“他们一家人正处在悲痛之中。”秦宜岚没有计较他说话的态度，只考虑着怎样让他明白冷玥的处境，“玥儿正经历人生中的一个重要选择，你去了她不会见你。”

殷昌烈愣了一会儿：“秦医生，您能帮我转达我对她的思念和忠诚吗?”

“能。我一定帮你。”秦宜岚又劝道，“殷参谋，你是懂得‘精诚所至，金石为开’的道理的。只要你真心爱冷玥，有耐心等她闯过眼前的难关，老天会成全你们的。”

“秦医生，我听您的。昌烈有耐心、有诚意等。”殷昌烈的情绪平静了许多，礼貌地向秦宜岚鞠躬告别。他走出门后忽然折回来：“秦医生，我想写封信给冷玥，您能帮我转交给她吗?”

“能。”秦宜岚答应得很爽快，“如果你同意，我可以在你的信后附上几句，告诉她你对她的态度。”

“那太谢谢秦医生了。”他有点兴奋地离开了。

第十八章

冷秋一家人回到古槐镇，歇息两天后，聚在一起商量处理胎儿的问题。

“这有什么可商量的，一定要拿掉。”冷玥一提到此事，心如刀绞，满眼泪水。

“玥儿……”桂巧心里有一个想法，但又怕冷玥不能接受，叫了一声就没有下文了。

“说呀。一家人有什么不好说的。”冷秋催她。

“玥儿……”桂巧难以启齿，说话总是看女儿的脸色，“妈是想，虽然他（她）是一个孽种，但也是一条生命，他（她）没有罪过，能不能……”

“不能!”冷玥哭着说，“爸、妈，留下这个祸根，玥儿今后怎么做人?”

桂巧说留下胎儿的一个重要原因，是给冷家留个后嗣。

“玥儿，”桂巧还是耐心地做工作，“你干妈说过，如果用药打胎对你的身体伤害是很大的，也许你以后……”

“玥儿没有考虑以后。以后是什么结果，听天由命。”冷玥坚持自己的意见。

“今天不讨论这个事。让玥儿安心休息几天，把身体养好了再说。”冷秋说话了。冷秋在听了桂巧的陈述后，态度有了变化。

第一次家庭会议，没有商量出一个结果。

在冷家为此事一筹莫展之时，桂巧的妹妹来了。她一进门就说：“好长时间没有赶集，今天到镇上卖了点山货，顺便看看你们。姐，你们都还好吧？”

“好。”桂巧赶紧倒了一杯水，“我去给你弄点吃的。”

“不麻烦，不麻烦，坐一会儿就走。”

“老远跑来，总得吃了饭再走。”

“姐，姐夫呢？”

“摆摊去了，马上回来。”

两姐妹说着说着，冷秋担着担子回来了，见是小姨子，打了声招呼：“桂彩是稀客啊。”桂彩也问候了姐夫。

吃饭的时候，桂巧叫冷玥：“玥儿，你小姨来了，出来吃饭。”

“我不饿，你们吃。”冷玥在里屋回了话。

“冷玥在家？”

“回家休息几天。”桂巧应付了一句。

“玥儿，小姨好长时间没见你了，出来让小姨瞧瞧。”桂彩说后听不到回音，觉得奇怪，快步走进里屋，只见冷玥一脸愁苦，默默坐着。桂彩走近问她：“冷玥，是不是病了？”

“小姨，您是稀客，玥儿没什么大病，只是身体有点不舒服。”冷玥还是装出笑脸回了话。

“好，好，你休息。”桂彩没有多想，到外屋吃饭去了。

中午时分，桂彩动身准备回家。桂巧说：“桂彩，姐送送你。”

“姐，你这么忙，不送不送。”

“没事，姐送送你。”

冷家的反常气氛，让桂彩有些生疑。她想桂巧主动要送她是不是想说什么，就同意了：“好，我们边走边说。”

“姐，我怎么觉得你们家的气氛和以前不大一样。”桂彩说出了她的疑惑，“是不是出了什么事？”

“姐是有事想和你说。”

“说呀。”桂彩停住了脚步。

“走，出了街头再告诉你。”

走出街头，桂巧便不走了：“彩，坐下来陪姐说一会儿话。”两人坐下后，桂巧伤心地哭了……桂彩一时慌张起来，“姐，这是为什么？有什么事对彩诉说诉说。”

桂巧哭了一会儿，止住泪，就把冷玥的不幸遭遇告诉了桂彩。桂彩帮桂巧擦了泪水，埋怨道：“我说什么来着，前几年我就提醒过你们，要给玥儿找个人家嫁了。现在不出所料，果真出了问题，这怨谁呀？怨你们做父母的。”桂彩把她姐数落了一通，然后问，“玥儿肚子里的孩子怎么办?”

桂巧把她的想法和冷玥的态度告诉了桂彩，桂彩为难了：“母女不同心，外人也不好做主呀。”

“桂彩，姐现在死的心思都有，你帮姐出个主意。”

“有一个办法……”桂彩自言自语。

“彩，只要是好办法，责任都由姐担。”

“你把玥儿送到我那里去。我们寨在深山老林，只有二十几户人家，都是老实巴交的山民，有的一辈子没有出过大山，对你们家的人都不认识。何况我的家离寨子还有点距离，在一个小山坡上，独门独户。”

“玥儿会不会同意呢?”

“到小姨家去做客，散散心，我想她会同意的。不过，你要亲自送玥儿去，到那里住下来，我们再慢慢做工作。”

“好，我和你姐夫商量一下，等玥儿同意了就去。”

姐妹俩说了一些娘家的事，桂彩告辞回家了。

桂巧回到家里，把桂彩的意见悄悄告诉了冷秋，冷秋一时没有主张，便说：“只要玥儿同意，我没意见。”

桂巧到冷玥的房里对她说：“玥儿，你小姨要你到她家去住几天，散散心。”

“不去。”冷玥反问，“妈，你把我的事告诉小姨了?”冷玥很敏感。

“没有。你小姨看你身体不好，想让你去她那里调养调养。”桂巧说了一句谎话。

冷玥听了沉默不语。她在想：到小姨那里去堕胎，不管结果是什么，都不会在社会上造成影响，因为那里是个封闭的世界。

桂巧从冷玥脸上的变化，知道她心动了，进一步劝说：“玥儿，你成天在家里大门不出，二门不迈，对身体不好。到了你小姨那里，换一个新环境，一切都可以重新考虑。”

“我去小姨家合适吗?”

“你小姨家只有三个人——你小姨、姨夫和一个只有十一岁的表妹。家里的事是你小姨说了算。如果你愿意，妈陪你去。”

“妈……”玥儿叫了一声，无缘无故哭起来。

“哭什么?”桂巧帮她擦了泪水，“有什么事说出来。”

“到小姨家去……堕胎的事怎么办?”

“现在不谈这桩烦恼的事，到你小姨家玩一些时日再说。”

“您陪我去了，爸呢?”

“让你爸一个人在家清闲几天。”

冷玥同意了母亲的安排。

走的时候，冷玥叮嘱：“妈，把干妈给的药带上。”

“知道，不会忘记的。”

桂彩住的寨子，名李家坳，周围都是大山，只有一条羊肠小道通往山外。这里的山民在可耕的地里种些农作物，农闲时就上山打猎伐木，过着简单、落后的生活。在动荡的年代，偶有抗日武装组织路过。

桂巧和冷玥经过大半天的跋涉，来到了桂彩家。桂彩热情迎接。她的女儿是认识桂巧的，上前腼腆地叫了一声“姨妈”，一脸稚笑地望着冷玥。桂彩吩咐女儿：“春桃，叫玥儿表姐。”春桃叫了一声：“表姐。”

老实巴交站在一旁的姨父李灿，笑着说了一句应酬话：“姐姐、玥儿，稀客呀。”

今天，桂彩家像过节一样，李灿把挂在屋檐下的腊肉、刚在山上猎取的野鸡野兔一起拿出来，做了一顿丰盛的晚餐，大家吃得兴高采烈，满屋欢声笑语。一脸愁苦的冷玥，在这样的氛围下，也抿着嘴笑了。

这一夜，冷玥睡得特别安稳。天刚刚亮她就醒了。她起床后，怕惊动别人，简单洗漱整理后，从后门上山了……她的眼前被一张黑黝黝的网罩着，寂静让她战栗了。她站在高处待了许久……一轮红日慢慢从山后爬出来，让她眼前一亮。不一会儿，四周的薄雾渐渐消散，山的轮廓也渐渐清晰。这时的她有点兴奋——好美的山景！好清新的空气！她陶醉了，暂时忘掉了一切伤心事。她伸展双臂，呼吸着大山的新鲜空气，觉得神清气爽起来。她被这世外桃源般的美景所吸引，久久不愿离去……

“冷玥!”桂彩走近她叫了一声。她回头，看着桂彩不好意思地笑了：“小姨，这山好美!”

“美吗?”桂彩跟玥儿聊上了，“我们住久了不觉得。不过，这里的山养人，山里的人很少生大病。虽然生活辛苦，但邻里和睦，互帮互助，过着无忧无虑的日子。”

冷玥若有所思，微笑说：“小姨，能过上这样的生活就是福啊。”

“是的，是的。人活一辈子不容易，什么事都想开一点，多往好处想，你说是不是?”她看冷玥的脸沉下来，便转移了话题，“玥儿，今天小姨做了桂花糍粑、糯米水酒，去吃。”冷玥微笑着点点头，二人回屋去了。

冷玥在李家坳住下来了……

第十九章

过了几天，殷昌烈把一封信交给了秦宜岚："秦医生，我写给冷玥的信没有封口，您看了提出意见。"

"不，不!"秦宜岚不同意他的做法，"你给冷玥的信我看不适合，你还是封了口交给我。我再另附一封，这样合适些。"她把信还给他，要他当面封了口。

"秦医生，等您把信写好了我去邮局发。"

"到邮局发?"秦宜岚寻思了一会儿，"古槐镇经常有人到诊所看病，我托可靠的人带去。这样稳妥些。"

"那更好，麻烦您了秦医生。昌烈还有事要去处理，先告辞了。"

秦宜岚笑着点点头："你忙工作去吧，信就交给我了，我争取尽快递到冷玥手里。"

冷玥到李家坳的第三天上午，冷秋亲自给冷玥送去了信。他来不及和桂彩一家人打招呼，对冷玥说："玥儿，信是你干妈托镇上的刘叔带来的，我怕耽搁，今天起早给你送来了。"他接过桂彩端来的茶水喝了一大口，还喘着气，"你看看要不要回信？要是回的话，写好了我找人带去。"

冷玥一看信封上的笔迹，知道是秦宜岚写的，连忙拆开。她把秦宜岚附的一封信看完后，沉着脸对冷秋说："爸，不需要写回信。"

"好，好，那我就回去了。"冷秋起身准备走，李灿说："姐夫，难得来一趟，总得吃顿饭吧。"

“不啦。我一个人在家，有好多事要回去料理，就不叨扰了。”他走了几步又回头交代桂巧和冷玥：“你们在这里安心休养，家里的事有我顶着，别操心。”

“姐夫，”桂彩说了挽留的话，“家里的事再忙，吃顿饭就耽误你发财了？”

“让他去，桂彩。”桂巧拦住桂彩，又催冷秋，“你有事就别在这里磨蹭了。”

冷秋点点头，赶路去了。

冷玥看了秦宜岚写的那封简短信，知道那封厚厚的信是殷昌烈写给她的，她思想上忐忑起来，心怦怦直跳，不敢马上拆开看。她把信揣在衣兜里许久，趁别人不注意跑到山林里把信拆开了。信是这样写的：

冷玥：

你在古槐镇局势混乱时期突然离开我，我痛苦，我无奈，我绝望……用痛不欲生形容我当时的心情，一点都不夸张。你的一句“玥儿等你一辈子”，使我鼓起了生活的勇气，并且支撑我走上了革命的道路。

我和我的家人离开古槐镇以后，历经无数凶险，经过半个月的长途跋涉到达南山——叔父的家。

南山是共产党管辖的地方。叔父是当地有名望的开明人士，担任工商联合会主任。在叔父的安排下，父母在当地经营起一家绸布店。我受共产党的影响，积极参加街道的社会活动，成了社会活动中的积极分子。由于我有一定的文化基础，之后被街道居委会聘为文书。

当时解放战争尚在进行中，动员青年参军是街道居委会的一项重要任务。在一次与解放军代表的接触中，我深深地感受到作为一名解放军军人的高尚与荣耀，产生了参军的念头，虽然父母持不同意见，我毅然决然报了名，加入到了人民解放军的队伍中。

我在新兵连只接受了一个月的军训，便上了战场。解放A省B县是我第一次经受血与火的洗礼、生与死的考验。战斗进行了两天一夜，B县解放了。休整不到半月，部队又有了新的任务。根据工作需要，我调到连部当了文书。之后不久，团长找我谈话，要我到团部工作，我成了团长的机要文书。后来随团长打了几次大仗，在攻打K县的前夕，我被任命为团参谋。

这几年身处战火纷飞的危险境地，但我只要一静下心来，对你的思念之情便油然而生，无时无刻不担心你的安危。

巧的是，在准备攻打K县的紧要时刻，我意外地碰到了伯父和丁先生夫妇。K县解放以后，因公务实在抽不开身去打听你的消息，不料伯父与丁先生主动找我谈了你被绑架的情况，当时我肝胆俱裂，忧心如焚，尽我所能去寻找你的下落……

之后不久，我知道了你得救的消息，却几次到仁济诊所找你未果。最让我伤心的是你拒绝见我，对此，我百思不得其解……

那日，我如往常一样，又一次到仁济诊所找你，才知道你和伯父伯母已经回了古槐镇。我再三恳求秦医生告诉我你拒不见我的缘由。秦医生见我态度诚恳，对你毫无二心，才把你的不幸遭遇告诉了我。我听得心在流血，内心满是悲愤、悔恨、自责……

冷玥，你所遭受的一切伤害，是那混浊的世道所致，是泯灭人性的恶人造成的，你不应该背负精神包袱。我希望你勇敢地站起来，和我一起投入到建设新中国的火热战斗中去，重建我们的家园。

冷玥，我殷昌烈向你保证——一如既往地爱你、护你，对你的至诚至爱之心，苍天可鉴！

昌烈热切盼望你的回应！

殷昌烈

即日

冷玥看完殷昌烈的信，知道秦宜岚对她的劝导是基于殷昌烈的态度，心里有了一丝安慰。然而一想起胎儿的事，她便觉得这对殷昌烈不公平，也亵渎了他坚贞不渝的爱。是不是应该回应殷昌烈，她的心里充满了矛盾……

1949 年 10 月 1 日，中华人民共和国成立了！

冷玥和殷昌烈的故事还在继续……

第二十章

1950年春，土地改革（简称土改）在K县如火如荼地展开，市场繁荣，物价稳定，城乡面貌发生了巨大的变化，到处是一派欣欣向荣的景象。

这年春节，秦宜岚对丈夫说："先生，现在政局稳定，社会环境良好，老百姓安居乐业，我们可以趁节日期间去趟古槐镇。我很惦念冷玥。"

丁济才同意了妻子的意见。他们正月初三雇车去了古槐镇，到达冷家时，冷家很是热闹。冷玥第一个发现了秦宜岚他们，喜出望外，惊喜地叫道："爸、妈，你们看谁来了？"她随即上前抱住秦宜岚："干妈，真没想到您和干爹会来看玥儿。"

冷秋夫妇也上前热情接待："丁先生、秦医生，你们真是给了我们一个惊喜。正好准备吃饭，就委屈你们吃顿便饭。"

在冷家做客的还有从老家来的几个后辈。

吃完饭后，来客连夜走了。秦宜岚看冷玥身体并无大碍，几次开口想了解堕胎的事，都被冷玥转移了话题。

第二天起床后，吃了早餐，冷玥约秦宜岚："干妈，今天天气暖和，玥儿陪您看看山景。"

"不要干爹去？"

冷玥抿嘴一笑："不要干爹去。我和爸商量过了，由爸陪干爹去逛街。"

秦宜岚似乎领悟了冷玥的潜台词："冷玥，你越来越有心计了。"

冷玥微微地笑了："干妈，我们走。"

冷玥和秦宜岚拥着走过大街，来到一片茂密的树林下，她们找了一个地方坐下，这时冷玥的脸沉下来，依在秦宜岚的肩上哭得很伤心，她如泣如诉地讲了回家后的真实情况……

秦宜岚安慰她："玥儿，现在是共产党的天下，一切都会好起来的。以前的事要像翻书一样翻过去，再不要想它了。"

她们坐到中午时分，冷玥向秦宜岚提出回诊所的要求，秦宜岚说："玥儿，你的要求我回去和你干爹商量一下，再告诉你。"她起身，"时间不早了，我们回去吧，免得你爸来寻。"

冷玥起身，挽着秦宜岚走出了树林……

春节过后不久，冷玥在仁济诊所出现了。这时的冷玥，身体略显丰盈，而风采依旧，更显妩媚与端庄，让人觉得成熟了几分，俊俏了几分。

不久，代表国家政权的行政机构相继成立，大批军队干部转业到了地方。殷昌烈被任命为K县教育局局长，带队到农村参加土改工作。他趁回县城参加汇报会的空闲，到仁济诊所打听冷玥的消息。他在诊所外，一眼认出了正在忙碌的冷玥，心里一阵兴奋。他连忙走进去，声音有些颤抖地说："冷玥，你什么时候回县城的？"

冷玥对殷昌烈的到来，已有心理准备，回答既不热情，也不像以前拒绝他时那样冷漠："嗯！回来多时了。有事吗？"

"想你，看看你！"殷昌烈揣摩到她的态度有了变化，回答得很有分寸。

"我正忙着，如果没有什么重要的事，你就改日再来。"

"多年未见，约在一起交谈交谈，这事不重要吗？"

"不重要，我没时间。"冷玥回答得有些生硬。

"你……"殷昌烈生气了。

秦宜岚走出诊室，把殷昌烈拉到一边："殷参谋——不，殷局长，你耐心一点，欲速则不达嘛。我负责做好玥儿的工作，定好时间通知你。"

殷昌烈想了一下："好，一切仰仗秦医生了。"他走的时候，和冷玥打了招呼："冷玥，不耽误你的事，以后有时间再约你。"

冷玥望了他一眼，不冷不热地说："得罪了！"

仲春时节，春意盎然，到处充满生机与活力。在一个风和日丽的下午，秦宜岚约冷玥："冷玥，今天天气暖和，郊区景色宜人，我们去那儿散散步。"

"诊所的事呢？"

"下午病人少，由你干爹应付就行了。"

既然秦宜岚有这份闲心，冷玥没有理由拒绝。二人换了一身得体的衣服，有说有笑地去欣赏春天的无限风光了。

他们来到一片桃树林，桃树的枝叶已经泛青，有了花蕾，正含苞欲放。秦宜岚说："今年春天来得早。大自然里鸟语花香，生机勃勃，出来走走，能让人振奋精神。"

"唉！"冷玥叹息一声， "只是春光不等人，这样美丽的季节瞬间即逝。"

"冷玥，你太悲观了。"秦宜岚开导她，"季节交替是自然规律，不可违背；只要心里的春天不枯萎，春天就会永远伴随你。"

冷玥浅浅一笑："干妈，我心里有春天吗？"

"有。"秦宜岚趁势借话讲话，"殷昌烈就是能给你心里带来春天的使者，你要珍惜。"

冷玥知道秦宜岚今天约她出来的意图了，便说："干妈，我知道你关心我，爱护我……"她哭了，"我心里的这道坎儿过不去呀。"

"你不接触殷昌烈，就不能真正了解他对你心里这道坎儿的态度，你这不是作茧自缚吗？"她帮冷玥擦了眼泪，"冷玥，据我的观察，殷昌烈对你爱得很深，无半点虚情假意。我劝你找个时间，和他推心置腹地深谈一次。"

冷玥沉默了许久，应道："听干妈的。"

“这就好。”秦宜岚又征求冷玥的意见，“你说什么时候适合，我来安排。”

“什么时候都可以。”冷玥的思想松动了，“只是不能在工作时间，最好干妈能参加。”

“我参加不合适。”秦宜岚拒绝了，“如果有第三个人掺和进去，你们谈话的深度就会大打折扣。”

秦宜岚见冷玥矜持不语，知道她内心斗争很激烈，进一步劝道：“冷玥，你们现在的关系未变，仍然是情侣，你就不要瞻前顾后了。”

“您说……”冷玥希望秦宜岚给她拿主意，“孩子的事要不要告诉他？”

“如实告诉他。这也是考验他对你是否矢志不渝的试金石。”

“嗯。一切由干妈做主。”

第二十一章

秦宜岚和冷玥交谈后不久，殷昌烈在农村劳动时不慎感染了出血热，持续高烧，数天不退，病情非常危急，被送到了县人民医院。县人民医院以西医西药为主。为了对殷昌烈的治疗更有把握，院领导决定，请K县小有名气的中医医师丁济才参加会诊。

丁济才在会诊过程中，安慰殷昌烈："殷局长，此病来得猛，去得快，不要紧的，你要有战胜病魔的信心。"

殷昌烈此时虽然病情严重，但意识清楚，低声回道："谢谢丁医生。叫我昌烈就行。"他微微挪了一下身子，"丁医生，冷玥在诊所吗？"

"在。要不要告诉她？"

"不，不……别让她为我担心。"

"好。我知道了，你不要说话。"丁济才看完病，和主治医生交换了意见，经反复斟酌后，开了处方，把处方交给了医院。他走的时候，又去病房看了殷昌烈："昌烈，你安心治病，不要有心理负担。"

"谢谢丁医生。"他声音极弱，"如果……如果你认为不妨碍冷玥的生活，麻烦告诉她一声。"不知出于什么原因，他改变了主意。

"我知道了。不碍事，一切都会好起来的。"

丁济才回到诊所，把殷昌烈的病情告诉了秦宜岚："昌烈的病只要用药对路，没有反复，应该不会有危险。"

"他问冷玥了没有？"

"问了。他起初不让我告诉冷玥，我走的时候，他又托我告诉冷玥。"

他摇摇头，“现在的年轻人真是让人捉摸不透。”

秦宜岚笑了：“这有什么捉摸不透的？前面说的是违心话，后面的话才是真心话。”

“行。你告诉冷玥一声，去不去由她决定。”

秦宜岚把冷玥叫到厅屋，说：“冷玥，告诉你一个坏消息。”

“什么坏消息？”冷玥听了心里一怔。

“殷昌烈患了出血热，病得很严重，现住在县人民医院。你干爹应邀参加了会诊。”

“有危险吗？”她担心起他的安危。

“不知道。”秦宜岚故意不告诉她实情。

“我找干爹去！”冷玥心里急了，起身准备走，秦宜岚拦住她：“你干爹说了，只要用药对路，病情不反复，应该没有危险。”

冷玥觉得自己失态了，整理了一下情绪：“没事就好。”

“你不想去看他？”

“不去。现在去看他不合适。”

“现在去看他才合适呢！”

冷玥一阵沉默。

“不要犹豫了。”秦宜岚鼓励她，“作为老乡也应该去。”

“我去。”冷玥下了决心，“下午我就不上班了。”

“没关系，有事干妈顶着。”

冷玥吃了午饭，回房里稍加整理，换了一身衣服，去了人民医院。在住院部，她问值班护士：“同志，殷昌烈住在哪个病房？”

“是不是殷局长？”护士翻着登记册，“在二楼208病房。”

冷玥谢过护士，径直去了病房。这时，病房里有个女子在说话：“昌烈，我问了医院的院长，他说不碍事的。你安心养病就好。”她掀开一个饭盒，“这是我专门给你熬的粥。”她准备用勺喂他，他拒绝了，声音很微弱地说：“谢谢你，小杨。我不想吃东西，你有事忙你的去吧。”

她把饭盒放在桌子上，很是温情地说：“昌烈，你多少要吃点，不吃东西对身体不好。”她又拿起碗和勺……

冷玥看到这里，心里很是懊丧，转身就走，不料带来的一兜水果碰到门框上撒了一地，响声惊动了殷昌烈，他猜想来人是冷玥，吃力地叫了一声：“冷……玥……”

“叫……叫什么？人家已经走远了！”病房里的女子有点不悦，故意提高了声音，没走多远的冷玥听得很清楚。

冷玥回到诊所，秦宜岚诧异地问：“冷玥，你没有去看殷昌烈?”

“去了。”冷玥沉着脸，“只是去的不是时候。”

“你这话是什么意思?”

“干妈，你就别问了。”

秦宜岚听冷玥的口气，猜她一定是遇到了不愉快的事情，或是二人说话不投机，没有说到一块儿。便劝道：“冷玥，昌烈现在在病中，心情不好，如果说了不合适的话，你应该原谅他才对。”

“干妈，我们一句话都没说。”

“那你去的时候好好的，怎么一句话没说就生气了?”

“这事，等他病好了您去问他就什么都明白了。”

“好，好。你不说原因，干妈也不为难你。以后干妈自然会问清楚。”

“干妈，您真想知道原因，玥儿就告诉您。”她把在医院看到的情形告诉了秦宜岚。秦宜岚听后批评了她：“冷玥，你这是捕风捉影。你连对方与昌烈的关系都没弄清楚就吃醋。若是那女的一厢情愿，而昌烈根本无意，你岂不是冤枉了好人?”

冷玥经秦宜岚提醒，有点后悔了：“当时只顾生气，没有想那么多。”

“别无端折磨自己。”秦宜岚又劝道，“冷玥，你还是去看看他为好。你不是对那女子有疑惑吗？问了昌烈就什么都明白了。”

经秦宜岚一点拨，冷玥心里不免有些自责：“干妈说得是，玥儿明天再去看他。”

第二天上午，冷玥照常去上班，秦宜岚说：“冷玥，今天准你一天假，办你想要办的事。”

冷玥抿嘴一笑：“干妈真会体贴玥儿。”她脱下工作服，“我去了。”

“去，去。别磨蹭。”

冷玥第二次来到县人民医院，直接去了208病房。这时，医生正在查房，她不好进去，便在走廊的排椅上坐下。事情也凑巧，昨天照顾殷昌烈的那个女子也来了，她手里提着一个瓦罐，很坦然地挨着冷玥坐下。她瞧了一下冷玥，问：“你是来看殷局长的吧？”

“是的。你是……”

“我是殷局长的朋友，我们是一个部队上下来的。殷局长在K县无亲无故，生了病也没人照顾，怪可怜的，我心里过意不去，来照顾他几天。”

“谢谢你呀。”冷玥下意识地说了感谢的话。

“谢……”那女子似乎明白了什么，问：“你是昌烈的朋友？”

“是朋友，也是老乡。”

“哦！昨天你来过，叫冷玥是吧？”

“你怎么知道我叫冷玥？”

“昨天你走了以后，他不是叫了你吗？”

冷玥看查房医生已经走了，便起身进了病房。那女子也跟着进去了。

殷昌烈看到冷玥，有了精神，想爬起来，但显然力不从心，那女子赶紧上去摁住他：“昌烈，别乱动，躺着说话。”

殷昌烈有气无力地指着那女子介绍：“冷玥，她叫杨梅，我们是一个部队转业的，她现在是县政府的机要秘书。”杨梅热情地伸出手，冷玥不知所措，只简单地点了点头，羞涩地说：“杨同志好。”

杨梅意识到冷玥和殷昌烈的关系不一般，便把带来的瓦罐交给了冷玥：“冷玥，这是我上午熬的一罐粥。你劝劝他，要他尽量多吃一点。昌烈就拜托你了。”她说后提脚就走，殷昌烈说了感谢的话：“杨梅，这几天辛苦你了，谢谢你呀。”

杨梅回头摆摆手："昌烈，你安心养病。"

杨梅走后，冷玥挪了把椅子靠床边坐下："病好些了吗？"

"医生说，不会有生命危险的。"他喘了一口气，"昨日……"

"昨日怎么啦？"她打断他的话，"昨日不是有人照顾你吗？我进来就成了多余的。"

"我知道，我知道……"他显然没有精神说下去，停了一会儿，"你能来看我，在精神上给了我很大的慰藉。"

"昌烈，"她鼓起勇气叫了他的名字，"现在什么都别想，治病是第一位的。"

"你能陪我说说话吗？"

"有什么话等你痊愈了慢慢说，现在你不能多说话。"她用手给他掖了下被子，他轻轻握住她的手："听你的。"

冷玥像触电似的马上把手抽了回来："昌烈，我是来看病人的，你不要想不切实际的东西。"

"我想的不切实际吗？"他显然有点不理解。

"你误会了。我是说，你现在是病人，治好病比什么都重要。"

"我理解你的意思……"

说完以后，二人沉默了许久……

冷玥突然记起杨梅拿来的瓦罐，打开后，对他说："杨梅熬的小米粥好香，你喝一点。"

殷昌烈点点头："肚子是饿了。"

冷玥把粥倒在一个碗里，用勺喂他。殷昌烈没有拒绝，不一会儿一碗粥竟喝光了。他打起精神说："冷玥，这是我病后吃东西最多的一次，谢谢你！"

冷玥看他不想吃了，便收拾餐具，到洗手间去了。冷玥回病房后，殷昌烈说："冷玥，今天你要是没事，陪我说说话可以吗？"

"我只能陪你半天，下午要去上班。"

冷玥说谎了。她知道他们之间接下来的谈话必然涉及感情方面的事，在他痊愈之前是不能碰触这根敏感神经的。

殷昌烈听了有点失望：“玥儿，我很想你陪我……既然你没有时间，那就改日吧。”

“你现在最要紧的是把病治好。”她说话很温和，“我们之间是要好好谈谈。不过不是现在，等你病愈出院了，时间由你定。”

“玥儿，你说话要算数啊！”他听了她的答复有点兴奋。

“算数，绝不食言！”冷玥回答得很干脆。她给他收拾了病房杂物，准备要走时说：“我明天再来看你。不过时间不能确定，多半是午休时间。”

“我理解，工作要紧。”他想坐起来，她示意他躺下：“你不要起来。”

“你明天一定要来哟！”她看着他期盼的目光，应了一句：“一定来！”和殷昌烈短暂的接触后，冷玥似乎恢复了对他的信任，心情愉悦起来。她走了几步又回来：“明天吃的东西不要麻烦小杨了，我抽空给你送来。”

“应该的，应该的！”殷昌烈毫不客气，心里甜蜜蜜的。

“什么应该的？”她笑着看着他。

第二十二章

殷昌烈病愈出院后，到仁济诊所去看望冷玥。诊所里只有秦宜岚一个人在接诊，她看起来很忙，随便招呼了一声：“殷局长，看冷玥的吧。冷玥和丁先生出诊去了，你稍等一会儿。”

殷昌烈谢了她：“秦医生，我生病期间谢谢您关心我，准假让冷玥去照顾我。”

“你别谢我……”话未说完，又来了一位病人，她便接诊去了。

殷昌烈等了一会儿，冷玥还没有回来，秦宜岚倒清闲了，主动对殷昌烈说：“殷局长……”

“秦医生，您不要局长长局长短的，叫我昌烈好了。”

“好。昌烈，冷玥听说你病了，表面看起来很镇静，心里着急得很，火急火燎要去看你，但好像发生了一点不愉快……”

“我知道。”他打断她的话，“是个误会，我已经对冷玥解释清楚了。”

“是啊，不然，第二天她怎么会又去看你呢！”

“秦医生，冷玥对我讲了，多亏您开导了她。您是真心实意在帮助我们。”

他们说话间，冷玥和丁济才回来了。殷昌烈站起来谢了丁济才：“丁医生，谢谢您妙手回春之术，救了昌烈。”

“不能这么讲。这种病西医西药来得快，中医只是起了辅助作用。”丁济才回话后去了诊室。

此时，冷玥回避不好，不回避又有点尴尬，好在殷昌烈开口了：“冷玥，现在土改工作处在最紧张的阶段，下午我必须回队，特来告诉你一声。等忙过了这一段时间，我再来看你。”

“你忙工作去，我没关系。”

“我不能耽搁了。以后联系。”他转身和丁济才夫妇打了声招呼便要离开。

“喂……”冷玥忽然叫住他。他听见后又折回来：“有什么事吗?”

“没……没什么重要的事。”她当着干爹干妈的面说话有点不自在，“病刚好，注意休息，多吃些营养品。”

“知道，知道，你放心好了。”

殷昌烈这一去，足足忙了两个月。土改后的农业生产安排、农民的生活自救等一系列问题需要解决。冷玥在这期间，心情很复杂——心里牵挂着他，想立刻见他，但对于二人相见后会出现什么样的结果，心里又很忐忑。

没过多久，全县农村土改工作结束。按照县里的统一安排，土改工作队员放假一周。由于殷昌烈是一把手，他回单位后没有立刻休假，时常在局里听汇报、开领导班子会、布置下一阶段的工作。等他忙完局里的工作，只剩下两天的假期了。

他匆匆到仁济诊所去找冷玥，冷玥见他来了，当着秦宜岚的面不敢露出内心的兴奋，很淡然地打了声招呼：“放假了?”

“放假了。在局里忙了几天，今天才来看你。”

冷玥莞尔一笑：“只要是真心来看我，时间迟早并不重要。”

秦宜岚听他们说话，暗自笑了——二人还是心心相印的。她对二人说：“冷玥，你们好长时间没有在一起说话了，这会儿诊所里的事情不多，你陪昌烈到外面走走。”

殷昌烈高兴得不能自已，对秦宜岚鞠了一躬：“秦医生，谢谢你成全了我们。”

“什么成全了我们?”冷玥听了故意装成气恼的样子，“干妈只是要我陪你到外面走走，别什么话都往歪处想。”

“是的，我往歪处想了，所以说错话了。我这样说，你该满意了吧?”他知道她是口是心非，一脸笑意地调侃她。

“别打嘴仗了。”秦宜岚又发话，“冷玥，陪昌烈去。”

冷玥微笑着说：“干妈生怕得罪了当官的。”她不紧不慢地走出诊室，对他说：“你稍等一会儿，我去换件衣服。”

殷昌烈挥挥手：“去吧，去吧，不用刻意打扮啊!”他说了逗她开心的话。

冷玥转过身狠狠瞪了他一眼。

初夏季节，暑气已经悄悄来临。冷玥穿了件蓝底带白红相间小碎花的细布衫，一条浅色条纹裤，很是得体。他们走出正街，冷玥说：“我们到西湖柳堤去。前不久我和干妈去过一次，那里浓荫遮蔽，很是凉爽。”殷昌烈顺着她的话说：“今天一切由你安排。”

这段柳堤足有三里长。堤的南边有个小潭，潭水清冽，除垂钓者外，很少有人过来。堤的北面是稻田。现在正是犁耙水响的季节，站在堤上可以看到，分得土地的农民，三五成群地在放水犁田，准备插秧。由于是农忙季节，垂钓者已没了踪影，形成了堤北热闹，堤南清静的情景。他们在潭边觅得了一根自然弯下的树干。冷玥说：“休息一会儿吧。”他当然同意了。二人有距离地坐在树干上。殷昌烈首先问：“我托秦医生转给你的信你看了没有?”

“看了。”

“你看了以后应该了解我对你的忠诚和挚爱之情了吧?”

她沉默不语。

“说话呀!”她越是不语，他越急。

“昌烈……”她叫了一声放肆地大哭起来。

他一时不知所措，接着赶紧安慰：“冷玥，我知道你心里苦。你不要把苦放在心里一个人承受，我是可以为你分担一半苦的人。”他拿出手帕递给她，她接过擦了泪水，抽泣着说："昌烈，你对我的真情我能体会到。可是冷玥已经不是以前的那块无瑕碧玉了。我若接受了你这份弥足珍贵的爱，会让你一辈子生活在悔恨之中……"

"谁说我悔恨?!"他打断她的话，"如果我不能娶你，那才会悔恨一辈子。"

"我们分开以后，你对我了解多少？你要是了解了真相，还会信誓旦旦说要娶我吗?"

"冷玥，你不要说了，我对你的遭遇很清楚。那不能怪你。"他心情异常激动，"玥儿，我当着你的面发誓：殷昌烈这辈子非冷玥不娶!!"

她感动了，做了一个大胆的动作，紧紧地抱住他："谢谢你原谅玥儿，谢谢你对玥儿的真诚!"她突然放开他，"昌烈，我们的婚事要从长计议，你我都冷静冷静，接受时间的考验吧。"

他抱住她，安慰说："冷玥，不要被以前的遭遇折磨，这一页已经翻过去了。"

她用手推开他："昌烈，你知道是哪一页？这一页是你翻过去了，还是我翻过去了?"

"冷玥，你我心知肚明，不要旧事重提了。"他又挪动身子挨着她坐下，"冷玥，我眼前全是对我们今后美好生活的憧憬。"

"我也想追求幸福的生活，但我不能给幸福生活蒙上半点阴影。在我们谈婚论嫁之前，我必须把应该谈的事坦诚地和你说清楚，不留下任何后遗症。"

"不就是你遭恶人强暴的事吗？这事我多次向秦医生表过态——我殷昌烈不仅不计较，而且很同情你的不幸。"

"这事不是你想象得那么简单……"她哭了，越哭越伤心，不能自已……

冷玥的举动弄得殷昌烈一时丈二和尚摸不着头脑，他一个劲儿地劝解："冷玥，你不要有顾虑，天大的事我和你共同承担。"

冷玥哭了一阵子，慢慢平静下来，她拉着他的手，问："昌烈，有一件很难堪的事，告诉你了，你能承受吗?"

"能！只要不是冷玥主观上……不，万一是你一时糊涂做了什么不应该做的事，我也能原谅，后果也能担待！"

她依偎在他身上，沉默了许久……突然，她站起来，像是下定了决心："昌烈，我被迷奸以后，意外地怀孕了。"

殷昌烈并不意外："秦医生对我讲过，你不是堕胎了吗?"

"孩子生下来了！"

殷昌烈心里一怔，呆愣愣地望着她："生下这个孩子有什么理由吗?"

"没有理由，是我妈做的主。"

"你妈做的主……"他自言自语，"这事……这事让我想想。"

她知道他心里很难接受这个事实，于是说："任何人遇到这样的事，都不可能接受的，玥儿理解你。你这个局外人，不应该接受这样残酷的事实。"

"不，"他接上她的话茬儿，"我不是局外人。"他看她有些诧异，又说，"你的事，就是我的事。"

冷玥知道他心里很矛盾，很懊丧，坦然地说："昌烈，你不必为难自己。你可以找一个比冷玥强百倍的女子为妻，冷玥绝不怨你。"

"冷玥，不要说这样伤感情的话。我没有这么想，也不会这么做。"他停顿片刻，不理解地问，"冷玥，伯母为什么要留下这个孩子?"

"我妈觉得……我妈觉得，"她有些难以启齿，"孩子虽然是个孽种，但是是一条生命。"

"是男孩还是女孩?"

"是男孩。"

"我明白了……"

"你明白什么了?"

"这孩子必然姓冷，是吧?"

“是的。现寄养在我小姨家。”冷玥道出了心中最沉重的包袱，心情轻松下来，继续说，“我已经失去了和你谈情说爱的资格。昌烈，凭你目前的地位和学识，在婚姻上有很大的选择空间。我们可以做好朋友。”她起身要走，殷昌烈用力把她拦住：“冷玥，要是我不计较孩子的事呢?”

冷玥站着凝视着他：“这对你不公平。我不忍心让你一辈子承受你本不应该承受的委屈。”

殷昌烈紧紧将她抱住，他哭了……哭了一阵子后，斩钉截铁地说：“殷昌烈爱的是冷玥的人品和气质。你的人品和气质，在经历风雨之后如阳光般光彩照人。昌烈发誓和你携手百年，生生死死不离不弃!”

冷玥被殷昌烈的真情感动得矫情起来，甚是疑惑地说：“你说的是违心话！不是……绝不是真心话!”

他用力攥着她的双手：“冷玥，我说的话是经过深思熟虑的。让我们把以前不愉快的事都忘得干干净净!”

冷玥还想说什么，殷昌烈不让她说：“你什么也不要说了。我们愉快地回去，用真诚的微笑和愉悦的心情告诉秦医生——我们的坎儿过去了，正在酝酿新的美好的生活。”

冷玥望着他炽热的眼神，取笑他：“你当了干部做了官，性情怎么一点也未变?”

“我没变吗?”他自我调侃，“我在工作时都是一本正经的，只有当着你的面，才会露出原来少年轻狂的模样。”

二人携着手，有说有笑回城去了……

第二十三章

秦宜岚从冷玥的言行举止中，猜到她和殷昌烈的关系正朝着好的方向发展。一天，闲着的时候，秦宜岚问冷玥："冷玥，上次你和昌烈谈得怎么样了？"

冷玥满脸羞红地笑了："不怎么样。"

"什么叫不怎么样？"秦宜岚很直接地问，"你心中的那道坎儿过去了没有？"

"我们说透了。"

"昌烈是什么态度？"

"他能接受孩子这个事实。"冷玥的脸沉下来，"只是我不忍心让他背上这个沉重的包袱。"

"这个干妈理解。"秦宜岚怂恿她，"只要昌烈接受了孩子这个事实，从内心理解你，你就不要钻牛角尖，不要尽往坏处想，把简单的事弄得复杂化。"

"要我心里不钻牛角尖不实际，但我忍住了，在他面前没有多说什么。"

"前天昌烈来约你，是不是谈了结婚的事？"

"是的。"冷玥想征求秦宜岚的意见，"干妈，他提议今年国庆节结婚，我认为……"

"你认为什么？"秦宜岚打断她的话，"你认为自己还小吗？"

"我是觉得应该给他充足的时间权衡利弊，不要在感情上留下遗憾。"

“你多虑了。昌烈是个成熟的男人，从说话做事上可以看出，他应该不是轻浮寡情之辈。”

“可能是我多虑了。”冷玥望了秦宜岚一眼，“干妈，他要我和他去趟南山，见见他父母。您说我应不应该去?”

“应该去。结婚之前，拜见双方父母理所应当，你不去倒不合规矩了。”

“他父母要是问起我离开古槐镇以后的经历我怎么回答?”

“这事……”秦宜岚觉得这是个难回答的题目，想了一下，“这事你对昌烈讲清楚，由他去应付。”

“玥儿听干妈的，明日我去回他的话。”

殷昌烈在学校放暑假前夕，召开了教育局的党支部会议，对假期工作做了部署。然后说：“我三年没有回家看过父母，所以向县领导请了十天假，想去南山一趟。局里的工作，在我休假期间，由李副局长代行我的职权。辛苦大家了。”

有一个女支部委员开玩笑道：“殷局长，有没有人同行？要是没有人同行，我推荐一个人跟你做伴。”

“谁呀？是男的还是女的?”另一个副局长问。

“当然是女的。你们不知道?”

“该不是你自己推荐自己吧?”

女子红着脸笑骂道：“老邱，你说话不怕烂舌头。”

“好了，好了。”殷昌烈笑着回了话，“有……有同伴。”他指着女子说，“小芹，你是明知故问。”

大家会心地笑了。小芹又问：“什么时候请我们吃喜糖?”

“到时候一定请大家。”

局里的党支部会议在融洽欢乐的气氛中结束后，殷昌烈去了仁济诊所。

三伏天，骄阳似火。正午时分，路上很少有人行走，田野里寂静得很。殷昌烈和冷玥到南山能乘的交通工具唯有马车，有时搭不上马车只能步行。二人为了趁凉快赶路，有时天不亮就起程，有时黑夜跋涉。路途中，二人相互扶持，途中的谈笑冲淡了旅途的辛劳与寂寞。经过三天的奔波，终于到达了南山。他们到达殷家的时候，已是傍晚。殷昌烈的父母突然见到儿子，欣喜至极。见儿子带来一女子，猜想是未来的儿媳，但一时没有认出是冷玥。殷道全和老伴儿正在疑惑的时候，殷昌烈介绍道："爸、妈，"他指着冷玥，"你们不认识她了？她是冷玥呀！"

殷氏夫妇喜出望外，殷母走近冷玥看了又看："是的，是冷玥，长成大姑娘了，越来越标致了。"

冷玥一时羞涩起来，大大方方问了安："伯父伯母好。看到你们健健康康，冷玥十分高兴，祝你们福寿安康。"

殷道全站在一旁沉稳地笑了："冷玥，你父母还好吧？"

"托伯父的福，父母都很健康。"冷玥礼貌地回了话。

"哎呀，"殷母突然记起，"只顾高兴和你们说话，你们还没有吃饭吧？"

"是的。"殷昌烈回了话，"我们还是上午吃的饭，肚子饿着呢。"

"这……"殷母连忙说，"我去做饭。"

"做什么饭？"殷道全说，"到正兴饭庄去，一家人吃顿团圆饭。"

"顶着一路酷暑来看你们，本就应该好好犒赏我们。"殷昌烈一副夸张的表情，"我们走了三天三夜，身上像被剥了一层皮！"殷昌烈在父母面前就是一个淘气的孩子。

"昌烈，"冷玥批评了他，"你言过其实了，何时走了三天三夜？"

"对，对，夜晚没有走十二小时。"殷昌烈抢理道，"我们白天赶路的速度是夜里的一倍嘛。"

"不打嘴仗了，先去填饱肚子。"殷道全带头起身道。

吃完饭回到家里，自然是话话家常。冷玥坐着听殷昌烈父母讲他们近几年喜忧参半的家长里短。殷道全见冷淡了冷玥，转而问道："冷玥，你们一家离开古槐镇后，生活得还好吧？”

“谢伯父惦记。”冷玥不得不回应了，说了应酬的话，“在兵荒马乱的日子里，大家的生活过得很艰辛，我们家也是一样。不过，总算平安地熬过来了。”

“冷家是忠厚世家，亲家又勤劳本分，自然有神灵保佑。”殷道全看冷玥说话得体，模样越发俊俏，心里很是满意，便对儿子说：“昌烈，你要善待冷玥。”

“您不用担心，我对冷玥好着呢！”

“嗯，那就好。”他说到了正题，“你们年纪都不小了，对结婚之事，是否有安排？”

冷玥一听，脸立刻羞红了，望着殷昌烈。他知道冷玥的意思，便说：“我们这次来，就是想征求你们的意见……”

殷道全一听，心里很是高兴，打断儿子的话：“现在是新社会，婚姻完全由男女双方做主，不一定要父母同意。当然，你们征求我们的意见，算是对我们的尊重。先说说你们商量的意见。”

“我们准备国庆节结婚。”回话的自然是殷昌烈。

“可以，可以。”殷道全立即表态。他又笑道，“按照俗礼，我应该先去亲家家拜访，也就是‘求亲’。可目前实在是……”他有点歉疚，冷玥听出了他的话意，圆了场：“伯父，您不用为难。从南山到古槐镇路程太远，我爸妈会理解的。”

“那就好，那就好。请你向你爸妈转达我的问候，以后有机会一定去拜访。”

“你不是要去一趟古槐镇吗？”殷母提醒他，“把时间提前一点儿，免得失礼。”

“这事，容我想想。”殷道全听了，心里考虑着老伴的建议。

“您去古槐镇有别的事吗？”殷昌烈问。

“是这么一回事，”殷道全向儿子解释，“当时我们走得匆忙，在那里的房产没有处理，还有几笔大的往来账务也没有清算。古槐镇的几个朋友多次写信邀我去一趟。考虑到南山的生意无人照顾，路途又太远，迟迟没有成行。”

“伯父如果因家事需要去趟古槐镇可以，但不要为我们的婚事劳顿。”冷玥劝道。

“此事，你们不用担心，我会妥善处理的。”他又叮嘱，“你们结婚，家里帮不上什么忙，在经济上一定给你们一点补偿。你们年纪都不小了，结婚的时间不要再拖延了。”

一家人说说笑笑，不知不觉到了午夜。殷道全问老伴儿：“玉华，住房安排好了没有？”

“安排好了。冷玥住厢房，昌烈到厅里打铺。”殷母回了话，殷道全说：“你们二人辛苦了几天，也该早点休息。”

一家人起身到各自的房里休息去了。

冷玥、殷昌烈在南山休息期间，结伴去了几处古迹。一天，他们到当地著名的清山寺烧香。清山寺在南山的北麓，海拔两千多米，他们从一条盘山小道拾级而上。寺的周围古木参天，郁郁葱葱，泉水清澈，怪石嶙峋，香火旺盛，游人如织。他们在大雄宝殿上了香。冷玥提议：“昌烈，我们抽个签，讨个好兆头。”

“可以。祝你抽个上签。”

“我们一人抽一支，叫成双成对。”

为了不扫冷玥的兴，殷昌烈一切都依着她。二人重新上了香，冷玥口中念念有词，从僧人持的签筒中抽了一支，递给僧人：“请老师傅帮我解签。”

老僧接过签，看了一看，问道：“施主，你是求缘，还是求财？”

“我是求缘。”

“阿弥陀佛！施主，求缘不如随缘，心中有缘缘自到。”老僧说了句让她捉摸不透的话，她想再问，老僧双手合十：“施主，不必问了，你去悟吧。”

殷昌烈把自己的签奉上：“请老师傅指点。”

老僧人接过签，望了二人：“两位施主缘根很深，会有因果的。”

二人听完老僧人评签，心里认为是好兆头，谢了老僧人。

他们来到庙前广场，广场边有一个茶棚，茶棚里摆有几个大土壶，有人在那里吆喝：“凉茶免费，自斟自饮。”这时，殷昌烈他们走进茶棚，随手倒了两碗凉茶。喝完后，冷玥问：“大哥，多少钱？”

“不要钱。”

冷玥听声音有点熟悉，仔细一看，惊喜地叫道：“您不是石瑞大哥吗？”

那男子颇感意外：“你，你是？”

“我就是您几年前救过的那个女子。”

“记起来了。”石瑞也很欣喜，“我还不知道你的姓名哩。”

“我叫冷玥。”

“到南山旅游？”

“不是。”她又介绍殷昌烈，“他是我的男朋友，父母在南山。”

“走，到我小店里去坐坐。”

“茶棚呢？”昌烈说话了，“不要耽误您的正事。”

“不耽误。香客和游人可以自斟自饮，不需要人看管。”

“您分文不取，拿什么承担消耗的财力呢？”

“水是山上的泉水，柴火山上有的是，出点劳力就解决了。”

“您这是善举呀。”殷昌烈很是赞赏。

三人边说边走，一会儿就到了石瑞的回春便民店。店里经营的主要是祈福用品和礼品。有个女人在招呼顾客，见石瑞引来客人，连忙张罗起来：“进屋坐。”她又端来了两碗凉茶，“天气热，喝一点解解渴。”

冷玥自然猜到了：“这是嫂子吧？”

女人腼腆地笑了："是的，是的。妹子这么清秀，干什么工作的？"

石瑞也不知道，望着冷玥，殷昌烈应了声："是中医医生。"

"今天我才知道，她叫冷玥。"石瑞对内人做了介绍，"在K县的时候，我们见过一次面。"

"嫂子，石瑞大哥是我的救命恩人。"

"言重了。遇到那样凶恶的事，任何正直的人都不会袖手旁观。"石瑞热情邀请，"今天我请客，在我家吃顿饭。"

"石瑞大哥，今天就不叨扰了，家里还有客人在等我们。"殷昌烈婉言谢绝了。

"冷……冷医生，"女人说了挽留的话，"难得来南山，就留下吃顿饭吧。"

"谢谢嫂子，家里真有客人等我们。下次再来拜访。"

"如果家里真有客人等着，就不为难你们了。"石瑞顺着他们的话说。

离开回春便民店的时候，冷玥很是抱歉地说："石瑞大哥、嫂子，今天我们什么礼物都没有带，有些不恭，还请原谅。"

"冷医生，你还不知大哥的秉性，我是不主张送礼收礼的。人与人交往，讲的是个'义'字。"

"我知道，大哥是义重如山的人。"冷玥对石瑞的评价是发自内心的。

"今天就不叨扰了，咱们后会有期。"殷昌烈说了礼节性的话，二人离开了小店。

殷昌烈、冷玥回K县的前一天，殷家特别请来厨师办了三桌家宴，南山的亲朋好友应邀前来祝贺。冷玥在众人面前第一次露面，她的神韵、气质得到亲友们的交口称赞。第二天走的时候，殷道全给了他们一笔现金，殷夫人赠了冷玥一对金手镯。冷玥不肯接受："伯母，冷玥接受这样贵重的赠品不合适。"

殷夫人说："这是我们殷家的家传。你已经快成殷家的人了，有什么不合适的。"冷玥还在犹豫，殷昌烈接过来："谢谢妈妈！"殷夫人不肯给他："你掺和什么，是给冷玥的。"

殷昌烈在母亲面前总是无所顾忌，一把抢在手："给我也是一样。"殷夫人笑了："都是大人了，还没个正形。"

冷玥看他们母子嬉闹，很是尴尬，狠狠瞪了殷昌烈一眼，什么话也没说。

这次南山之行，二人的婚事得到了父母的首肯，殷昌烈、冷玥按时回到了K县。

第二十四章

冷玥回K县后，只休息了一天，便照常上班了。下午闲下来的时候，秦宜岚问："冷玥，这次去南山，昌烈的父母对你的印象如何？"

冷玥抿嘴笑道："还算好。"

"你们的婚事，昌烈的父母持什么态度？"

"反正他父母糊里糊涂认可了吧。"

"你这话，干妈就不明白了，什么叫'糊里糊涂'认可了？"

冷玥脸上表现出一种忧郁的神情，回道："干妈，你是知道的。玥儿这几年的真实遭遇他们并不清楚，如果他们清楚了玥儿的点点滴滴，其态度能说得准吗？所以玥儿用'糊里糊涂'形容他父母的态度是很贴切的。"

"玥儿，"秦宜岚批评道，"你怎么能这样钻牛角尖？你的事昌烈已经不计较了，你自己倒较起劲来，这不是自己作践自己吗？"

"干妈批评得对。玥儿确实是个'天下本无事，庸人自扰之'的庸人。听干妈的，以后坦坦荡荡过日子，一切随缘。"

"结婚的日期没有变吧？"

"没有。如果没有什么特殊原因，今年国庆节结婚。"冷玥又兴奋起来。

时间过得真快，一晃国庆节临近了，殷昌烈和冷玥正在积极筹备婚礼……

立秋以后，天气渐渐转凉。殷道全听了夫人的意见，决心去一趟古槐镇，一来拜访亲家，二来了结原有债务，处理那里的财产，并计划在国庆节前赶往 K 县县城，参加儿子的婚礼。

殷道全到古槐镇后，落脚在一个朋友家。这个朋友名叫阳再平，是经营杂货的，店铺在东街殷家的斜对面。二人见面后，自然是一番重逢后的长叙。随后殷道全问了冷家的情况。阳再平说：“冷家在兵荒马乱的日子里，算是躲过了劫难。冷秋兄弟已经回到古槐镇干起了老本行。”说完后，阳再平诧异地问：“道全兄，冷玥不是昌烈的媳妇嘛，你怎么对他家的情况一点都不知道?”

“昌烈他们那时候没有结成婚。当时逃难时心情复杂，临了冷秋变了卦，把冷玥带回冷家岭了。”

“哦，是这么一回事。”阳再平思考了一会儿，突然冒出一句：“不对呀!”

“什么不对?”殷道全不懂他的话。

“我怎么听人说，冷玥在解放初回了一趟家，说是怀孕了。”

殷道全听了不以为然：“别听人瞎说。前不久，昌烈和冷玥还去了一趟南山，向我们报告了他们准备在国庆节结婚的事。”

“那可能是我听错了。”阳再平听后心里虽有疑惑，但怕承担传播是非的责任，没有继续说下去。

第二天，殷道全备了一份厚礼，前去拜访冷秋夫妇。他一进屋，见桂巧正在清理作坊的杂物，叫了一声：“亲家母好。”

桂巧回头瞧了来人，一时认不准：“先生找谁?”

殷道全放下礼品，说：“亲家母不认识我了？我是昌烈的父亲殷道全。”

“哎！真是稀客，一时没有认出来，得罪了。”她放下手中的活儿，热情地打了招呼，马上倒了一杯水，“天气热，喝杯凉水。”

殷道全接过茶杯：“秋哥呢?”

“他上街摆摊儿去了，过一会儿回来。”桂巧回话后问，“昌烈爸，这次回来不走了?”

“我已经在南山安家落脚了。这次到古槐镇主要是拜访亲家，顺便处理过去的账务和房产问题。”

殷道全一口一个‘亲家’，把桂巧弄得很尴尬，承认不是，不承认也不是。她试探性地问：“昌烈爸，昌烈他们对您说了什么没有？”

殷道全感到很奇怪：“亲家母，昌烈和玥儿结婚的事没有告诉你们？”

“以前是说过……”她不知怎么回答为好，“只是冷玥好长时间没有回家了。”

“昌烈和冷玥……”殷道全的话还没有说完，冷秋担着担子回来了。他一进屋，桂巧像遇到了救星一般，马上对冷秋说：“昌烈的爸来看我们了。”冷秋认出了殷道全：“稀客！真没想到！稀客！稀客！”冷秋说了这句话，便无话可说了。

殷道全礼貌地站起来：“辛苦了半天，先休息一会儿吧。”

“您也坐。”

二人坐下，殷道全继续说：“昌烈和冷玥上个月到南山去，讲了他们准备国庆节结婚的事。按照俗礼，我应该先登门求亲。我和玉华商量后，决定来古槐镇拜访你们，希望你们对孩子的婚事有个明确的意见。”

冷秋夫妇并不知道冷玥他们要结婚的事，一时不好回答。冷秋望着桂巧，桂巧到底比冷秋灵活，回了殷道全的话：“昌烈爸，只要冷玥和昌烈商量好了，您就做主吧。我和冷秋见识少，说不出什么意见。”

“对，对，我们做父母的唯一的愿望就是二人能相亲相爱，携手百年，过得幸福。”殷道全说道。

冷秋他们随意应了：“是的，是的，只要他们过得好。”

冷秋为了招待殷道全，对桂巧说：“巧，你陪昌烈爸说说话，我去街上买点东西。”

殷道全也没有客气，说：“大哥，简单一点，不要太破费。”

“你是知道的，小地方没有什么金贵的东西。”冷秋说完，提着竹篮上街去了。

这天，冷家尽其所能地办了一桌像样的筵席，请了杂货铺老板阳再平和邻居邵哥作陪。席间，大家兴高采烈，谈笑风生，主要话题是劫后所发生的家事，以及重生后镇上人的生活变化。

席间话语融洽，不知不觉已是掌灯时分，突然闯进来一个风尘仆仆、抱着婴儿的女人。她一进门，发现家里有客人，一时不知所措，巧的是婴儿哭闹起来。桂巧见状，赶紧招呼了一声："桂彩，昌烈的爸来了，几个老邻居在一起热闹热闹。"桂彩只得应酬地说了句："稀客！"她一面哄着还在哭闹的婴儿，一面尴尬地望着众人。还是邵哥开了口："桂彩，坐下来一起吃。"殷道全附和着："坐下来吃，随便一点。"

"我已经吃过了。大家随意。"桂彩机灵地敷衍了一句。

桂巧拉了桂彩一把："桂彩，把小骏抱到后屋去。"桂彩知道姐姐的意思，跟着桂巧到后屋去了。

桂彩抱着婴儿突然出现，并没有引起在座客人的特别注意，阳再平无心问了一句："秋哥，你小姨子还有这么小的娃？"

冷秋吞吞吐吐一时回答不上来："是她……是她的侄孙吧。"

"你还不清楚？"邵哥又问。

"家离得远，对她家的事不怎么上心。"

散席后，客人告辞走时，冷秋问："昌烈爸在阳老板家歇脚？"

"是的。我们分开了好多年，甚是想念，在一起说说话心里舒畅。"阳再平回了话。

"叨扰阳老板了。"

"说叨扰就见外了。只是条件不好没有什么好的招待。"

冷秋送走了客人，回家收拾残席，把剩下的菜重新烧了几碗，叫道："桂巧、桂彩，出来吃饭。"

姐妹二人从房里走出来，冷秋问："小骏呢？"

"哄睡着了，我们吃顿安生饭。"桂彩说。

吃饭的时候，冷秋埋怨道："桂彩，你怎么迟不来，早不来，偏偏这个时候来？"

“怎么，有人说什么了?”桂彩担心地问。

“客人们并没有太注意，只是邵哥问了一句。”

“你怎么回答的?”桂巧有些紧张。

“我能说什么？我说是桂彩的侄孙子。”

“别疑神疑鬼的，吃饭。”桂巧听了松了一口气。

“小骏快一岁了，你们还没有见过。刚好今天有空，我有意拖到了天黑，这不是想避人耳目嘛。”桂彩解释。

“没事，来了就多住几天。”冷秋说。

桂彩端起碗边吃边说：“唉！我真是自作自受——照顾一个小孩要多麻烦有多麻烦，成天围着他转。”

“这事赖你。”桂巧揶揄妹妹，“谁要你在冷玥面前做好人，百般保证……”

“姐，”桂彩打断桂巧的话，“你有没有良心?！不是……不是你苦求我的吗?”

“她小姨，”冷秋笑着赔不是，“你姐就是没有良心，想过河拆桥。姐夫不会忘记你照料小骏的辛苦，以后好好酬谢你。”

“姐，你听到没有？姐夫比你有良心。”

“他当然要巴结你。小骏姓什么？他姓冷呀!”桂巧又奚落冷秋道。

殷道全回到阳再平的家，想起桂巧姐妹慌乱的举动，以及冷秋说话时的神色，心里起了疑惑，便问：“再平，你听谁说冷玥曾经怀过孕?”

“我是听谁说的……”他回忆着，然后拍拍脑袋，“真不知听谁说的了。”阳再平回答后问：“你问那么清楚干什么，是不是犯糊涂了?”

“再平，我不糊涂。你我是割头换颈的好朋友，说出来你给出出主意。”

“你说。我能帮忙的一定帮忙。”

“冷家小姨子抱婴儿出现时，他们夫妇有点惊慌失措，这引起了我的疑心。”

“不是，冷秋不是解释过，是他小姨子的侄孙子嘛。”

“如果是他小姨子的侄孙子，他们犯得着紧张吗?”

“你要是真有疑心，我设法给你探听清楚。”

“你怎么个探法，去问街坊邻里？这不妥吧。”

“我有这么傻吗?”他低头想了一会儿，“你等几天，我一定给你一个实信儿。”阳再平说后反问：“要是传说是真，你打算怎么办?”

“假如……我说假如，冷玥真是怀过孕，这孩子是谁的，我总不能睁一只眼闭一只眼吧。”

“假如……我也是说假如，假如是你儿子的呢?”

“那当然是天大的喜事。”殷道全脱口说出了自己的态度，“请你坐上席！让孩子叫你爷爷，但你必须绝对保密。”

“这么好的事，为什么要保密?”

“共产党的纪律我很清楚，对男女作风处理得很严。昌烈现在是国家干部，组织上能允许他犯这种错误吗？不处分他才怪呢!”殷道全说了利害关系。

“道全兄，现在说什么都为时尚早，等把真相搞清楚了再说吧。”

“行。全靠老弟帮忙了。”殷道全说后又问，“你有把握吗?”

“这不是什么难事。李家坳有我好多主顾，多问几个人就清楚了。”

“你办事还是要稳妥点，不要让冷家知道了。”殷道全叮嘱说，“我们今后成了亲家，这事说出去多伤感情。”

“我没有蠢到这般地步，你放心好了。”

一晃过去了五天，殷道全在等阳再平消息期间，把屋产处理了，又了清了几家主要债务。这天他去拜访一个老友回来，已是掌灯时分，阳再平迫不及待招呼：“道全兄，去了一天才回来?”

殷道全看他说话的神情，已经猜到几分：“是不是有消息告诉我?”

“你坐下，听我慢慢说。”

殷道全坐下："说，我洗耳恭听。"

"是这样……"阳再平说话反而有点结巴，"是这样，几个主顾说法不一，但有一点是相同的——李灿的姨侄女确实在李家坳住了很长一段时间……"

"李灿的姨侄女是谁?"殷道全打断他的话。

"李灿的姨侄女是冷玥呀。"阳再平接着说，"后来，李家就有了一个婴儿。乡邻们只听说，冷家没有后生，他姨姐抱养了一个男婴。冷秋两口子忙着生计，放在李家托桂彩帮忙照料。"

"就这些?"殷道全对这个并不确切的消息并不满足。

"主顾们只告诉我这些。我能刨根问底?那样岂不是露了马脚?"

"谢谢老弟，如果以后有这方面的新消息，再告诉我。"殷道全又一次叮嘱，"老弟，此事只有你知我知，不要向别人泄露。"

"你放心好了，一定守口如瓶，保守秘密。"

殷道全在古槐镇逗留了七天，起程的前一天，去了冷家，说了道别之类的话。

殷道全没有直接回南山，他带着满腹疑惑去了 K 县县城……

第二十五章

殷道全搭乘一辆马车，到 K 县县城后，经过打听到了县教育局。他问门卫："同志，殷昌烈在吗?"

门卫问："你找殷局长？他正在开会。"

"大概什么时候散会?"

门卫望了一下挂钟："快了，还有半小时。要不，你进屋坐一会儿。"

殷道全谢了门卫，在一个条凳上坐下。不一会儿，散会了，门卫两眼盯着从会议室出来的人，叫道："殷局长，有人找你。"

殷昌烈走过来，惊喜道："爸，你什么时候来的?"他连忙帮父亲拿了手提袋，"走，到寝室去。"他对身边的一个人说："别科长，我爸来了，晚上的座谈会改个时间，改到明天上午。"那人应了一声："可以。我去安排。"

父子俩来到寝室，殷昌烈倒了一杯热水："爸，你要来 K 县应该先打声招呼，我好去接你。"

殷道全喝了一口水："我也是临时决定的。先去了古槐镇，拜访了冷玥的父母，处理了以前在镇上的几处债务问题。"

"房产处理了没有?"

"处理了。"他望了儿子一眼，"爸这次到 K 县来，想了解你和冷玥的婚事。"

"我们不是到南山向您汇报过吗？国庆节结婚，现在正在筹备中。"

"我知道你们国庆节结婚。"殷道全严肃地凝视着儿子，"这次到古槐镇，听到镇上人对冷玥有些议论……”殷昌烈心里一愣，连忙制止：“爸，你不要把道听途说的一些话当真。今天什么都不谈，我去叫冷玥，我们一起吃顿饭。”

“别去叫冷玥。”殷道全说了一个理由，“冷玥来了，有些事我能当面问她吗?”

“今天只吃饭，什么也别说，您安心休息一夜，有事明天再说不迟。”他继续说道，“爸，平时您是很开明的，今天怎么啦?唠唠叨叨没完没了。”

“好好，听你的。”

殷昌烈走的时候，嘱咐他爸：“爸，冷玥来了，您不要说三道四，我们高高兴兴吃顿饭。”

“爸爸不糊涂，你去，你去。”

殷昌烈去找冷玥，告诉她：“我爸爸来了，约你一起去吃饭。”

“伯父来了？这么远，真是意外。”冷玥不想去，“我已经吃过了，明天去看伯父。”

“那不行，吃了也得去，我爸在等你呢。”

冷玥笑着说：“既然你下了命令，去，去。”

冷玥见了殷道全，礼貌地说：“伯父途中辛苦了，来了多住些时日。”

殷道全笑着说：“不辛苦，我是从古槐镇过来的。”

“您去了古槐镇?”冷玥十分意外。

“是的。去看了你的父母，受到了他们的热情招待。”

三人一起去了一家餐馆，相安无事地吃完饭，各自歇息去了。

第二天清晨，殷昌烈到局招待室找他爸，床上没有人，他问门卫：“老谈，看到我爸出去没有?”

“天刚亮就出去了。我问了老爷子，他说上街去遛遛。”

殷昌烈留下话：“老谈，我爸回来了你对他讲，我在开一个座谈会，让他在招待室等我。”

门卫老谈应了他的话："放心，我给老爷子传话。"

殷道全想着冷玥的事，一夜没有睡好。他早晨上街，无目的地闲逛。他逛到一个早点市场，那里热闹非凡。他听说过 K 县县城的牛肉米粉特别好吃，便找了一家新开张的米粉馆，还真是名不虚传，这里顾客盈门。他选了一个靠窗的座位，服务生向他问了需要，不一会儿，一碗香喷喷的牛肉米粉端来了。他吃着吃着，听到隔壁桌的三个男子在议论，一个男子问："老阙，听说你们局长国庆节结婚，新娘是谁？"

老阙吃了一口米粉，可能有点烫嘴，说话断断续续："是……是的。新娘是个……是个中医，叫……叫什么来着……对，叫冷玥。"

"是不是仁济诊所的那个女见习生？"

"现在已经不是见习生了，单独坐诊了！"

还没有说话的年轻人放下筷子，边用纸巾擦手边说："这个女中医长得漂亮，手艺也不错，不然，怎么被人看中了遭绑架呢。"

"遭谁绑架了？没听说过。"

"走，走，要上班了。"第一个说话的人起身，"管人家遭谁绑架了，你们是'咸吃萝卜淡操心'！"

三人付了米粉钱，匆匆走了。

殷道全听了三个年轻人的谈话，知道他们议论的一定是自己的儿子和冷玥，心里更疑惑了。他心猿意马，没有付钱就走出了米粉馆，只听后面有人叫道："那位先生，您还没有付钱。"他转过身，很是尴尬地说："对不起，我不是有意的。"他随便掏出一张人民币给了服务生。

"先生，钱多了……"

他像没有听到一样，匆匆走了。

殷道全来到教育局，门卫老谈打了招呼："老同志，殷局长开会去了，要您在住所等他。"

"他开会要多长时间？"

"这说不准，至少要开半天时间。"

殷道全知道不能到会议室去找儿子，但他又急着想见儿子，心里很是无奈。停了一会儿，他问门卫："同志，您知道仁济诊所在什么地方吗？"

"知道。在东街，原来叫东街，现在改名叫建设路。"老谈走出门，用手指了指，"走完这条路，朝南拐弯儿不远就到了。"

殷道全谢过门卫。他按照门卫的指引，不一会儿就找到了仁济诊所。他在诊所的对面踟蹰了。他看到候诊的病人很多，冷玥和秦宜岚正忙着。他原想找冷玥叙叙，看到这情景，不敢贸然进去。他犹豫了很久，还是原路回了教育局。

中午12时，殷昌烈找来了："爸，到食堂吃午饭去。"

"爸不饿。"殷道全看了儿子一眼，严肃地说，"昌烈，我想和你谈谈。"

"要谈，吃了饭再谈。"他嬉笑着拉着殷道全，"你儿子饿着呢。"

"你去吃，我在招待室等你。"

"爸，"他认真地说，"有什么了不起的大事要和儿子谈？您原来从来不这样固执。"

"你快去吃，吃了再谈。"

"不吃了。"殷昌烈有点生气，"谈就谈吧。"

"走。"殷道全起身，"我们到外面去谈。"

父子二人各怀心事地走出教育局，来到郊外的小河边。殷道全说："坐下说话。"

殷昌烈坐下问："爸，什么大事让您耿耿于怀，非谈不可？"

"我问你，"殷道全很严肃，"你和冷玥快要结婚了，冷玥的一些事你弄清楚了没有？"

殷昌烈对父亲到K县的目的已经明白了："爸，您是不是有什么疑惑？"

"不是疑惑，是有许多不能言明的事实。"

"您到古槐镇专门做了调查？"

"没有。"他否定了自己的行为，"只是听说了一些事。"

"道听途说的东西您也相信？"

“我问你，”殷道全要摆事实了，“冷玥怀过孕，你知道吗?”

殷昌烈一怔：“谁说冷玥怀过孕?”

“孩子我都见着了。”他并没有十足的把握，这话里有很大的诈唬成分。

“这事……这事……”殷昌烈一时张口结舌，满脸尴尬。

“我想，冷玥怀孕生小孩的事你是清楚的。你对爸说实话，那孩子是谁的?”殷道全要刨根问底了。

殷昌烈此时已无退路，勇敢担起了责任，理直气壮地回了他爸：“爸，您知道了也好，这孩子是您儿子的。”

殷道全听了，心里松了一口气，仍严肃地批评了儿子：“昌烈，你一个党员，国家干部，干出这种严重违纪的事来，不怕受处分?! 你好糊涂!”

“爸，当时儿子一时冲动，强迫冷玥做了一件很没有脸面的事。”

“冷玥有了孩子，你就应该早点申请结婚呀。”

“当时……当时情况特殊……怕受处分嘛!”

“纸能包住火吗?总有一天要露馅儿的。”

“爸……”殷昌烈叫了一声，欲言又止。

“我们是父子，什么话都可以说。”

“爸，关于孩子的事，您就不要纠缠了，儿子会处理好的。”

“不是纠缠，爸是要问个明白。”

“您问明白了做什么，去揭发自己的儿子?”

“你爸再糊涂，也知道护犊子呀。”殷道全思考了好一会儿，下了决心，“这孩子既然是你的，爸带回南山去养。这样可以对你的错误掩盖一时，等将来孩子长大了也好做人。”

“爸，这不行。”殷昌烈急着否定他爸的意见，“关于孩子的事，我答应过冷玥，不能言而无信。”

“爸去做这个恶人，我去找冷玥。”

“您不能去找冷玥!”殷昌烈连忙阻止，“您为孩子的事去找冷玥，我们的婚事必然破裂。”

“为什么?”

“我对冷玥承诺过，这个孩子是冷家的孩子，与殷家毫无关系。倘若您去找冷玥，儿子就成了背信弃义之徒。冷玥会和一个背信弃义之人结为夫妻吗?”

殷昌烈的这番话，镇住了他爸。殷道全沉思良久，问：“昌烈，你就没有别的选择?”

“没有!”殷昌烈斩钉截铁地说，“除了冷玥，我谁都不娶。”

父子俩的谈话到了没有回旋的地步，一阵可怕的沉默……

“昌烈，如果你的上级领导知道了，还能成就你这桩婚姻吗?”

殷昌烈望了殷道全一眼：“爸，您到K县来，是衷心祝贺我们，还是想拆散在磨难中成就的这桩美满姻缘?”

“我是想拆散你们吗？我一切的出发点都是为你好，为殷家好。”他见儿子不回应又问，“对了，还有一桩事想问你——听说冷玥遭人绑架过，有这事吗?”

“有。”殷昌烈知道他爸掌握了一些并无把握的事，不想把事情越描越黑，干脆一口承认，免得节外生枝，“她是被人绑架过，但很快被解放军救回来了。”他反问，“遭坏人绑架，是冷玥的过错吗?”

殷道全清楚了儿子对冷玥的态度，尽管没有完全解除疑惑，也无话可说了。但他还想争取和冷玥谈谈：“昌烈，我来K县一次不容易，冷玥快成殷家的媳妇了，我能不能找她谈谈。”

“可以。”他又叮嘱殷道全，“爸，您和冷玥见面，只能谈结婚的事，或者叮嘱她在婚后如何做个好妻子。今天您和我谈的所有话题，一个字都不能提啊。”

殷道全听了儿子的叮嘱，寻思片刻：“既然你是这个态度，我也不想和冷玥见面了，明天就动身回南山。”他很生儿子的气。

“爸，您这是气儿子。您长途跋涉从南山绕道古槐镇到县城来，目的就是参加儿子的婚礼。儿子的结婚日期临近了，您却要回南山。”他稍稍缓了一下，口气变得温和了，“爸，我和冷玥知道您来参加我们的婚礼，心里不知有多高兴。您如果现在回了南山，不说儿子怎么想，冷玥肯定会有想法——您这不是明摆着对我们的婚事不满意吗?”

殷道全被儿子诓住了，确实有些触动。他无奈地摇摇头：“昌烈，参加你们的婚礼是爸梦寐以求的，但对冷玥的一些事还没弄清楚，或者说冷玥已经不是殷家所期望的那块无瑕碧玉了，一想到这些，爸怎么都高兴不起来。唉!”他叹了一口气，“只要你认为冷玥是你理想的终身伴侣，爸高兴不高兴不重要。”

“爸，您这样想是对儿子最大的信任和支持，请相信儿子的判断能力。”他觉得父亲的工作做得有了转机，说了让他高兴的话，“爸，我们结婚那天，您要打扮得精神一点，给婚礼增添光彩。对冷玥更应该表里如一表示亲近和喜欢。”

“爸是经历过风雨的人，自有分寸，你不要担心爸会把今天的情绪带到你们婚礼上去。”

殷昌烈高兴起来，拉着他爸：“走，我们到满春楼吃午饭。”

尽管殷道全心存疑虑，但不想扫儿子的兴：“不叫上冷玥?”

殷昌烈愣了一下：“叫！只要您高兴。”

第二十六章

婚期越来越近，殷昌烈和冷玥为商量婚事接触频繁起来。一天午休时，冷玥到教育局去找殷昌烈。她走近他的寝室，听到他们父子在说话，便站住了……

“昌烈，对孩子的事……”殷道全的声音。

“爸，孩子的事你放心，我会处理好的……”

冷玥听到这里，转身就跑，不料绊倒了走廊里的一条板凳。殷昌烈听到动静，马上走出来，见是冷玥，高声叫道：“冷玥!”

冷玥像没有听到一样，头也不回地跑出了教育局，跑上了大街……

殷昌烈在大街上不敢大声叫她，只是紧追不舍。直到她用尽了气力跑不动了……殷昌烈气喘吁吁地跑到她的身边，上气不接下气地说：“冷玥……冷玥……冷静冷静……”

“我能冷静吗?”冷玥很是气愤地回了一句。

“冷玥……”

冷玥没有听他诉说，又奔跑起来……她跑到了一片柳树林，扶着一棵粗壮的柳树大声哭起来。

殷昌烈等她哭得精疲力竭了，解释说：“你一定是听到我和我爸说孩子的事，气恼了。”

“殷昌烈，孩子的事你当着我的面承诺过不计较，你爸是怎么知道的?”

“你冷静冷静，我把事情的缘由讲给你听……”殷昌烈把事情的经过粗略讲了以后，说，“冷玥，我爸只是担心孩子的事处理不好，会影响我的前途。”

冷玥听了心里平静了许多，她认为殷昌烈是个有担当的男人。但她不能让他背黑锅，于是说：“昌烈，关于孩子的事你对伯父说了谎，这是个很大的后遗症。你我的婚姻不能靠谎话来维持。”她沉思良久，终于下了决心，“我找伯父谈一次，把真相告诉他……”

“不可，不可！你这不是把我置于不忠不孝的境地吗?”他极力阻止她的行为。

“昌烈，我也不想揭伤疤，但这个伤疤不揭，时间久了，会复发，会慢慢侵蚀肌体，甚至发展到不可救药的地步。这才是真正的后患无穷。”

殷昌烈为难了，如果让他父亲了解了孩子的真相，父亲怕是很难接受；同时，他也知道冷玥的性子，心里搁不下一点灰尘，不吐出来会如骨鲠在喉。他权衡再三，出了一个主意：“冷玥，我们结婚以后由我把真相告诉父亲。这样可行?”

“不行。结婚之前不把真相告诉伯父，这个婚我不结。”她态度很坚决。

“冷玥，我爸听说是我的孩子，心里正高兴着。你突然讲出真相，不是让他难堪吗?任何人在缺乏沟通的情况下都难以接受。”

“我对伯父把真相讲出来，就是与他沟通。”她冷静思考了一下，语气缓和下来，“昌烈，一个人要靠诚信立世，我让伯父了解事情的来龙去脉，这就是诚信的表现，兴许能博得他的同情而支持我们的婚事。”

“如果你真要坚持这样做，后果不可预料。”他的忧虑之情挂在脸上，还是想阻止她，“冷玥，假如我爸听了不能接受这个事实，你说怎么办?”

“这很简单。如果伯父不能接受，而你又只能顺从伯父的意愿，那我们就各走各的路，理性地分手。”

“冷玥，这不是我想要的结果！无论发生什么事，我都不会放弃你。我终身非你不娶。”他突然抽泣起来，“冷玥，你忍心让我形单影只地过一辈子吗?”

冷玥被感动了，抱着他哭了：“昌烈，不要把事情想得那么悲凉。”她放开他，“我想，伯父是个通情达理之人，如果他听了我的悲惨陈述，也许会从不可接受变成同情、理解，从而支持我们。”

“冷玥，你一定要坚持自己的意见不改变吗?”

“是的。”她忖度了一会儿，“昌烈，时间不能拖下去，必须在我们结婚之前向伯父坦诚交代。”

“你说什么时间、什么地点谈话为好?”

冷玥虽然一时冲动说出了自己的意见，但真要和殷道全面对面说出那段令她难以启齿的事，心里也很犹豫：“这事……这事由你来定。”

殷昌烈沉默了好一阵子，说：“我想，请你干爹干妈出面，邀我爸到仁济诊所做客……”

“不行。”她打断他的话，“这事不能让干爹干妈为难。他们是局外人。”

“如果有秦医生出面做证，你的陈述不是更能打动我爸吗?”

她想他的话有一定的道理，思量后，说：“好，我和干爹干妈商量商量。”

殷昌烈回到教育局，他父亲问：“是不是冷玥找你有事?”

“是。我们约好要去买些结婚用品。”他敷衍了殷道全，又问：“爸，您认为冷玥的品行怎么样?”

殷道全觉得儿子问得很奇怪：“昌烈，你不是再三强调她品行端正、容貌出众吗? 怎么要爸回答这个问题。”

殷道全觉得儿子今天说话有点不符合常理，问：“你和冷玥是不是发生了什么不愉快的事?”

“没有，没有。”他想给殷道全打个预防针，“冷玥为人耿直，说话不遮掩，如果她说话不注意冒犯了您，您一定要谅解她，不要与她计较。”

“昌烈，你今天说话有点颠三倒四，我看冷玥为人很沉稳，说话也得体，怎么会冒犯爸呢？”

“我这不是提醒您嘛。公公婆婆对儿媳往往是很挑剔的，我怕您也是这样的公公。”

“无稽之谈。”殷道全不屑儿子的话，“你管好你自己，爸不需要你叮嘱。”

冷玥回到诊所，午休后的秦宜岚正好上班，她见冷玥一脸丧气，问：“冷玥，找到昌烈没有？”

“找到了。”

“看你的神情，像是心里有什么不悦。”

“是的。我和昌烈为一件事争吵了。”她在干妈面前，说话总是直来直去。

“为什么事争吵？说给干妈听听，让干妈评评是非。”这时来了一位病人，冷玥不好言语，说：“干妈，这不是一时半会儿说得清楚的。晚饭后您有空吗？”

秦宜岚边接诊病人边说：“有空。晚饭后再谈。”

傍晚时分，冷玥挽着秦宜岚走在一条僻静的小道上，冷玥把白天和殷昌烈争吵的事说后，问道：“干妈，您说玥儿的想法正确吗？”

“嗯，让干妈想想。”秦宜岚沉默地走了一段路，用商量的口气说：“玥儿，关于孩子的事，干妈和你讨论讨论。”

“干妈，您有什么意见直接说，玥儿听您的。”

“孩子的事，最不能接受这个事实的人应该是昌烈，而昌烈不仅没有计较，还勇敢地在他父亲面前担了责任。昌烈说得对，你若直接对他父亲讲了，他岂不成了不忠不孝之人？”秦宜岚见冷玥没有否定她的意见，劝道：“玥儿，孩子的事，只有干爹干妈、你的父母和你小姨一家知道，这些人都是你的亲人，他们会出卖你吗？你何必自己为难自己？何况婚期临近，你再生出枝节来，不仅对昌烈不公平，也会给他带来很大的伤害。”

“干妈，如果将来有一天因为孩子的事生出是非，我怎么面对?”

“现在面对是面对，将来面对也是面对，你何必主动挑起事端?只要昌烈对孩子的事有担当，你就不要杞人忧天了。”

冷玥听了秦宜岚的劝解，宽慰了许多，说：“干妈，听您的。”

第二天中午，冷玥又去找殷昌烈。他问：“你和你干妈商量好了没有?”

“商量好了。”冷玥心里有点高兴，妩媚一笑，“你胜利了。”

“我胜利了?什么意思?”殷昌烈一时不理解她说的话。

冷玥便把秦宜岚对她说的话一五一十地告诉了他，说：“这不是你胜利了吗?”

“冷玥，你想通了?!”

“我想通什么呀，为了顾及你的处境，冷玥只好迁就你了。”她用眼瞅着他，“结婚的准备工作……”

他缓过神来，高兴得不能自已，鲁莽地抱住冷玥：“结婚的准备工作一切由我操办，什么事都不用你操心，你只等做新娘就行。”

冷玥一把推开他：“你疯什么?!”她努努嘴，“隔壁……”

1951 年 10 月 1 日，殷昌烈和冷玥的婚礼在教育局的会议室举行。县里来了一个副县长表示祝贺。除教育局的人以外，冷秋、桂巧、殷道全都在婚礼上露了面。婚礼隆重而简朴，只办了一桌筵席，丁济才夫妇应邀参加了。

第二十七章

转眼，殷昌烈和冷玥结婚将近六年了，他们婚后的生活过得宁静、甜蜜、和顺，有了一个叫玫玫的女儿，已经三岁，长得伶俐可人。冷玥所在的仁济诊所，在1956年合作化的高潮中归并到新成立的K县中医院，丁济才任院长，秦宜岚、冷玥通过资格考试领取了中医医生执业证书。

殷昌烈年轻，有较高的文化基础，加之工作勤奋，是县领导班子的重要考核对象。

这年的八月，冷秋风尘仆仆赶到县城，对冷玥说："玥儿，骏儿已经要上小学了。他的入学登记表怎么填为好？"他把一张表递给冷玥。冷玥看后眉头紧锁，意识到一件非常棘手的事摆到了他们的面前。她沉思了一会儿，对冷秋说："爸，你休息一下，我和昌烈商量商量。"她把冷秋安排好后，在家里等殷昌烈。这天，殷昌烈为一个新建中学的校址问题，和当地政府、群众开会，直到深夜才回来。他放好自行车，看到自家的灯还亮着，知道冷玥还没有睡。他走进屋，叫了一声："冷玥，快给我弄点吃的来。"

冷玥走出房，看到他很疲惫的样子，心疼地说："你看你累的……饿了吧，现成的只有红薯，行不行？"

"行。只要能填饱肚子。"

冷玥进厨房端了一盘蒸熟的红薯，一碟咸菜："快吃吧。"

殷昌烈大口大口地把一盘红薯吃光了，喝了放在桌子上的一碗凉茶，喘着气说："今天真是又饿又累，我得洗个澡好好睡一觉。"他看冷玥沉着脸，站在一旁不作声，问："冷玥，今天怎么啦？一脸不高兴的样子。"

“去，你先去洗澡，一会儿有事和你商量。”

殷昌烈疑惑地望了她一眼，洗澡去了。他洗后回到房里问她：“什么事让你这样不高兴?”

冷玥把小骏的入学登记表给他看了，他一愣：“这还真是一道不好回答的难题。”他一点睡意也没有了，在房里来回踱步……他俩沉默着，满脸愁容。听到时钟敲了两下，殷昌烈似乎下了决心：“冷玥，没有什么坎儿过不去，你我一同承担责任——父亲殷昌烈、母亲冷玥!”

“这对你不公平，会影响你的前程。”冷玥哭了，抽泣着说，“冷骏没有父亲，只有母亲。我出面找学校说清楚。”

“万万不可！你如果这样做了，社会舆论会让你颜面扫尽，无立足之地，我能置之度外吗?”殷昌烈分析了利害关系，掷地有声地说：“冷玥，我们是一根藤上的两个苦瓜，一荣俱荣，一损俱损。我不会做局外人让你一个人承受痛苦的。”

冷玥听他说后，心里很是欣慰，但一想到殷昌烈因为自己背了黑锅，于心不忍，她心情沉重，一句话也不说。殷昌烈见她不表态，忽然有了主意：“冷玥，我有一个想法，不知你爸你妈能否接受?”

“你说出来我们商量商量。”冷玥听到他的话，似乎见到了曙光。

“把冷骏送到我爸那里去读书，一切难题就都迎刃而解了。”

“我爸我妈不会同意的。他们希望小骏续冷家的香火，把他当成了命根子。”

“你劝解劝解他们，保证小骏姓冷，长大以后还是回到冷家。”

“你当着你父亲的面承认小骏是你的孩子，他一定会留住小骏的。”

“我们分头做工作。”

冷玥同意了殷昌烈的想法。

冷玥找到冷秋，对他说：“爸，小骏的身世你是清楚的，如果处理不好，不仅会坏了我的名声，昌烈的前程也会受到影响。我和昌烈商量了，想把小骏送到南山去上学……”

冷秋听到这里，气急了："不行，不行！冷骏不能离开我们，更不能到殷家去读书。"

冷玥冷静了片刻，劝道："爸，昌烈说了，小骏还是姓冷，长大了也是冷家的后人。"

"到那里上学还是要填爸爸妈妈姓名呀。不是一样不好解释？"

"那里离K县远，没有我们的熟人。殷家照顾他上学，也是顺理成章的事。"

"这事不成！"冷秋的态度很坚决。

"那您说怎么办为好？"

冷秋愣了一会儿，忽然想出了一个糊涂主意，说："不要你们管，我自有办法。"他起身说道，"我现在就回古槐镇。"

冷玥知道冷秋的倔劲儿来了谁也拦不住，赶紧给殷昌烈打了电话，殷昌烈赶来时，冷秋已经走了。

冷玥他们在一起议论了半天，也没有议出一个好辙儿来。冷玥说："这事由我爸去处理，他要我们不管我们就不管了。"

冷秋回到家里，正好桂巧在家，桂巧见他不高兴，问："冷玥他们怎么说？"

"他们能说什么？"他停了一会儿，"他们要把小骏送到南山去读书。"

"你同意没有？"

"没有。"他反问，"你能同意吗？"

桂巧见他心里不高兴，说："饭菜是现成的，吃了饭再说。"桂巧从厨房拿来碗筷，冷秋闷着头，不一会儿就把饭菜吃光了。

冷秋夫妻洗漱整理完毕，上床休息的时候，冷秋说："桂巧，小骏读书的事我想好了。"

"想好了？说说你的主意。"

"你明天到桂彩那里去，要李灿一家人和小骏一起来。小骏以后就住在家里，不回李家坳了。”

“我们的生意不做了？”

“这不影响做生意，没工夫就少做一点。”

第二天，桂巧到李家坳把小骏接了回来。

这几年，小骏经常到冷家来，已经不陌生了。冷秋见到小骏，很亲昵地说：“小骏，喜不喜欢爷爷奶奶？”

“喜欢。”

“以后就住在爷爷奶奶家，爷爷送你去上学读书，好不好？”小骏不知怎样回答。冷秋又对愣在那里的桂彩一家说：“这几年辛苦了你们一家人，把冷骏照顾得周周到到。”他转身对小骏说：“小骏，你和春桃姨到后院去玩。”

两个晚辈走了以后，冷秋说：“小骏的身世你们是清楚的。他要上学了，学校有张登记表要填父母亲的名字，你们说，这事怎么办？”

“我们寨都知道，他是你们抱养的呀。”桂彩回答。

“我想请李灿和桂彩陪我到镇政府去做个证明——小骏是冷家抱养的孩子。”

“做证明要不要负什么责任？”李灿怕招惹是非。

“一个老百姓，有什么责任不能担？”桂彩说了丈夫。

第二天，冷秋夫妇偕李灿夫妇到了镇政府，找到民政助理，说明了来意。

助理问：“抱的谁家孩子，有证明吗？”

“那时兵荒马乱，我到妹妹家去避乱，路过一片树林，听到一阵婴儿哭声，走过去一看是个刚出生不久的婴儿，我可怜这个娃，就把他抱去了李家坳，妹妹劝我把他留下……”

“这事我可以证明。”桂彩出面做了证人。

“他身上有什么证明身份的文字吗？”

“我们什么也没有看见。”

“那你们怎么证明他的出生日期?”

“这个……”桂巧一时说不出来。“捡到他的那天是农历冬月二十五日，往前推……推五天准没错。”桂彩机灵，随便撒了一个谎。

“你没有小孩?”助理问冷秋。

“有，有个女娃，叫冷玥。”

“冷玥我认识。”助理随后又说，“你给冷玥抱了个弟弟?”

“不，不……”冷秋急得语言颠倒，“是……是……”他憋得满脸通红。

助理微笑着说：“我给你们一张表，填好了给我送来，我们再研究。”

他们回到家里，桂巧吼了冷秋：“秋，你是不是人！这样乱人伦的事你都敢做?!”

桂彩以为是夫妻商量好了的事，听姐姐一说，也批评冷秋：“姐夫，这事你不能这样做，冷玥知道了会和你拼命的。”

“我也没办法呀!”冷秋哭了，“他们要把小骏送到殷家去，那是要我的命啊!”

李灿劝了冷秋：“哥，你是一时急糊涂了，还得想别的办法。”

“有什么法子可想?”冷秋止住泪，冷静了许多，“小骏的前途要紧，不读书不行，可是让冷玥承认她们是母子关系又有难处。我只是在文字上做个假，小骏和爷爷、奶奶、母亲的实际关系变不了。”

“你糊涂!”桂巧气得站了起来，“你这是用纸在包火，将来……”

“你说怎么办?”冷秋打断她的话，“让他们把小骏送到殷家去? 或不让小骏读书?”

桂巧姐妹和李灿都批评了冷秋。冷秋也觉得理亏，低着头想心事，忽然说：“我有一个办法说给你们听听：表上只填母亲是冷玥，父亲不填。”

“学校要是问呢?”

“就说是我们为冷玥捡的一个孩子，不知道谁是父亲。”

大家一听，觉得这是一个好办法，既消除了收养带来的尴尬，又有了合情合理的说法。按照冷秋的主意，小骏顺利进了小学。

第二十八章

1957 年 8 月，K 县教育局召开全县教育工作会议，中、小学校校长都参加了。会议期间，教育局的领导和中层干部参加了各区、镇的讨论。

古槐镇中心小学校长沙文，会议间隙与参加本组讨论的科长闲聊时问："阙科长，我听说殷局长的爱人是我们镇上的人？"

"是的，叫冷玥。"

"冷玥？"沙文疑惑了，"我们学校有个叫冷骏的新生，他的妈妈也叫冷玥。"

"这个娃的父亲呢？"

"没有父亲，说是捡来的。班主任为这事专门向我汇报过。"

"谁送孩子上的学？"

"是他爷爷，叫……叫冷秋。"

阙科长大感意外，问："这个娃有多大？"

"1949 年冬出生，快八岁了。"

阙科长沉默了一会儿："沙校长，你说的这事到此为止，不要对别人讲。"

"怎么……"沙文瞪着疑惑的眼睛。

"开会去。别人的事少管。"

阙科长名阙景新，在教育局里是一个年纪轻却资格老的科长。由于个性倔强，人缘不好，几次升职考核都没有过关，心中总有点怀才不遇的感觉，总认为殷昌烈平时对他有诸多不合情理的批评。他听了沙文无意间反映冷玥的儿子上学的事，表面上不露声色，私下却开始偷偷摸底……

1958 年春节前，县里组织对干部进行考核，殷昌烈作为县级干部的培养对象，自然是重点考核对象。带队考核殷昌烈的是县委常委、组织部部长鞠玉泉。鞠玉泉来到县教育局，召开了党委会和党员、非党员、民主人士的座谈会，阙景新也参加了，但他一言未发。经过考核，鞠玉泉对殷昌烈的初步印象是：有党性，有原则，吃苦肯干，文化水平比较高，有一定的工作能力。缺点是缺乏自我批评精神，在生活上对自己要求不严。

这个结论，鞠玉泉在党员会上讲了，也和殷昌烈本人谈了。原来，在鞠玉泉一行准备离开教育局的时候，阙景新找到考核组："鞠部长，我有一个情况想单独向您反映。"

"可以。"鞠玉泉要其他人避开后说，"你有什么事要讲?"

"半年前，我听到群众反映……"他便把从沙文那里得知的有关冷骏的情况说了。

"会不会镇上有两个冷玥?"鞠玉泉问。

"我问了当地几个熟人，都说只有一个冷玥。"

"殷昌烈是什么时候结的婚?"

"是 1951 年国庆节结的婚。他只有一个女儿，名叫玫玫。"

"这事与殷昌烈有关系吗?"

"我只是怀疑，请组织上调查一下。"

鞠玉泉提醒阙景新："组织上没有弄清楚之前，你不要对任何人讲。"

"我知道利害关系，所以没有在座谈会上讲，找您反映了情况，就到此为止了。"

鞠玉泉在县委常委会议上，汇报了对殷昌烈考核的情况，然后说："殷昌烈是一个可以作为培养对象的好干部，不过有一个问题要搞清楚。"他把阙景新反映的疑点一并做了汇报。会议决定，要纪检部门介入调查。

负责调查殷昌烈问题的是纪委书记狄侠。狄侠到古槐镇取证回县后约殷昌烈谈话。殷昌烈听到县纪委书记约他谈话，心里一怔，怀着忐忑的心情去了县纪委。

狄侠和蔼地对殷昌烈说："县委对你的考核结果是比较满意的，县委觉得你是一个人才，今后工作担子可能更重。"他看了殷昌烈一眼，"在考核中有人反映你的爱人冷玥有一个小孩在读小学，根据你结婚的时间推算，不应该有这么大的小孩，是什么情况？希望你对组织如实讲清楚。"

殷昌烈对此事早有思想准备，心里并不惶恐，沉默了一会儿，说："狄书记，这个男孩名冷骏，是我和冷玥的小孩……"

"你们是1951年结的婚，时间上说不过去。"狄侠打断他的话。

"这事我应该早点向组织承认错误，主要是我的原因，所以拖到现在——事实是，我们在结婚之前就有了孩子。"殷昌烈说完这段话，心里倒舒坦了许多。

"你不主动向组织报告的原因是什么？"

"冷家没有男丁，冷玥坚持要小孩姓冷，我尊重她的意见。"

"这是什么理由？"狄侠语重心长地说，"昌烈，你糊涂呀。你是县委确定的梯队干部，为这一件事影响前程，多可惜！"他见殷昌烈低头不语，又说，"这犯的是原则错误，是党的纪律所不允许的。"

殷昌烈知道事实已无可争辩，便说："狄书记，昌烈犯了严重错误，不可原谅，愿意接受组织的任何处分。"

"处分是要处分的，但还要看你认识错误的态度。你回去后写份检讨送来。事实要清楚，认识要深刻。"

"好。我回去就写。"他站起来，"狄书记，没有什么别的事我就走了。"

"你去，你去，要从主观上找错误原因，深刻一点。"殷昌烈向狄侠点点头："是。"

狄侠看殷昌烈走时的背影，摇摇头，自言自语："这么好的一个干部，自己把自己废了。"

殷昌烈回到家里，和赵姐、玫玫吃完晚饭，玫玫说：“爸爸，你陪我到公园去玩。”

“玫玫乖，爸爸今天有事，你跟赵阿姨去玩。”

玫玫嘟着嘴：“您好长时间没有陪玫玫了。”

“爸爸最近比较忙，等忙完了一定陪玫玫去公园坐蹦蹦车。”

“您说话要算数呀!”

“算数。”父女俩正说着，冷玥回来了，说：“玫玫，缠着爸爸干什么呢?”

“我要爸爸陪我玩。”

“玫玫听话，阿姨陪你玩。”赵姐领着她走了。

冷玥吃完饭，见殷昌烈苦着脸，问：“什么事让你不高兴?”

“我没有不高兴，是你多疑了。”殷昌烈口里这么说，心里盘算着——组织上找自己谈话的事要不要告诉冷玥，他考虑再三，对冷玥说：“组织上为冷骏的事找我谈话了。”

“组织上找你谈话了?!”冷玥心里猛然一怔：“组织上知道了?”

“知道了，是从学校调查出来的。”

“谈的结果如何?”

“我担了责任，已经应付过去了。”

“你担什么责任? 小孩不是……”

“组织上到李家坳走访了群众，我不想把事情复杂化，自己担了责任，有什么不好?”

“对你的影响大不大?”

“影响一定是有的。扛一扛就过去了，不会有什么大事。大不了降职或撤职。”

“降职或撤职还不算大事?”冷玥惶恐了，“这事你为我受委屈不应该，我去找你们上级说清楚!”

“冷玥!”他狠狠瞅了她一眼，正色道，“领导已经觉得我欺骗了组织，如果你从中再搅一杠子，我就成了谎话连篇的小人。这样，我连翻身的机会都没有了。”

冷玥哭了：“昌烈，是我害了你，你不应该娶我呀！”

“冷玥，我娶你后悔过吗？我爱你胜过爱任何人。”他见她不哭了，安慰她，“事情还没有结论，我们做最坏的打算，往好的方向尽最大的努力。”他长长舒了一口气，“是的，组织在培养我，我却让组织失望了。但你要相信自己的丈夫——摔倒了不气不馁，脚踏实地一步一步走下去，一定会从坎坷不平的道路迈向灿烂的阳光大道。”

冷玥听了他陈述利害关系，原打算找组织说出事情真相的想法搁下了，她怕给他增添更大的麻烦，说：“昌烈，我只是不忍心让你无端丢了前程。”

“什么叫前程？”他总是设法减轻她内心的愧疚，“前程不一定是当多大的官；再小的人物，只要对社会做了有益的事，得到了党和人民的认可，同样是实现了自己的人生价值。”

冷玥知道他是在安慰自己，她也不想让他在逆境中丧失意志，鼓励他说：“昌烈，我相信你有这样的信心和能力，即使摔倒了也会勇敢地站起来。”她向他表示了自己的忠诚，“将来无论你的处境发生什么变化，我会像老百姓说的那样——嫁鸡随鸡，嫁狗随狗。我永远和你不离不弃。”

殷昌烈笑着说：“按你的说法，我殷昌烈要成鸡、狗了。”

“这是比喻，谁说你是鸡、狗?!”冷玥瞪了他一眼，“你真是个蠢材！”

“蠢材也好，人才也罢，我一天之内得了两个称号，谁人能比。”他自嘲起来，又认真地对冷玥说：“冷玥，说实在的，你要有思想准备，我接下来会有一段凹凸不平的路要走。”

“冷玥陪着你，即使是刀山火海也陪你走过去。此心苍天可鉴，矢志不渝！”

二人说到这里，心情都有些悲壮，抱在一起哭了。

没过多久，县委派鞠玉泉到教育局开了领导班子会。他在会上宣布：“殷昌烈同志因工作需要抽调到县委农村工作队去蹲点，党委副书记、副局长李银山代行局长职务。希望二人把交接工作做好。”

这个消息在教育局一传开，各种议论都有。有人说，殷昌烈要高升了，下到农村“镀镀金”；有人说，不像是升职，有什么问题吧？这事只有一个人——阙景新最清楚。

1958 年 4 月，殷昌烈要下乡了。冷玥请了一天假，帮他整理了被子衣物，还准备了很多食物。殷昌烈看了笑着说：“冷玥，这么多东西，我怎么拿得动呢？”他把吃的东西全部拎出来，“我是下乡锻炼，不是去走亲戚，带这么多吃的影响不好。”

“你愿意带什么都行。只是……”

“只是什么？怕我饿肚子？”

“你这么大人了，我还怕你饿肚子？只是要注意身体。”

“我会注意的。你放心，即使病了我也不怕。我有一个医生老婆嘛。”冷玥听他自我调侃，抿嘴笑着说：“你病了活该，我才不管呢！”

冷玥要把殷昌烈送到集合地点——县委会，他制止说：“不用送，不用送。下乡哪有家属送的？”

冷玥觉得他的话有道理，只叮嘱了几句，让他自己拿着行李走了。

第二十九章

殷昌烈下乡以后，冷玥心情很不好，秦宜岚见她做事有些魂不守舍，怕她看病时出问题，一直暗中盯着。有一天，冷玥接诊了一个发热的小孩，她开了处方交给患儿家属，秦宜岚接过看了一下，对家属说："我去给你取药。"冷玥见状一愣，忙说："秦医生，处方给我，我还要斟酌一下。"秦宜岚把处方递给冷玥，冷玥一瞧发现剂量用了成年人的剂量，马上改正了。秦宜岚为了不让病人家属起疑，还是亲自去取了药。

事后，秦宜岚找冷玥谈话："冷玥，最近一段时间我瞧你心神不宁，是不是为昌烈的事烦心？"

"是的。"她当着秦宜岚的面毫不遮掩内心的秘密，"干妈，我好后悔呀！我毁了他的政治前途。"

"冷玥，你后悔什么？昌烈爱你疼你，心甘情愿为你遮风挡雨，这是真情呀，你应该庆幸自己找对了人，要倍加珍惜。"秦宜岚拍拍她，"想开一点，昌烈不会有事的。"她又叮嘱冷玥："医生一坐到诊室，就要专心不二地工作，不能有半点马虎。如果你心静不下来，不要勉强自己，请一段时间的假调整调整情绪。"

"谢谢干妈的关照。玥儿不会对病人马虎的，今天只是一个例外。"

"一个例外也不行!"秦宜岚严肃地对她说："医生是一个高尚的职业，也是一个有风险的职业，在工作上不能存在任何侥幸心理。"

"玥儿记住了。"

不久，县委对殷昌烈的处分下了文件——鉴于他犯的错误性质较轻，又能深刻检讨，只给了他党内警告、行政降职的处分。殷昌烈正式调到县委农村工作队任副队长。

之后，一场轰轰烈烈的反右派运动开始了。运动初期，教育系统收到很多关于他的检举信，有人向县委要求把他揪回去进行“批斗”……

随着运动形式的发展，县委同意殷昌烈回到教育系统接受群众的“批斗”。开始，殷昌烈有点恐惧，回到县教育局，他发现大字报多是关于路线、政策方面的内容，只有阙景新的检举信提到了他的私生活，他心里放松了许多。因为他知道，在贯彻党的方针路线方面，他认真地执行了上级指示。他本着不争辨的原则参加批斗会，直到运动结束。他沉着、冷静、有原则的发言，给县委领导小组留下了很好的印象。

反右派运动结束后，殷昌烈依旧到农村蹲点去了。

第三十章

殷昌烈回到农村不久，冷玥经历了一次水火两重天的人生……

一天，冷玥如往常一样在医院门诊部坐诊，下班后准备回家吃饭。她还没有走出门，一个五十岁左右的男人拦住她说：“冷玥，你还是这样端庄美丽。”

冷玥一怔，仔细瞧了说话的人，大吃一惊：这人不是别人，是查道然。

冷玥一脸愤怒：“我不认识你，请你自重。”

“几年的时间，你就忘记了……”

他话音未落，冷玥便用尽全身力气狠狠打了他一耳光：“畜生!”她抬脚跑了。查道然被打得两眼冒金光，捂着脸，蒙了……

刚才发生的一幕，被正在诊室坐诊的丁济才看得清清楚楚。他怕冷玥闹出事来，忙出来拦住查道然：“这位先生……”

查道然还是很有礼貌地说：“丁医生，我是你的老病人。”

丁济才认出来了：“知道，知道，你是查先生。”

查道然依然很绅士：“丁医生，我能和你谈谈吗?”

丁济才不想搭理他，说：“我还有事，没时间和你谈。”

查道然掏出一张证明：“丁医生，我现在也是国家公民，不会给你惹麻烦。”

丁济才接过来看了看，是某市公安部门发的一纸证明。

丁济才犹豫了一会儿：“好，时间不能长。”

“只需十分钟，或几分钟。”

丁济才答应了：“进屋说。”

丁济才把查道然引到一个小会议室：“坐下谈。”

查道然坐下后说：“我被释放出狱后，心里很牵挂冷玥，便给K县的一个老熟人写了一封信，他愿意接待我。我知道我不应该再踏上K县这块土地，但由于冷玥的原因，我还是厚着脸来了。”

“你对冷玥的伤害还小吗？还有脸提冷玥？”丁济才呛了他一句。

“正因为我有愧于冷玥，负罪感挥之不去，冷玥如果因为我的作恶失去性命，那我就罪大恶极了。”

“你不是看到她了吗？”

“看到她现在的生活环境，我安心了。”

“你的目的达到了，走吧。”

“不……还有……还有一事想问丁医生……”

丁济才见他话难出口，说：“没有时间和你磨蹭了。”起身就要走。

“丁医生，听……听我说，只一会儿……”他说话越发结巴了，“听说冷玥有个男孩……”

丁济才明白了他的来意，吼了他：“冷玥有没有小孩……”话到一半，他反问了一句，“你听谁说的？”

“我的朋友——这个人丁医生认识——陆守义说的。”

“你是不是想闹出人命来？”丁济才很是气愤，站起来撵他，“走，走，再不想看到你。”

查道然毕竟从监狱出来不久，不敢不老老实实，很是尴尬地离开了中医院。

冷玥恨透了查道然，杀他的心都有。第二天，她担心查道然再来医院找事，可又不得不去上班。她怀着忐忑的心情走进诊所……她给第一个病人开了处方，把处方给患者时，果然看见了查道然那双淫邪的眼睛正看着她。她起身准备到后屋去，查道然走上前拦住她，战战兢兢地说："冷玥……我只想看……看孩子……"

冷玥一听，怒火中烧，自己的遭遇，殷昌烈所受的委屈，一起涌上心头。她暴发了，失去了理智……她顺手拿起药房的冲筒杆，用尽全身力气向他掷去。他连忙躲闪，但还是被击中了头部，一时鲜血从伤口喷出，人随即倒在了地上。门诊的医生和求诊的病人被突发事件弄慌了神，赶快报告了丁济才。丁济才见状，吩咐本院护士为查道然做了简单包扎，派了医生和车辆，快速向县人民医院奔去……

冷玥见状也胆怯了，木然地站着不动，秦宜岚拉了她："站着干什么，到里面去。"冷玥随秦宜岚到了一间诊室，心中的悔恨和仇恨交织在一起，她抱着秦宜岚大声哭了。

秦宜岚批评她："你今天做的事很不理智，后果不堪设想，你不应该失手伤人。"她又劝道，"既然事情已经发生了，就要勇敢面对，只要查道然不死……"

"他死了才好！为老百姓除了一个祸害！给昌烈、冷骏卸下了沉重的包袱！大不了我以命抵命。"

"不许说这种没有志气的话，人总是活着的好。"她见冷玥不语，又说，"据干妈根据他受伤的部位分析，他还不至于毙命，只是流血过多晕了过去。"

冷玥此时心情稍稍平静了一些，想想刚才发生的事，心里有点后怕和后悔。

查道然被送到人民医院后，经抢救虽然血止住了，但没有醒过来，危险性依然存在。医院找不着他的家属，又不能与他交流，出于无奈，找了送病人来的中医院，丁济才出面进行了交涉。

查道然住在陆守义那里，陆守义见查道然长时间未回来，到中医院去探望，见到了丁济才，丁济才把情况告诉了他，他赶紧去了人民医院。

陆守义见查道然的病情重，怕担风险、责任，于是报了警。陆守义在报警时用了“人命关天”四个字，所以公安部门非常重视，由余副局长牵头成立了侦办组。侦办组到人民医院看了查道然，因为他正处于昏迷状态，无法交谈。他们嘱咐医院：“人如果醒了，及时通知我们。”

他们又找了冷玥，冷玥沉默以对。在查看了案发现场——中医院门诊部后，他们找到了丁济才，丁济才简单介绍了事情发生的经过。侦办组问：“查道然为什么要找冷玥，冷玥为什么恨他恨到如此程度?”

丁济才当然回避了真相，说：“真正的原因我们也不清楚，这要问冷玥。”

“冷玥是第一涉案人，我们已经找她谈了话，她只知道哭，一句话不说。”余副局长向丁济才提出要求，“男女之间产生这么大的仇恨，一定有隐情。你是冷玥的领导，希望你配合我们做做工作，把真相搞清楚。”

“我一定配合。”丁济才敷衍了一句。

“查道然的伤势依然很重，需要继续住院医治，撇开不可知的因素，对他造成伤害的是冷玥，她至少要承担医疗费用。请你对冷玥讲一声，先到人民医院预交一笔费用。”余副局长说。

“可以。我们做工作。”

丁济才送走了公安局的人，对秦宜岚说：“冷玥这次惹的祸不小，仅医疗费她都难以承受。”

秦宜岚想了一下：“先生，你暂时不要对冷玥讲，先到人民医院摸摸底，看看需要多少钱。”

“我知道了。我今天就去问问。”

丁济才从人民医院回来后对秦宜岚说：“宜岚，这笔钱不少，要暂时预交500元。”

“500元?”秦宜岚一惊，然后说，“先生，冷玥现在是困难重重，身心俱疲，我们能不能在钱的问题上帮她一把。”

丁济才想了一会儿：“这500元我们先拿出来，将来……”他马上改了口，“将来的事将来再说，先给冷玥垫上。”

第二天，丁济才到银行取了钱，在冷玥不知道的情况下交到了人民医院。

事发第三天，查道然醒过来了。他很困难地断断续续地说：“请……请找找……陆守义……”

陆守义在K县是小有名气的人物，医院有人认识他，设法把他找来了。陆守义先是安慰了他几句，又说：“要你别自找麻烦，你偏偏要去，差点儿把命都搭进去。”

“医药费……”查道然说得很模糊，陆守义理解的是要他垫付。

“医药费的事自然有人负担，你不用担心。”

“不……不……别找她的麻烦……”他歇了一会儿，“你给我家里……给我家里打个电话……要家里派人送钱来。”

陆守义点点头：“我去打。”又问，“住址没有变吧？”

“没……没有。”

公安局接到人民医院的电话后，立即赶到医院，问了查道然的情况。主治医生说：“人是醒过来了，但因流血过多，身体还极度虚弱，不能接受长时间的询问。”

“我们知道了，我们会视情况做工作。”侦办组的人谢过医生，来到病房，正好陆守义还没有走。侦办组的人问陆守义：“你和查道然是什么关系？”

“朋友。”

“陆先生，你既然是他的朋友，一定知道他与冷玥曾经发生过什么事，能不能如实告诉我们。”

中华人民共和国成立前，陆守义是个左右逢源之人，为人极其圆滑。中华人民共和国成立后，他的势力已经不在，对公安部门说话总是毕恭毕敬、唯唯诺诺的。加之这次接触的是一个民国时期的县长、劳释分子，更是诚惶诚恐。听了侦办组的话，他连连说：“陆某一定配合，一定配合。”

“你好好养伤。”侦办组的人和查道然打了招呼，对陆守义说：“我们到公安局去谈。”

“陆……陆先生……”查道然叫了一声。

“你有什么话要说?”侦办组的人问。

“你……你如实说……我是罪人……”

“好。我知道了，你安心养伤。”陆守义回答查道然。

陆守义随公安局的人来到了一间会议室，余副局长吩咐：“小甘，你做好记录。”小甘应了：“是。”余副局长开始问话：“你是怎么认识查道然的?”

“查道然当县长期间，因为民间常有人找我帮忙调解一些很棘手的纠纷，涉及官民之间的矛盾时，我常常会找他帮忙，我也帮他办了不少他不便出面办的事。一来二往，我们就成了朋友。”陆守义又马上撇清道，“贪赃枉法、欺压百姓之事我从不和他沆瀣一气。”

“我们对你很了解，你不用自我辩解。今天你重点把查道然和冷玥的恩怨讲清楚——一定要实事求是，证词要负法律责任的。”

陆守义想了一下：“这事要从查道然当县长时谈起……”他把查道然要强娶冷玥，冷玥不从，查道然在逃走之时，指使人绑架并迷奸了冷玥的事讲了，他说到这里，强调了一句：“查道然做的这些伤天害理之事，陆某事前并不知情，是查道然这次到K县来对我讲的。我知道的就是这些。”

“查道然释放不久，就迫不及待到K县找冷玥，他的目的何在?”

“查道然对我讲，他逃跑以后，把冷玥丢下了。他这次到K县来的目的就是看她是否还活在人间。”

“查道然对冷玥还存在幻想?”

“不，不，他有负罪感。”

“你再想想还有什么事没说。如果你隐瞒了重要情节，我们调查清楚了要追究你的责任的。”余副局长警告了陆守义。

陆守义沉默了很长一段时间，嗫嚅道：“局长，有……有件事我……

我是有责任的。”

“说，没关系，我们尊重事实。”

“查道然这次去找冷玥，是我无意间提醒了他。”他说话速度放慢了，显然怕负责任，“查道然问我冷玥现在在干什么，我说‘她生活得很幸福’，便把冷玥结婚，有一儿一女的事告诉了他。他叹道‘她幸福就好，幸福就好’。我又说‘最近出了一件不愉快的事，她未婚先孕，她的男人也因此被降职了，下放到农村锻炼。”

“这事你是怎么知道的?”

“是我在教育局工作的姨表侄阙景新告诉我的。”陆守义回答后思量了一会儿：“我不该与查道然谈那个男孩的事。他知道了那个孩子的出生日期，自言自语‘这不对呀，孩子是1949年冬出生，应该是1949年春怀孕……’查道然疑惑了。听了他的话，我也疑惑了，便说：‘你说到这里，我想起了一件事——K县刚解放，为冷玥被绑架的事，丁医生来找过我，要我帮助寻找。不久，冷玥寻着了，在仁济诊所待了很短的时间，以后一年多不知去向。那时她的丈夫殷局长还是团参谋，他们没有接触呀。’我说了以后，查道然好久没有吭声。后来，他忽然对我说：‘陆兄，我想去见一见冷玥。’我劝了他，要他不要自找没趣。查道然说：‘我只问问，问明白了，心里踏实，一块石头也落地了。’我没有阻止，便发生了这一悲惨事件。”他说完低下了忏悔的头。

“还有什么事要说。”余副局长见陆守义沉默了，紧问了一句。

陆守义抬起头：“局长，我知道的全说了。”

余副局长和坐在旁边的人耳语了几句，对陆守义说：“陆先生，今天就谈到这里，以后记起了与此事有关的事，再向我们反映。”他吩咐做记录的人：“小甘，把记录给陆先生看看。”又对陆守义说：“你把记录仔细看清楚，如果记录有不准不实的，可以提出来修正。”

陆守义接过记录纸，认真看了两遍，说：“记录得准确，没有异议。”

“如果没有异议，请你签字。”

陆守义随即把字签了，问："局长，我能走了吗？"

"你可以走了，说不定以后有什么事还会找你。"

陆守义走了以后，余副局长说："我们再去一趟中医院。"

"再去中医院不如直接找冷玥。"小甘提出了异议。

"要一把钥匙开一把锁，你懂吗？"

他们一行三人到了中医院，丁济才接待了他们，说："这几天，我们准了冷玥的假，要她认真反省。"

余副局长接下话说："丁院长，我们现在要弄清楚的是为什么冷玥如此仇恨查道然。医院内部如何处理她，我们不想过问。"

"我去做了几次工作，她还是沉默不语。"

余副局长有意透露了涉案的重要情节："丁院长，经过我们初步了解，冷玥曾经被查道然采取卑劣的手段糟蹋了。"

丁济才一怔，心想，这个秘密还是被公安人员掌握了，问："余局长，这事确定吗？"

"有九成把握。"余副局长说了留有余地的话，摇摇头，同情地说，"可惜呀！这个查道然丧尽天良，一个如花似玉的女子被他害惨了。"

"余局长，还要我们做什么工作？"

"冷玥现在不肯说出事实真相，情有可原。尽管她是受害者，但这种事对多数女人来讲，都是难以启齿的，她们总是存在侥幸心理，要把秘密带到棺材里去。丁院长的夫人既是冷玥的老师，又情同母女，如果丁夫人能出面找冷玥细谈，比我们直接找她的效果要好得多。"

"可以，可以，我要内人去做工作。"

"有劳你夫人了。"余副局长起身道了一声谢，走时叮嘱道，"一定要动员冷玥来公安局一趟。只要把事实讲清楚写个证明，我们不会为难她。"

丁济才约了秦宜岚，一同去了冷玥家。冷玥见丁氏夫妇来了，如往常一样，热情地打了招呼："干爹、干妈，你们难得来一次，今天就不要走了，我去做饭。”

“冷玥，别忙活了。干爹干妈只坐一会儿就走。”秦宜岚拦住她又问，“玫玫呢?”

“上幼儿园还没回来，赵姐去接她了。”

“冷玥，我们有件很重要的事告知你。”秦宜岚唱了主角，“今天，公安局的人找你干爹谈了。他们很同情你，怕直接找你你一时难以接受，请我们转告你……”秦宜岚看冷玥的脸色慢慢地沉下来，停止了谈话。

冷玥见秦宜岚迟迟不语，便说：“干妈，您直接告诉玥儿什么事，没关系的。大不了以命抵命。”她以为查道然死了。

“不是，不是查道然死了。是查道然委托陆守义把他绑架、迷奸你的事全部向公安部门坦白了。”

冷玥听后，不知是喜还是悲，号啕大哭起来。

秦宜岚安慰她说：“公安部门是执法部门，虽然知道了你的隐情，但一定会替当事人保守秘密，不会泄露出去的。”

丁济才看冷玥的情绪平静了许多，说：“冷玥，这个秘密揭开了，对你，特别是对昌烈不一定是一件坏事——你卸下了这个包袱，思想可以放松了，可以堂堂正正做人了；昌烈也洗刷了冤屈。”

“这事就算完了?”冷玥抽泣着问。

“公安部门要求你去公安局把事情的来龙去脉讲清楚，证明这件事的真实性，就可以结案了。”

“我要负什么责任?”

“公安部门会依法办事。给你什么处分，我不得而知。”丁济才又安慰说，“公安部门很同情你，认定你是受害者，我想他们会公正执法的。”

冷玥犹豫了一会儿：“公安部门一定要我去吗?”

“是的。”

“我提个要求——干妈陪我去。”

“这个……”丁济才不敢做主，“我认为是可以的，但必须与公安部门沟通了再决定。”

“玥儿等您的消息。”

丁济才夫妇看目的已经达到，起身要走，冷玥说：“干爹、干妈，你们没有在我家里吃过饭，今天一定要吃了再走。”

二人为了安慰她，同意了。冷玥连忙起身：“你们可以到院子外走走。我去做饭。”

第二天，丁济才去了公安局，汇报了冷玥的要求，余副局长考虑再三：“可以，约个时间。”

“晚上来合适些，就今天晚上吧。”

“好，我们晚上八点在会议室等她们。”

丁济才回到家里，要秦宜岚通知了冷玥。秦宜岚和冷玥按约定时间去了公安局，余副局长在门前候着，热情地打了招呼：“欢迎二位。我们到会议室去谈。”

余副局长说了开场白：“冷玥，我们找你来是要你证明，查道然让陆守义交代的罪行是否真实。你是直接受害人，我们很同情。我们会根据因果关系来处理你这次的问题的。请你消除顾虑，配合我们弄清事实真相。”

会议室一时寂静了，冷玥好长时间没有说话。为了打破沉闷的局面，余副局长又问：“冷玥，查道然的朋友交代，查道然在逃走之前就绑架了你，以后……”

“局长，”冷玥突然说话了，“您不要说下去了。你们知道了我儿子小骏是谁作的孽，一切就都明白了。”她愤恨的心情挂在脸上，“是查道然。我想，这应该是公安部门想要的答案……”她一口气吐出了藏在心里多年挥之不去的伤痛，人突然变得轻松了，“局长，冷玥什么都无所谓了，怎么处分冷玥都不为过。”

“不，不，”余副局长接下她的话，“冷玥，你故意伤人是要负法律责任的。但有前因才有后果，我们会把你当受害人加以区别。”余副局长看冷玥的心情好些了，又说，“冷玥，你能不能把当时的经过写份详细材料交给我们？这份材料对查道然无关紧要，但对你伤人一事的处理是有好处的。”

秦宜岚把余副局长的话听明白了，说：“冷玥，余局长已经说得很清楚。公安部门立了案就要结案。这份材料一定要写，对你是有帮助的。”

冷玥回答得很干脆：“我写。今天要吗？”

“我想过程不复杂，如果你愿意，可以在这里写好了交给我们。”

“可以。”冷玥想，既然心里不想隐藏什么了，没有拖延的必要，早点豁出去早点卸下这个精神包袱。

冷玥到一间小会议室写材料去了，秦宜岚和余副局长闲谈起来。

“余局长，冷玥的这件事需不需要向县委汇报？”

“这个案情不大，没有必要惊动县委。”

“您认不认识殷昌烈？”

“认识。我们原来是一个部队的。”

“唉！”秦宜岚叹道，“殷昌烈为冷玥，承受了很多男人不可能承受的压力。小骏这孩子的事本来与殷昌烈没有半点瓜葛，他为了保守冷玥的隐私，在组织上追查的时候，承认是自己犯了错误，丢了美好的前程不说，还受了处分。”

“殷昌烈也是，结婚之前向组织说清楚了不是更好吗？”

“您不知道，女人把隐私看得比生命更重。殷昌烈如果向组织报告了，冷玥肯定不会和他结婚。”

“未必……”

“余局长，我知道您想说什么。殷昌烈爱冷玥那真是没有半点虚情。冷玥曾情真意切地劝过他，要他另择佳偶，殷昌烈发誓回了冷玥——非冷玥终身不娶。”

余副局长听了冷玥和殷昌烈的爱情故事，忽然对秦宜岚说：“秦医生，听您一说，我还真想找县委汇报汇报。”

“为什么？”

“我想县委了解了事情的原委以后，对殷昌烈的处分或许能宽大些。”

“殷昌烈的冤屈可以洗清，但对组织不忠、说假话的错误依然存在。”

“一个是道德错误，一个是思想错误，性质不一样嘛。”

秦宜岚听了，说：“余局长，您权衡权衡利害关系再付诸行动。”

“就是公安部门不汇报，县委从群众的议论中也会知道的。K县才有多大呀。”

他们说着说着，冷玥出来了，把写好的材料交给了余副局长。他一边看一边不住叹息：“太可恨了！可惜啊！”因为篇幅不长，不一会儿就看完了，他把材料交给小甘：“你看文字上要不要修正？”

小甘看后说：“写得很清楚。文字上没有什么纰漏。”

余副局长吩咐冷玥：“冷玥，你想想，材料写得准不准确，如果没有什么异议，你就留个指印。”

冷玥应了一声：“可以。”她按了手印……

余副局长送二人走的时候，安慰了冷玥：“冷玥，你故意伤人是有错误的，应该深刻反思。至于对你如何处分，我们会按照法律，把事情发生的因果关系考虑进来，你放心好了。”

他和秦宜岚握了手：“秦医生，感谢您支持我们的工作。”

根据丁济才的提议，中医院准了冷玥一个月的长假，让她在家调整情绪。

近期在冷玥身上发生的事，远在农村的殷昌烈一点也不知道。有一天，乡政府通知殷昌烈：“殷队长，县纪委来电话，要你回县里有事商量。”

殷昌烈接到通知心里一怔：“我的事不是已经完结了吗？纪委找我干什么？”心里虽是疑惑，但又不得不回去，他把工作交代后，第二天赶回了县城。

他回到家里，见冷玥在家没有上班，一脸忧郁，便问：“冷玥，今天怎么没有上班?"

"不上班了，在家等处分。"

"等处分?"他心里一惊，知道出了事，"犯了什么事?等哪家的处分?"

"等公安局的。"她见到殷昌烈，憋在心里的怨恨一下迸发出来，依靠着他啜泣起来。

殷昌烈一时没辙，赶紧安慰:"冷玥，你冷静一点，有什么事说出来，我和你一起扛。"

冷玥不哭了，把事情发生的经过一一告诉了他，说:"我的心里已经没有任何隐私了，你也不必为我的事东躲西藏。解脱了，全解脱了!"

"冷玥，你既然有这样一个认识，我们可以无忧无虑、坦坦荡荡地过日子，有什么不好?"

"好，什么都好!我的清白和尊严在哪里?世人能给我吗?!"

"你就不要想这些了。清者自清。'君子不蔽人之美，不言人之恶'。要相信世上的'君子'还是很多的。"

"你还没有吃饭吧，我去做饭。"冷玥恢复了常态。

"行，我来做帮手。"

等到玫玫回来，家里又恢复了往日的快乐氛围。一家人吃完饭，冷玥说:"昌烈，我们去外面走走。有些日子没有到外面散步了。"殷昌烈刚应承下来，不料玫玫跑来:"我要和爸爸妈妈一起去玩。"

赵姐说:"玫玫，杨老师要你今天去舞蹈班学舞蹈。"

冷玥安慰了玫玫:"玫玫，你今天要去舞蹈班学习，妈妈明天陪你玩。"玫玫不悦地说:"妈妈说话要算数。"

"一定算数。"

二人走在林荫小道上。月亮初升，放着清光，如水般洒向大地。从树叶空隙中漏下的月光，或明或暗，周围一片朦胧。冷玥问:"这次回来休假?"

“不是。县纪委打电话通知我回来的。”

“县纪委通知你回来？”冷玥止步问，“又是什么麻烦事找上你了？”

“不知道，明天去了就明白了。”

冷玥似乎有所领悟：“昌烈，如果你在农村没有做什么违纪的事，定和我的案情有关。”

“有可能。”

“如果组织上追问我未婚先孕的事，你一定要如实还原事情的始末，不要一错再错。无非说你对组织撒谎嘛，总比道德层面的错误要轻些。”

“既然查道然糟蹋你的罪行已经不是秘密了，我不会坚持原来的说法的。”他安慰她，“冷玥，你放心，我不会有事的。希望这个噩梦早日结束，让我们过上正常人的生活。”

这时，冷玥忽然打了一个寒战。他问她：“是不是衣服穿少了？”他把自己的上衣脱下来披在她的身上，她心里一阵温暖，紧紧靠着他：“是身体里有寒气，过一会儿会好的。”

二人依偎着，漫步在月光下，沉默不语……享受着人间最美妙的时刻……

第二天，殷昌烈去了县纪委，狄侠热情地和他握手：“昨天回来的？”

“昨天回来很晚了，没有来报到。”

“没关系。”他倒了一杯水给殷昌烈，“我找你，是要你澄清一件事，坐下慢慢谈。”

殷昌烈坐下后，说：“狄书记，有什么事要我澄清，尽管说。”

狄侠喝了一口茶：“你知道组织上为什么要处分你吧？”

“知道。”

“你把这件事的真实情况向组织上说清楚。”

殷昌烈听狄侠一说，心里有底了，故意沉思了一会儿，说：“狄书记，昌烈有些不明白，这件事已经了结了，我还没有说清楚吗？”

“殷昌烈，”狄侠严肃起来，“你是不是还想存心对组织说谎?”

“既然组织上认为我说谎了，一定是掌握了我说谎的证据，能不能告诉我?”殷昌烈不想主动承认说谎。

“你昨天回家没有?”

“在家里宿了一夜。”

“冷玥在家吗?”

“在家。”

“她没有跟你说什么?”

“没有。我见她一脸怨气，不高兴，对我不理不睬。”

狄侠信了他的话，语气温和道：“殷昌烈，你没有犯道德错误，你是为了尊重和保护冷玥的隐私，而主动承担了责任。是吗?”

殷昌烈迟疑了好一会儿，语气忏悔地说：“狄书记，昌烈违反了党性、原则。您一针见血指出了昌烈的错误，您说的是事实。”

狄侠语重心长地说：“昌烈，你在毁自己的前程。对组织说谎，是原则性错误，你要深刻反省自己，把真实情况向组织交代清楚。县委对你要求很高，也很严。对你的处分有可能要重新研究一下，这对你来说也许是个机会。”

“谢谢组织能宽恕昌烈，我一定把事情的经过交代清楚。”

狄侠站起来：“你这个态度很好。给你两天时间，一方面写好检讨，一方面安慰好冷玥。冷玥在人生道路上也是一路坎坷哪。”

殷昌烈走时说：“谢谢组织对昌烈的爱护，对冷玥的关心。我一定找出自己犯错误的主观因素，并且认真改正，好好工作。”

狄侠在送殷昌烈走的路上，一直在鼓励他。

在县委常委会上，狄侠汇报了殷昌烈的真实情况，以及他认识错误的诚恳态度，说：“殷昌烈对组织说谎是不对，但他主动承担责任，完全是出于对冷玥隐私的保护。冷玥对自己的名誉和隐私，看得比生命还要重要。我建议：对殷昌烈的处分重新研究一下。”

组织部部长鞠玉泉说：“他是‘前程诚可贵，爱情价更高’。他对组织说谎的错误不能原谅，我的意见，处分不变。可以另外写份材料放进他的档案以备查。”

“殷昌烈欺骗组织，尽管有他的理由，但这个理由是严重的爱情至上的资产阶级世界观，不仅处分不能撤销，而且应该从严处理。”宣传部部长把殷昌烈的错误上升到世界观的高度。

县委书记俞越听了众人的发言，见没有异议了，慎思片刻，说：“我当团长的时候殷昌烈是参谋。他和冷玥结婚的事，曾向我做过汇报，可以说他们是生死之恋。在处理冷玥所生孩子的问题上，他是有错误的。对他的处理，我同意鞠玉泉同志的意见。”他喝了一口茶，“殷昌烈的工作态度和工作能力大家是有目共睹的。但目前不急于变动他的工作，要再观察他一段时间，然后视情况而定。”俞越对殷昌烈的问题不想再议，“现在我们重点讨论一下农业生产……”

狄侠根据县委常委会的决定，又一次找了殷昌烈谈话：“昌烈，组织上对你的错误有个结论，那就是，不会给你新的处分。你对组织说了谎话，这是不可原谅的。虽然组织上不给你处分，但你要吸取教训，不要再犯类似的错误。希望你在农村工作中干出一番成绩来。”

“谢谢组织的批评教育。我一定努力工作，用实际行动改正错误。狄书记，如果没有什么事要交代，我明天就回去工作。”殷昌烈听了，如释重负，心里一阵喜悦。

“不用这么急，花点时间把冷玥的工作做好。她现在应该处在非常痛苦的时期。”

“这两天我和她谈了很多，她目前的情绪比较稳定，谢谢您的关怀。”

当天，殷昌烈把和狄侠的谈话内容告诉了冷玥，冷玥的心里多少有些慰藉。第二天，她催促殷昌烈回去工作了。

第三十一章

查道然伤的不是致命部位，病情一天天好起来，一个月之后，基本痊愈了。公安局又一次找他谈话，还是余副局长提问，小甘做记录。

余副局长问：“查道然，你的病情怎么样了？”

“托您的福，已无大碍。医生要进行一次全面检查，如果没有什么异常，就可以出院了。”

“你这次到K县来的目的是什么？”

查道然的回答与陆守义交代的一样。

“你逃跑后去了哪里？在干什么？什么时候被俘的？”

“我逃跑后回了安徽老家，加入了当地国民党的一个潜伏组织。1949年3月，在执行上级交代的任务时被俘。”

“你在特务组织里是什么身份？”

“一般成员。”

“你在交代罪行时，讲了残害冷玥的事没有？”

查道然犹豫了……

“你老实点，讲真话。”

“没……没有，只交代了政治上的罪行。”

“陆守义劝你不要去找冷玥，你为什么坚持要去？”

“我……我听陆守义介绍了冷玥的孩子，我怀疑孩子的身世……”

“你怀疑？你有什么资格怀疑？”

查道然对孩子的事本来只是疑心，没有十足把握，听公安人员追问，张口结舌："这……"他打了自己的脸，"这……是我劣根性不改，无事生非，是我的罪过。"

余副局长警告他："你疑神疑鬼差点闹出人命。你还怀疑别人孩子的身世吗?"

"不敢，不敢，这辈子再不从这方面想了。"

"查道然。"

"到!"查道然习惯了在狱中的动作。

"你把你现在的住址告诉我们。"

"安徽省E市××街××小区1806号"。

"你回去以后要老老实实，不准你在任何场合提及'冷玥'两个字。"

"保证做到，从思想上彻底忘掉冷玥。"

"你是不是按你的保证行事，我们会和安徽省有关部门联系的。"余副局长说后，叫小甘："小甘，把笔录给他看。"

查道然颤抖着看完笔录，说："没……没意见。"

"签字。"查道然签完字把笔录交给了小甘，依然笔直地站着。

"你可以走了。"余副局长吩咐。

"公安……"他想叫同志又不敢叫。

"还有什么事要说吗?"

"医药费的事……"

"医药费你不用担心，自然有人负担。"

"不，不，这笔费用不能赖在别人身上。"他看余副局长他们没有反应，又说，"祸本来因我而起，医药费应该由我自己担负。我的家人已经把钱送来了，我准备把K县的事了结后，和侄子们一起回老家。"

"这事你和当事人去商量。"余副局长推辞了。

查道然出院当天，委托陆守义去医院结清了医药费。医院把丁济才预交的500元退给了陆守义，陆守义自然转交丁济才了。

医药费的来来往往，冷玥一点都不知道。

查道然离开K县不久，冷玥上班了，恢复了往日的平静生活。

第三十二章

经过了三年困难时期，冷秋由于营养不良，身体越来越弱，终于一病不起。1962 年 2 月，便撒手人寰。桂巧悲痛至极。办完冷秋的丧事以后，桂巧对女儿女婿说：“冷玥、昌烈，你爸已经走了，我已无力再照顾冷骏。他就要小学毕业了，你们商量出一个意见来。”

“妈，我和昌烈商量过，冷骏毕业以后，把你们俩接到县城去，和我们一起生活。”

“不，不，我不去。我现在身体还挺得住，我要在家陪着你爸。”

“您一个人在家我们不放心。”

“有什么不放心的。我一个人生活很简单，家里还有点积蓄，一时半会儿不会缺钱。”

殷昌烈和冷玥再三做工作，桂巧犟着不答应。冷骏小学毕业以后，冷玥把他接到了县城。当年九月，冷骏就读于县城第二中学。

冷骏初到县城，对县城景物很感兴趣，高兴了一阵子。一年过去了，他忽然感到：这个家没有古槐镇的家好。和爷爷奶奶在一起，自己很随意，想吃什么可以找他们要；自己做了什么错事，他们从不打骂，总是好言好语劝慰；要是和别的小朋友闹纠纷，他们会站出来护着自己。虽然现在这个家吃的、穿的、用的比那个家好，但心情不好。吃饭前要先洗手，什么东西能吃什么东西不能吃要爸妈同意，要是和玫玫吵嘴，爸爸妈妈（经过冷秋、桂巧长时间的解释，冷骏早已改口叫昌烈爸爸、冷玥妈妈了）多数时间向着玫玫。在这种心情下，冷骏对桂巧的思念越来越浓，有时夜里暗暗流泪。

俗语说："墙有缝，壁有耳。"查道然来K县闹出了那么大动静，了解真相的人不断增多，冷骏的身世首先在干部、市民中有了这样那样的传言，猜疑者众说纷纭，这些传言无意间在天性好奇的孩子中传播开来。已经是初中二年级学生的冷骏，尽管学习成绩在班上名列前茅，但由于他从农村来到县城，思想上看不惯县城同学那种傲气不羁的行为，从不主动和同学打交道，自然形成了独来独往的孤僻性格。

1964年，学校举行冬季运动会。冷骏在运动方面没有什么特长，但长得魁伟，有把力气。班里要他参加拔河比赛，他应了。冷骏站在第一把的重要位子。在比赛中，他想为班上的荣誉而战，拼尽了全力，他所在的班如愿以偿得了第一名，他脸上表现出少有的笑容。二班不服气，说冷骏在比赛中违规，脚过了中线，双方争吵起来，老师出面调停，才没有出现打斗的场面。但对方还是愤愤不平。二班有一个同学叫陆盛，走时甩起运动衫奚落冷骏："你不要以为你爸是政府的官员，他是你亲爸吗？"

冷骏听了气愤不已，上前就是一拳，把陆盛的鼻子打破了，鲜血直流。体育老师马上进行了干预："谁再敢动手就处分谁。"二人被带到了办公室。

老师首先批评了冷骏："冷骏，你打人不对，应该向陆盛同学道歉。"

"他侮辱我……"冷骏哭了。

"我侮辱你什么了……"老师制止陆盛，"陆盛，你说这样没根没据的话对吗？你也要认错。"

双方僵持了一会儿，谁也不肯低头。老师说："各回各的班上去，向你们的班主任写检讨。"

陆盛回到家里，父亲陆有为见儿子被人打了，非常气恼，问儿子："陆盛，谁打了你？"

"冷骏。"

"他为什么打你？"

陆盛迟疑了：“我说他爸不是他亲爸。”

陆有为听了，批评了儿子：“谁要你这样说人家的？你爷爷只是随便说了一句话，你就当真了？该打！”陆盛的爷爷就是陆守义。

陆有为虽然批评了儿子，心里总觉得受了当官的欺负，咽不下这口气。于是走到离家不远的县政府大院，恰巧碰到了已是县政府办公室主任的殷昌烈，礼貌地问：“您是殷主任吧？”

“是。”殷昌烈并不认识陆有为，问，“同志，找我有事吗？”

“我是一个学生的家长，姓陆，食品公司的职工。你儿子冷骏把我家陆盛打得满脸是血。我不是来兴师问罪的，只想告诉你一声，教育教育冷骏，不要仗着官家的威风，欺负老百姓的子弟。”

殷昌烈忙赔不是：“陆同志，我不知道事情的前因后果，回家以后一定问个明白。无论有什么理由，冷骏打人是不对的。我没有管好儿子，向你道歉，对冷骏一定从严管教。”

陆有为看殷昌烈的态度诚恳，气消了一半，于是说：“殷主任，两个孩子闹事，一个巴掌拍不响，我们都要管好自己的孩子。不打扰了。”他转身走了。殷昌烈谦逊地说：“你慢走，有空到家里做客。”

殷昌烈回到家里，把陆有为找他的事对冷玥说了。冷玥很气恼，把正在做作业的冷骏叫来：“冷骏，你今天在学校是不是打人了？”

冷骏低着头一句话不说。冷玥心里明白了，打人一定是事实。气恼之下，出手打了冷骏：“我们没有你这么不听话的儿子！”

冷骏哭了：“我是你们的儿子吗？”

冷骏这句话，戳到了冷玥的痛处：“你说什么？再说一遍！”

冷骏什么也不说了，一个劲儿地哭。殷昌烈出来解围，把冷骏劝回了卧室。

殷昌烈二人回到房里，他批评她：“冷玥，你太不冷静了，值得动手吗？”

“昌烈，一定是陆家人在一起议论查道然的事时，被他们的孩子听到了。孩子不懂事，在与冷骏发生争执时抖了出来。这事……这事……”冷玥纠结得很。

他劝她：“冷玥，不要太在乎这件事了。不管出现什么样的社会舆论，我给你扛着。”

“你扛什么？可畏的人言，犹如钝刀子割肉，叫你欲生不能，欲死不得。”

“你说怎么办？能公开和人理论吗？”

“我倒真想和那些制造社会舆论的人理论理论。这些人有没有母亲、姐妹？他们的母亲、姐妹遭人蹂躏，他们是同情还是不齿？”她沉思了一会儿，“昌烈，我很想跟冷骏谈一次话，说出事实真相。他同情我们，依然是我们的儿子；他鄙视我们，就由他去吧。”

“不可。冷玥，不要冲动。冷骏还小，还不能明辨是非。等他有独立思考能力的时候，再告诉他也不迟。”

“昌烈，”她有点激动，伏在他身上抽泣，“冷骏这件事把我摧残得身心交瘁，我要背一生的孽债。”她抽泣得颤抖起来，“我……我真不该顺从我爸我妈的主张，把这个孽种留下来！”

昌烈抱着她：“冷玥，别这样自责。你救了一条生命。当时你的决定没有错。”他轻轻拍着她，“我想冷骏知道了真相，一定会感激你的。”

冷玥精神上疲惫极了，靠在殷昌烈的肩上睡了很久很久……

第二天早晨，赵姐做好早餐，像往常一样，去叫冷骏，屋里没有人回应，进去一看，她惊慌了，忙叫：“昌烈、冷玥快来，冷骏这么早不知去哪里了！”

冷玥他们披上衣服赶快去了冷骏的卧室。床上的被子叠得整整齐齐，书包不知去向，再翻他的衣柜，衣柜里空无一物。冷玥痴痴地站着，殷昌烈说：“我去学校看看。”

“他不会去学校的。”冷玥说后，拔脚就往外跑，殷昌烈跟着她一直跑到汽车站，出站的汽车正在陆续启动……殷昌烈眼尖，从一辆驶往古槐镇的汽车上的一个窗口，看到冷骏一张苦闷的脸，他叫了几声："冷骏，冷骏……"无奈汽车已经出站，像风一般地跑了。

这时冷玥的心倒平静了，说："昌烈，我们回去，让他去吧。"

"要不要跟妈打个电话?"

"不需要，让他在妈那里生活一段时间吧。"

"不能耽误学习啊。"殷昌烈征求冷玥的意见，"我明天休息，去把冷骏接回来。"

冷玥没有回应，表示同意了。

殷昌烈把冷骏接回后，一家人的生活恢复了原样。表面上虽然波澜不惊，却暗流涌动，冷骏的逆反心理一天一天膨胀起来，对夫妻二人冷眼相待，冷言相讥……

天气凉了，冷玥买了一件比较时兴的棉衣给他："冷骏，把衣服试一试，大了小了可以去换。"

冷骏并不领情："我有衣服，我不要。"

"已经买了，为什么不要?"冷玥有点生气。

"不要就是不要。"

冷玥生气地把衣服丢在地上："要不要由你。"

冷骏看都没看一眼，踩着那件新棉衣走了，刚好殷昌烈回来，拦住他问："冷骏，饭还没有吃就去上学?"

冷骏没有理他，绕着弯儿跑了。

殷昌烈回过头看冷玥生气的样子，知道是母子在闹矛盾，问："冷玥，出了什么事?"

"我……我真是……"她气恼得说不出话来。

"不气，不气，跟自己的儿子生什么气。"

"自己的儿子?! 他把我当他的亲娘了吗?"她有点欲哭无泪，"我这是造的什么孽?"

殷昌烈捡起地上的衣服："你以后要给他买什么，先征求一下他的意见，免得买来了他不满意。”

“他看都没有看一眼。是对衣服不满意，还是对生他养他的亲娘不满意?”

“我们慢慢诱导他，多和他进行思想交流，现在，解除他心中的疙瘩是关键。我想，他就算是一块石头，只要耐心去焐也一定会焐热的。”

冷玥看他对冷骏充满了父爱，心里升起了一股暖流，说：“昌烈，难为你这个局外人了，你是受了我的拖累。”

“冷玥，你说这话可就伤了我的心。我们不是有个约定——一损俱损，一荣俱荣？我们结婚这么多年，你未必体察不到，我殷昌烈一心要和你同甘共苦，携手百年，没有半点虚情假意。”

“我觉察得到，觉察得到。要是没有你的精神支撑，我冷玥活不到现在。”她有点激动，哭了，“我什么事都不顺，唯独遇到了你殷昌烈使我感到庆幸。”殷昌烈也受到感染：“一切都会好起来的。”

这时，赵姐在后屋叫道：“快来吃饭。”

二人应了一声……

当日，冷骏下夜自习回来，殷昌烈在卧室等他。他见了殷昌烈，踌躇不前。殷昌烈亲昵地叫他：“冷骏，你这名字取得好。你一想到自己的名字，遇到任何揪心的事肯定都会冷静下来。进来，和爸说说话。”

冷骏进屋放下书包：“爸，我累了，想睡。”他想撵他。

“现在粮食缺，副食品也少，学习又紧张，爸知道你累。爸今天是告诉你一件事，想听听你的意见。”

“你们大人的事，我管不了，也不愿意管。”

“你已经不小了，家里的事你也有发言权。”

“我有发言权?”

“是的。”他见冷骏不作声，又说，“省中医学院有一个培训指标，你妈的单位要派她去，她不愿去。”

“为什么?”冷骏下意识地关心起他妈了。

“你妈说你年纪小，不会照顾自己的冷热，她去了不放心。”

冷骏沉默了……

“你说说，你妈是去好，还是不去好？”

冷骏忽然记起冷玥无微不至关心自己的点点滴滴，虽然对她不满意，要是她真离开自己，真有点惶惶然。他心里非常纠结，不知怎样回答为好。

殷昌烈起身要走：“今天你累了，想好了告诉爸爸。”

“不，不……”冷骏腼腆地说，“爸，不能因为我让妈失去培训的机会。让……让妈去。”

“如果你是这个意见，最好自己去对你妈讲，消除她的顾虑。”

“我……我不讲。”

“冷骏，你不表态，你妈是不会去的。”

“我怕她……”冷骏欲言又止。

“你怕她什么，你妈对你还有坏心吗？”

“我不去。上次为衣服的事我气了她。”

“冷骏，你说到衣服的事，爸要批评你。天凉了，你妈怕你受冻，给你买件衣服，她有错吗？”

“爸，我不是无缘无故气妈……”他不讲了。

殷昌烈见他欲言又止，等了一会儿，鼓励他：“说，什么事都可以对爸说，没关系的，你把原因说给爸听听。”

“去年冬天，她给玫玫买了棉衣，我想她一定会给我买的，可是……”

“你妈没有给你买，是吗？”

“是的。我向她提出要求，她批评我，说我什么都跟玫玫比，要我凑合穿。”

“你妈是个勤俭持家的人，处处想着节约。你想想，你妈一年买了几件衣服？”

“我知道我不能跟玫玫比……”他不往下说了。

“你这话就不对了。爸爸妈妈爱玫玫，也爱你，我们没有二心的。”

冷骏不语……他忽然望着殷昌烈，很认真地说：“爸，我妈是我亲妈吗?”

“你混账!”殷昌烈生气了，“你这孩子怎么说出这样无根无据的话来，不怕伤你妈的心?!”

“爸……同学中……”

“你不要听同学们编的瞎话。冷骏，你是相信爸妈，还是相信外人?”殷昌烈想转移这个话题，说，“你要是认我这个爸，就听爸的——向你妈认个错，表个态，让你妈安心去学习。”

冷骏低着头沉思了一会儿：“妈会原谅我吗?”

“会的。你妈打心眼儿里爱着她的一双儿女。你向她认错了，她心里不知会有多高兴。”

冷骏心里犹豫了，一想到冷玥平时对他的苛求，怨气忽然冒出来：“爸，我怕她烦我，又把我数落一番。”

“冷骏，你妈数落你，并不是烦你，是对你要求严格。若她迁就你的错误，那不是爱你，是害你。”他鼓励冷骏，“去，爸陪你一道去。”

“不，现在不去。”

“什么时候去?”

“等我想明白了。”

“可以。”殷昌烈觉得给他思考的时间，是对他的尊重；若勉强他去了，反而会加重他的逆反心理。他起身，“你想明白了找爸。”

殷昌烈走了以后，冷骏静下心来，反复想了冷玥平时对他的态度：这次她去学习，首先想到自己的冷暖。要是她不在身边，自己穿什么、吃什么……谁来过问? 爸可以照顾我。他再一想，爸平时对我是比妈和气，但他不能像妈那样细致、周到地安排我的生活。想到这里，他心里对冷玥的态度有了转变。

殷昌烈回到卧室，对冷玥讲了找冷骏做工作的过程。冷玥听了，摇摇头："你这是对牛弹琴，打不动他的心。"

"我看有效果，他思想上对你的愧疚已经表现出来了。只是'冰冻三尺，非一日之寒'，要慢慢把冰消融。如果他想找个台阶下，你就搭他一把，不要给他设障碍。"

"这几年，他对我的态度让我寒了心。"

"对儿子的错误，只要不是犯法的，都可以原谅。谁让你是他妈，母爱是无私的。"

"哼！"冷玥长长地舒了一口气，"我这是自作自受。只要他回心转意，我什么都忍了。"

又过了几天，殷昌烈见冷骏没有动静，找到他说："冷骏，这几天你想明白了没有？你妈上培训班的事要早点定下来。"

冷骏犹豫了一会儿："爸，我怎么说呀？"

殷昌烈捏了一把他身上的衣服："天已经凉了，找你妈要衣服去。"

冷骏很难为情地说："我自己说的话自己反悔……"

"你这娃，真是……年龄不大，虚荣心还不小。"

"她要是……"

殷昌烈知道他的意思，劝说道："你妈能把你怎样？说你几句又有何妨？"

冷骏很是勉强地说："去，去……我主要怕她因为我错过上培训班的机会。"

殷昌烈很高兴："这就对了！儿子和妈，总是互相牵挂的。"他牵着冷骏的手，说说笑笑去了他们的房里。这时，冷玥正在整理洗晒过的衣服，虽然已经听到了父子二人的说话声，仍继续做自己的事，没有理睬。冷骏走向前，嗫嚅着："妈……妈……"冷玥抬头望了他一眼，什么话也没有说。他又叫道："妈，骏儿做错了事，说了伤您心的话，向您赔罪。"

冷玥说话了："冷骏，你有错吗？是妈的不是，妈不该……"

殷昌烈怕冷玥说出不该说的话，忙接上话茬儿："冷玥，冷骏已经认错了，哪有当妈的记儿子仇的。”

“我没有记仇，我是说，妈不该不经你同意，擅自做主给你买衣服。”

“妈……”冷骏哭了，“是儿子有意气了您。”

这时冷玥的心软下来：“不哭了。天凉了，把棉衣拿去穿。你冻病了，还不是麻烦妈？”

冷骏有些感动，走近冷玥：“妈，您去学习吧，不能因为儿子耽误您培训的好机会。”

冷玥像不认识儿子一样，瞧了他一会儿，很是意外，嘴上却说：“是你爸告诉你这样说的吧？”

“不，不，是骏儿自己的真实想法。”

冷玥什么也没有说，把那件新棉衣拿在手里：“来，妈给你穿，看合适不合适。”

冷骏走近一步，冷玥给他穿上了，前前后后看了一遍：“还挺合适。”冷骏激动地趁势抱着冷玥哭了起来：“妈……妈……”

冷玥任由他哭着抱着自己，随后拍拍他：“不哭了。妈只告诉你一件事，妈是你亲妈，爸是你亲爸。”

第三十三章

1965 年春季，冷玥把家里的事安排妥当后，去了省中医学院，她要在那里接受一年的培训。参加培训的都是本省县、市级中医院的在职医生。

冷玥虽然从小跟随丁济才夫妇读书习医，积累了一些实践经验，但系统地学习中医理论还是第一次。通过对浩瀚的中医理论的学习，她夯实了理论基础，理论指导实践，她的从医水平有了一个质的飞跃。她跟随导师在实习期间，常常提出中医诊断中的一些新见解，得到了导师的赏识。学习时间过半，她写了一篇文章——《古代中医理论中的哲学思想》，并在院刊发表，一时引起很多争议。冷玥的名字渐渐被人熟悉。

冷玥虽然已经是中年女性，但由于她天生丽质，依然婀娜多姿，风韵犹存，吸引了许多已婚或未婚男性的目光。同班有个男士，名叫商凯，年龄三十有二，未婚，他对冷玥觊觎已久。一天，冷玥一个人在学院树林里看书，他走近对她说："冷玥，我问你一个不该问的问题。"

冷玥以为是学习方面的事，说："商凯，你问，没有什么不该问的。"

"你成家了吗?"

冷玥心里一怔，心想，他怎么问我与学习毫无关系的事，笑着说："是不是找对象遇到了麻烦，想请教我这个过来人?"

"你结婚了?"

冷玥莞尔一笑："商凯，你想什么哪？我儿子已经十五岁了。"

商凯满脸羞红，非常尴尬地说："冒失了，请原谅。"他还是不甘心，又说，“怎么看，你都不像是有孩子的女人。你骗我的吧？我真希望你是骗我的。”

“我骗你干啥？”她完全明白他问话的意思了，“商凯，你别动心思了。”她伸出手，“我们只能是同学，是朋友。”商凯受宠若惊，也伸出手来：“对，是朋友。”他握着她的手久久不愿放开。她急了，认真地说：“商凯，你自重一点，不然，我们连普通朋友都做不成了。”商凯知道自己失态了，赶紧收回手：“忘情了，惹你生气不应该。”冷玥转身走了。从此她再也不理他了。商凯这事发生以后，冷玥非常谨慎，凡是男子约她，她都直接拒绝。

时间过得真快，一转眼省中医学院培训班快要结业了。冷玥由于勤奋好学，理论和实践都取得了好的成绩，被评为优秀学员。在举行结业仪式之前，她的辅导老师找她谈话：“冷玥，你学习了一年，有什么收获？”

“无论是中医理论还是在诊断实践中，我的水平比进学院前有了很大提高，这要归功于老师们的谆谆教诲。”

老师听了矜持了一会儿：“冷玥，你这一年的学习之所以取得这么好的成绩，除了勤奋用功之外，你二十多年的从医实践起了重大作用。我们院的老师中，很缺乏你这样的人才，院领导委托我征求你的意见，希望你能留在院里当老师。”

冷玥听了，很是惶恐：“老师，冷玥只是一个初懂中医的学生，这个责任担当不起。”

“只要你愿意，院里不急于让你上讲台，可以送你到高一级的学府去深造。”

这时的冷玥有些兴奋又有点纠结：能留到学校当老师是好多人梦寐以求的；然而我终究要回古槐镇去的，也不忍心放弃这个经过千辛万苦经营起来的家。她权衡再三，委婉地说：“老师，我的年龄和我的家庭都不允许我在学院工作，冷玥辜负了领导和老师对我的厚爱。”

“院领导知道你会提出家庭问题。”老师进一步做工作，“只要你愿意来，院领导可以请示省有关部门慢慢解决你的后顾之忧。”

冷玥这时满脑子都是殷昌烈和两个子女，毅然决然地说：“老师，谢谢院领导和老师对冷玥的器重，根据我的实际情况，实难从命。”

老师摇摇头，很惋惜：“冷玥，这么好的机会你不珍惜，你会后悔的。”

“老师，冷玥不会后悔。冷玥不能为了图个虚名，忘了学医的初衷，更不能毁了自己的家庭。”

老师有些生气了：“冷玥，你这话是不是出格了？我们当老师的是在图虚名吗？”

“老师，是冷玥无知，失言了，望老师原谅。”

老师走的时候，还是心平气和地说：“冷玥，老师不会计较你的言辞。你的意见，我会如实向院领导汇报。”

冷玥觉得自己理亏，一直把老师送了很远很远……

冷玥留校的事没有了下文，就此作罢。她结业离开学院的时候，意外收到了多位男士的信：有的含蓄示爱；有的希望和她交个朋友；有的则惋惜不已……

冷玥回K县的当天，到县中医院报到后看望了干爹干妈，送了并不贵重的礼品。丁济才问了她学习的情况，说：“我们的玥儿就像金子一样，到哪里都会发光。”

“你不要夸她了。夸得过了头，她会骄傲自满的。”秦宜岚带着自豪和高兴的语气说了一句。

“还是干妈懂玥儿。”

“你干妈懂你，干爹就不懂你？干爹是鼓励你在今后的工作中更上一层楼嘛！”

“玥儿，今天不走了，陪干爹干妈吃顿饭。”

“干妈请客?”

“谁请客你别管。”秦宜岚又吩咐老伴儿:“先生，给昌烈打个电话。”

“昌烈当了副县长后，忙呀，很难找到他的人。”丁济才看夫人在瞪他，接着说，“我打，我打……”

殷昌烈应约带了儿子女儿，参加了丁济才夫妇为冷玥举行的接风晚宴。

辞别丁氏夫妇回家后，冷玥和殷昌烈当然是一番“小别胜新婚”般的恩爱……

殷昌烈抱着她问:“冷玥，在学习的一年时间里，有没有男士向你示爱?或用语言、行为挑逗你?”

冷玥有点矫情地说:“你以为你的女人有这么大的魅力吗?”

“有。我成天提心吊胆的。怕……怕……”

“怕什么?”

“怕你在省城把眼看花了，分不清东南西北，另寻新欢。”

她一把推开他:“昌烈，我是那种朝秦暮楚的女人吗?”

“你生气了?”他见她翻过身不理他，反而十分兴奋，“你真生气了我才高兴哩!”

她知道这是夫妻间示爱的逗闹，心里很是甜蜜，用胳膊触了他一下:“睡，人家累得很。”

第二天，恰好是星期天，他们很晚才起床。早餐后，冷玥把在省城买的礼物一一清点出来，叫道:“冷骏，玫玫，妈给你们带了点小礼物。”玫玫蹦蹦跳跳来了:“妈，给我买的什么呀?”

“一条裙子，夏天穿。”

玫玫嘟着嘴:“还要等几个月才能穿呀!”

“现在穿，等几个月穿，总是你穿，还有意见?”

“没有，谢谢妈妈。”她抱着礼盒笑嘻嘻地走了。

冷玥见冷骏还没来，又叫了一遍，冷骏磨磨蹭蹭地走过来:“妈，给我带的什么礼物?”

“一双跑鞋，试一试，看合适不合适?”

冷骏接过试了试：“合适。妈，您这是雪中送炭。正想要你们给我买双跑鞋呢。”他把另一只脚伸出来，“原来的跑鞋已经千疮百孔了。”

“要你爸买呀。”

“他……他忙得已经忘了家，每天不到半夜不回来，哪儿顾得上我们。”

殷昌烈在一旁歉疚地说：“我成天手忙脚乱的，顾不上孩子。”他叹息一声，“唉！家里没有女人真不行!”

“现在才知道!”冷玥奚落他，“你有能力当好一个副县长，不一定能当好一个家长。”

“是的，是的。”他总是顺着她说。

冷骏走的时候，她把一件布衫交给他：“给赵阿姨带去。”

孩子们走了以后，殷昌烈打趣地问：“我的礼物呢?”

“你的礼物？有哇。”她往他身上一靠，“整个人都给你，贵重不贵重?”他一把抱住她：“贵重，比金子还贵重。”她推开他：“大白天的，你疯什么？快帮忙整理箱子。”

殷昌烈在整理行李箱时，发现箱子的隔层放有一摞信，他好奇地拿出一看，全是带有爱情的文字，心里一怔：“还真有这事。”手慢慢地停了下来。

冷玥对他的举动，看得清清楚楚。笑着说：“怎么不看了？我带回的目的就是让你看的。”

“你是想气我?”

“我气你干啥?”

“你不想气我，为什么把情书一样的东西带回来?”

冷玥笑着揶揄他：“这些信可以检验你的气度，我知道你会揪心得不舒服，是吗?”

“我揪心什么？不过好奇而已。”他掩盖自己内心的纠结。

“昌烈，我把这些信带回来，是让你高兴的。你应该为自己的老婆还有这样的魅力而骄傲。”

殷昌烈被她奚落得无言以对，言不由衷地说：“我不骄傲吗？你小看你老公的气度了。”

二人在笑闹中感情愈加深厚，携手走过了接下来的艰难岁月……

第三十四章

1966 年，“文化大革命”席卷全国。列在首位培养对象的殷昌烈，成了众矢之的。他们不知从何处得到资料，说他是资产阶级家庭出身，投机革命，是资产阶级爱情观的典型。为了讨好冷玥，不惜丧失无产阶级革命立场，首先是隐瞒国民党县长留下的孽种，继而成了他的父亲……

殷昌烈的这段历史被公开以后，他成了众人所不齿的“败类”。他彷徨了……他回到家里，冷玥正在做冷骏的工作。冷骏已经是一中的高一学生，同学们对他突然“另眼相看”了，有的同学把他当瘟疫一样，躲得远远的；还有人指桑骂槐，脏话连篇，对他嗤之以鼻……他回到家里，躲在卧室伤心地哭泣。冷玥从单位回来，赵姐把冷骏的情况告诉了她。冷玥此时非常冷静，她知道殷昌烈已经不能为家里担担子了；冷骏还是个学生，更不能承受社会舆论的压力；只有自己才能面对现实。如果自己垮了，整个家庭必然乱得不可收拾。她走进冷骏的房里，坐在他身边，抚慰他：“冷骏，不哭了，有什么委屈对妈讲。”

“妈……”他抱着她哭得更伤心，“妈，我是你们……”

“你是我们什么？你是殷昌烈和冷玥的儿子！不管谁说什么，都是造谣，你不要相信。”殷昌烈插嘴道，他的情绪很激动。

冷玥听了殷昌烈的话，心里升起了一股暖流，安慰冷骏：“你听到你爸说了吧。不管外面人说什么，当作耳边风，一吹就过去了。”

冷骏不哭了，说：“骏儿过自己的生活，不听别人的。”

他们安抚了冷骏，回到房里，一脸愁苦，谁也不说话。过了许久，他开口了："冷玥，现在运动的发展趋势不可预料，我们都要有思想准备。"

"准备什么？"她觉得他现在处在风口浪尖上，需要给他勇气，给他温暖，便说，"昌烈，只要自己身正、心正，即使现在受到不公正的对待，那怕什么？时间会证明一切的。"她看他不作声，又叮嘱道，"你不管受到多大的压力，甚至坐牢，都不能说违心话，做违心事。"

"我自己不管遇到多大的风浪，都有勇气挺过去；我担心的是你和冷骏不应该受我的牵连，被剥夺做人的尊严。"

"昌烈，家里的事你不用担心，有我冷玥在，日子照常过。你在人生路上就是遇到刀山火海，我也和你一起走过去，绝不丢下你。"

"冷玥，"他望了她一眼，"谢谢你对我的忠诚。有一件事，我想和你商量。"

"我想把冷骏的身世明明白白地告诉他，让他自己有个思想准备，在社会舆论的压力面前，能够明辨是非。"

冷玥听了殷昌烈的主张，心里一阵悲愤——让一个尚未成年的孩子承受如此大的精神折磨，未免太残忍了，对他必然产生很大的影响。想到这里，她说："昌烈，此事要慎重。虽然运动的前景不可预料，但未必已把我们逼到了这样的绝境。"

"冷玥，我对形势的发展不抱幻想，任何不可想象的事情都有可能发生。何况，冷骏的身世已经不是什么秘密了，早一点告诉他有好处。"他见她很犹豫，又说："这对你也是一个重大的考验。你承受的压力自然比冷骏更大。我想你不会向不公正的社会舆论屈服的。"

二人沉默了好一会儿，冷玥似乎想明白了："昌烈，我们把冷骏的身世告诉他，这是需要勇气的。既然你决定了，我陪你一起再下一次地狱！"

冷骏在学校受到了冷落，没有一个造反组织愿意接纳他，他干脆不去学校了。在家无所事事的他，除了和玫玫说说话外，就闷在房里看书、睡觉。这天夜里，他已经上床了，冷玥和殷昌烈走进他的房间，她说："冷骏，你是不是困了？"

冷骏见爸妈来了，连忙坐起来："不困。"

"不困就和爸妈说说话。"

"说什么，有什么可说的?"

"和你说一件很重要的事。"冷玥言归正传，"你不是老怀疑我们不是你的亲爸亲妈吗?"

"我以前不懂事，现在不怀疑了，外面说的话，我都没有当真。"

冷玥态度严肃起来："冷骏，爸妈今天就把你的身世告诉你。告诉你之前，你要向爸妈保证——不要悲伤，不要仇恨，要心平气和地听我们把事情的经过讲清楚，你能不能做到?"

冷骏一听，心里十分惶恐，低头不语。冷玥再三催他表态，他只点点头算是应了。

冷玥以下地狱的勇气说了开头语："冷骏，妈是你亲妈，爸不是你亲爸。"

冷骏只听了一个开头，一脸惊诧地说："妈，您说的不是真的!"

"冷骏，妈说的是真的，你要冷静地听妈说下去……"

当冷玥说到遭查道然绑架，而后被迷奸怀孕的时候，他已经泣不成声……突然，他问："那个畜生呢?"

"在解放军破城时他逃跑了，后被俘获判刑。"

她历经磨难生下他并把他抚育成人，如泣如诉的倾吐，让冷骏感动了，他抱着冷玥哭得差点晕过去，断断续续一个劲儿地叫："妈……妈……"

冷玥冷静下来，拍拍他："冷骏，不哭，听我讲你爸的事……"

冷骏听完后，跪在殷昌烈的面前："爸，您是我亲爸!"

殷昌烈把冷骏扶起来，说："今天，我们一家人能聚在一起谈心，在现在的环境下是十分难得的，以后会发生什么不可预料。我们都要有遭受更大灾难的思想准备。不论灾难有多大，思想不能乱。要相信党，相信群众，公理自在人心。"

冷玥稳定情绪后，要求冷骏："骏儿，我和你爸把真实情况告诉你了，你应该做到的是：不自卑，不仇恨，面对现实，在任何环境下都要把握自己，做个坦然和诚实的人。"

冷骏知道自己的身世以后，思想反倒轻松了许多，他再不必猜疑和困惑了。他寻思了许久，毅然决然表示："冷骏一定听爸爸妈妈的话，因为我是你们的亲生儿子。"

冷玥听了很激动，抱着他又哭了："我的好儿子!"

殷昌烈也很感动："今天大家把藏在心中许久的秘密说透了，今后彼此要和和气气，坦坦荡荡过日子。"他很忧心，"我正在经历人生最困难的时期，吉凶未卜。如果我发生了什么不测，你们要沉着冷静。我很自信，我没有对党、对人民犯下不可饶恕的罪行。"

冷玥和冷骏听了殷昌烈的话，内心自然惶恐。为了冲淡这种悲伤的气氛，冷玥说："昌烈，不要预测那些不一定会发生的事情。今天我们都累了，早点休息吧。"

第三十五章

随着运动的深入，殷昌烈的麻烦越来越大。除了有关于他的大字报外，县委机关造反派多次开会批判了他。

造反派组织成立了一个“专揪殷昌烈”的专案组，开始收集他文章、讲话中的“反动”言行。

由于“反动”证据越来越多，他的行动自由开始受到限制——外出要批准，不准与人随便接触。冷玥想见他一面也很困难。

专案组为了落实他的罪行，开了一个面对面的质询会。专案组问：“你在1965年12月28日的全县教育工作会上讲：‘现在有人不尊重教师的劳动，学生不以成绩为考核标准……’是吗?”

“是。”

“你只字不提教育为无产阶级政治服务，教育与劳动生产相结合的党的教育方针……”

“尊重老师的劳动，提高学生的学习成绩，这已经具体表现了党的教育方针。”

“你还狡辩?!”

“……”

以后的提问，殷昌烈采取无声反抗的态度，专案组恼羞成怒，对他提出了警告：“殷昌烈，你顽固不化，对抗‘文化大革命’，绝没有好下场。你……你等着瞧。”

第一次质询会无果而终。

殷昌烈的处境一天比一天险恶，他被他们从县政府移送到了专案组特设的地点，有专人看守。三天一审问，五天一批判。这种以“内部矛盾”处理的方式没有维持多久，他们找出了他“反革命”的罪证——从他的讲话稿中，以鸡蛋里挑骨头的手段，断章取义，无限上纲。更有甚者，因为他读过英国人办的教会学校，怀疑他是英国的间谍。由于性质发生了变化，县公安部门接手了殷昌烈的案件。

当时的公安局、检察院、法院已经被“砸烂”，由造反派说了算。他们根据专案组的材料，开会讨论办理逮捕殷昌烈的手续。由造反派掌握的公安局、检察院、法院，也不是铁板一块，其中有不少主持正义的人。原检察院的一位科长，站出来为殷昌烈说话：“殷昌烈的犯罪证据不足，不能定性为反革命。”此话一出，立刻遭到了围攻，他们威胁他要把他清理出去。这位科长一步不让：“你们的证据在哪里？几个字，几句话……就把他定为反革命分子，法律的依据何在？如果你们一意孤行，草率定性，历史会证明——你们是知法犯法。”盛怒之下，这位科长拎起手提包拂袖而去，把在场的人弄得很是尴尬。主持这次会议的头头是原法院的一个副院长，经这位科长提醒，他也怕担历史责任，便说了结束语：“殷昌烈的案件暂时搁置，以后再研究。”

他的一句“暂时搁置”，让对殷昌烈的羁押变得遥遥无期……

殷昌烈的问题，必然波及冷玥。县中医院造反派多次对她进行了批判，并在冷玥诊室的座位上方，贴了一幅标语：“反革命、走资派家属，伪县长的弃妇。”冷玥在这条侮辱性的标语下，欲哭无泪，但她依旧镇定自如地接诊。奇怪的是：找她看病的人不但没有减少，反而越来越多。按照“此消彼长”的规律，这冷落了其他诊室的医生，连秦宜岚也清闲了许多。有人总结了这种现象：医生的好医德好医术就像金子，在什么环境下都会熠熠生辉。公理自在人心。

中医院的造反派被这种现象激怒了，把冷玥“贬”为清洁工，让她打扫门诊部的楼道和厕所。

当天，冷玥回到家里，心中的委屈和愤恨爆发式地发泄出来，她跪在地上大声哭泣。赵姐赶紧把她扶到了房里，很是同情地说：“冷医生，目前的世道就是这样——坏人当道，好人受罪。多往好处想，坏日子总有到头的时候。”

冷玥被贬后的第三天，找她瞧病的人越集越多，患者愤愤不平，这时，有人喊了口号：“病人需要冷医生!”“解放冷医生!”口号声一波一波响彻整个街道。造反派的头头暴跳如雷，站在台阶上大声训斥：“你们这是为坏人说话，是反革命行为!”

“能治好病的人是反革命，只会吹牛拍马、捧上欺下的人倒成了‘正’革命。你能给人治病吗?”说话的人是个上了年纪的老者。几个年轻人听得很兴奋，把老者举得高高的。这个头头怕老者继续发声，红着脸说了狠话：“倔老三，你等着，看我怎么收拾你。”

老者蔑视地笑了：“你怎么收拾我？门卫这个差事老子不干了，我回家抱孙子去。”

这件事并没有结束。一天，一个干部模样的女子找秦宜岚瞧病。秦宜岚看了病历，知道她原来是冷玥的病人，她拒绝她说：“你去找原来的医生。”

“冷医生不是……”

“冷医生怎么了？她仍然是医生。”

这个女人对秦宜岚很不满意：“我找你看病不是一样吗?”

“不一样。我对你以前的治疗过程不了解。”秦宜岚说了一个理由。

这个女人气急了：“你是什么态度？我告你!”

“你去告吧。”

这个女人生气地走了。

这个女人是有来头的——当红革命领导干部卫楚平的夫人，名叫孙慧秋。她回去以后，气恼地告了“枕头”状。卫楚平说：“别气，别气，我要中医院的领导给你找个更好的大夫。”

“你知道我看的是什么病?”

“什么病?”

“你不明白？蠢东西!”

“哦，哦……”他似乎明白了，“女人的秘密。”

“你明白就好。中医院在这方面是最专业的，除了姓秦的就是冷玥，别人我不放心。”

“那就找姓秦的嘛。”

“姓秦的不买账。”

“冷玥没有上班?”

“上什么班？当清洁工去了。”

卫楚平听了有点为难：“这……这不好办。冷玥是反革命的老婆，这一定是单位革命造反派采取的行动。我若插了手，这……这是个原则问题呀。”

“那就算了，让你卫家断子绝孙。”孙慧秋生气了。

“别气，别气，让我想想……”

第二天，卫楚平带着老婆到了中医院，找到了造反派的头头，这位头头见是卫楚平，十分殷勤：“卫县长……不，卫主任，您怎么有空到医院来?”

“这是我的内人。”他介绍了自己的女人，“她想找个医生看看病。”

“没问题，找谁都行。”他又问孙慧秋：“您要找哪个医生?”

“我要找冷医生。”

“找冷医生?”他面有难色，“找别的医生不行?”

“冷医生对我的病很熟悉，给我开的处方也有效果。我还想找冷医生。”

“这……这……”

“有困难吗?”卫楚平看他为难的样子，问道。

“卫主任，是这样……”他重复了贬冷玥的理由。

“你们的觉悟很高，对这种人就应该这样……”卫楚平看孙慧秋正在怒视自己，语气变了，“不过，对待有些人，手段要灵活一些，对冷玥，也可以要她戴罪立功嘛!”

“是，是。”头头心领神会，连连应和，然后说，“我去找冷玥，您稍等。”

不一会儿，冷玥被领进了办公室，她一看便知道原因了，故意说：“我没有什么事可说。”

“不，不。”头头连忙解释，“不是要你交代问题，是要你给这位女同志看病。”

“我现在是清洁工，没有看病资格，看什么病?”冷玥转身要走。

“我说你有资格看病你就有资格看病，你不要……”头头生气了，卫楚平连忙插话：“对医生要尊重，不要动不动就发火。”他又对冷玥说：“冷医生，不要生气，给人治病是医生的天职。”

这时孙慧秋说话了：“冷医生，您不看僧面看佛面，我是您的老病人，求您了。”

冷玥想，治病救人是医生的职责，既然病人求自己，自己没有理由拒绝，便说：“我只能到诊室去看病。如果领导同意，请你到诊室去。”

“应该，应该。”卫楚平及时应了。

冷玥来到诊室，座位上方的那条标语不知被谁撕下了。

冷玥复出的消息立刻传开，求诊的人越来越多。因为有县革命委员会领导的指示，中医院的造反派有气也出不来，只好默许冷玥“戴罪立功”了。

一天，一个年轻小伙儿挤着看热闹，既不看病，也不离开诊室。有位病人觉得他碍事，吼了他：“你看不看病？不看病挤在中间凑什么热闹?”

小伙子笑着回答：“看热闹怎样？我愿意。”小伙子又腾出空间，“先生，你前移一步。”

等到下班，冷玥走的时候，小伙子见无人了，把她拦住：“冷医生，耽搁您一会儿，给我看看。”

冷玥已经注意他很久了，觉得这人有些奇怪，于是说：“你是真的有病……”

“真有病。你看……”他递给她一张纸条，“你看了就知道了。”

冷玥看了一下纸条，心里一怔，故意大声说：“今天下班了，有病明天再来。”

“听您的，明天再来。”小伙子应了一声就走了。

冷玥揣着纸条匆匆回到家里，她来不及应付赵姐的问话，走进房里把门关上了。她迫不及待地打开纸条，纸条上写着：“玥儿：我目前的处境虽然不好，但心情并不坏。这里除个别人视我如敌人之外，多数人都是以礼相待。给你捎信的小曾，是这里的事务长，待我如兄长，生活上对我照顾有加……我很自信，那些所谓的关于我的问题终有一天会大白于天下。我最担心的是你和冷骏、玫玫，希望我们一家人相依相伴，挺过这段艰难的日子，灿烂的明天一定会到来！附：你和家里的情况可以托小曾转达给我。”

第二天，冷玥刚刚到诊室，昨天的那个小伙子又来了。他拖着一个购物小车，乐呵呵地与冷玥打招呼：“冷医生，今天我是第一个……”

“别浪费时间，坐下给你看。”冷玥装作切脉，说，“你是胃不舒服?”

“是。”

她手在处方纸上写着，口里却说：“少吃生冷，少喝酒……”她把写好的“处方”递给他：“去交费取药。”

他走时谢了她：“谢谢冷医生。”

她没有理他，继续叫号：“下一个。”

冷玥带给殷昌烈的纸条上只有几句话：“相信冷玥不屈不挠的倔劲儿，相信你我忠贞不渝的爱的力量。家里一切都好，勿念。”

殷昌烈和冷玥二人凭着坚强的信念，坚忍不拔的毅力，感情不仅没有因这些磨难被淡化，反而得到了升华，爱得更加倾心，更加深沉……

第三十六章

1968年，知识青年上山下乡运动在全国展开。8月，冷骏找冷玥："妈……"他嗫嚅着。冷玥知道他有话要说："有什么事尽管说，别吞吞吐吐。"

"我想……我想到农村去锻炼。我们原来班上的孙一军、沈娟……都报名了。"

"这事……让我想想。还要征求一下你爸的意见。"

"爸的意见？您能见到我爸？"

"你莫管，妈自有办法。"

看守所的事务长小曾，成了殷昌烈和冷玥的联络员。小曾隔三岔五就要来一次中医院，给二人传递信息。这天，小曾又来了："冷医生，这是我的化验单，你看看。"冷玥心领神会，接过来说："没什么大问题。等一会儿我给你开点药。"

殷昌烈带来的纸条上面写着："知识青年上山下乡是党的号召，应该让冷骏下去锻炼锻炼。如果地点不远，你最好亲自送去，对他也是个安慰。"

冷玥通过小曾也捎了回话："听你的。具体事情不需你操心。"

K县知识青年上山下乡工作，由各个系统统一组织。可以是父亲工作的系统，也可以是母亲工作的系统。冷玥找到县政府，县政府的造反派不同意，说殷昌烈已经不是政府的工作人员了。冷玥听了气得失去了理智，愤恨地质问："殷昌烈什么时候被政府开除公职了？"

“他是反革命!”

“反革命？你有法院的判决文书吗?”

“要判决文书吗？你等着，总有一天会有的。”

“没有法院的判决文书之前，他还是县政府的工作人员。”

接待她的人恼怒了:“你不要无理取闹！赶快走！不然……”

“不然怎么样？想把我也关进去?”

“关你干什么？你不够格……”

他们正争吵着，卫楚平走过来，无意间发现了冷玥，冷玥也发现了他，他不好意思回避，温和地说:“冷医生，有什么事吗?”

冷玥生气地问:“卫主任，殷昌烈还是不是县政府的工作人员?”

“你有什么事慢慢说。”他不能直接回答她。

冷玥平静下来，便把冷骏的事说了。卫楚平说:“冷医生，你先回去，我们研究研究。”

“行。我等您的回信。”她没有跟任何人打招呼，转身走了。

第三天，孙慧秋来了，满脸笑意:“冷医生……”她环视了一下周围，小声说，“老卫要我捎个话——你儿子下乡的事已经给办事的人打了招呼，你现在去找这个人。”她递给冷玥一张纸条，显然是卫楚平写的。

冷玥不亢不卑:“谢了!”孙慧秋又说:“冷医生，我这病有没有治好的希望。”

“有。你不是已经有了好的征兆吗？只是时间长一点。”冷玥给她切了脉，问了她吃药后的反应，然后说，“你的病拖延太久，治疗需要一段时间，要有耐心。”

“我有耐心，只是年纪越来越大，心里急呀!”她见冷玥不语，又说，“冷医生，老卫心里也急，为这事没少跟我吵。希望你多用点心。”孙慧秋想以卫楚平的名义来打动冷玥。冷玥听了心里很反感，放下手中的笔，严肃地说:“孙慧秋，你不要拿卫楚平说事。他给我办事是他的职责所在；给病人看病是我的职责所在。我对所有病人一视同仁，不会凭什么关系。”

孙慧秋连忙解释：“冷医生，你误会了。我是急不择言，真没有别的意思。”

“我不怪你，希望你以后看病只说病的事。”冷玥把开好的处方又斟酌了一遍，做了稍许调整，给了孙慧秋，“拿去付款取药吧。”

孙慧秋千谢万谢地拿着处方走了。

冷骏下乡的事，经过几番周折算是定下来了。走的那天，冷玥请了假，把冷骏送到了县政府系统的集中点。他们到的时候，院里的互动气氛热烈，充满了欢声笑语，政府大院挤满了知青和家长，其中有不少冷玥认识的。她不主动跟任何人说话，但还是有人对她或点点头，或给予微笑，她也以同样的方式回应对方。知青中和冷骏打招呼的寥寥无几，一个叫沈娟的女生主动走过来：“冷骏，你带这么多东西呀。”她看到站在一旁的冷玥，也热情地叫了一声：“阿姨，您送冷骏去点上？”

冷玥也笑着回了话：“是呀，你叫什么？”

“我叫沈娟，在学校和冷骏一个班。”

“经常听冷骏说到你，只是没见过。”冷玥又问，“你和冷骏是不是在一个知青点上？”

“是的。我们都在兴隆大队。”

“冷骏是一个男孩儿，生活上很多事不会做，麻烦你以后多帮助他。”冷玥说了客气话。

“阿姨，冷骏在学习上比我强，我还要他多帮助哩。”

“在一起过集体生活，你们要取长补短，互相照顾。”冷玥说了客套话以后问，“你的爸爸在政府哪个部门？”

“妈，你问这干啥？”冷骏阻拦她的问话。

“冷骏，这有啥不能问的？”沈娟爽朗地笑着回了冷玥，“我爸官大得很，政府所有的人都归我爸管。”

“县委书记？县委书记不姓沈呀。”冷玥疑惑地说。

“不是，不是。”冷骏连忙解释。

“阿姨，您还不明白？我爸是政府食堂的厨师，您说谁不归他管?”

他们正说笑着，集合的哨声响了：“到兴隆大队去的乘一、二号车，到青年大队去的乘三、四号车。请大家准备好，马上上车。”

这时，大院里人声鼎沸，有笑声，有叮嘱声，也有抽泣声……

第三十七章

殷昌烈的种种“罪行”终因查无实据，被释放出来，出狱的当天，冷玥早早地在看守所外等着他。当殷昌烈步履蹒跚地走出看守所大门的时候，冷玥迎上去搀扶住他，哽咽地说：“受苦了！”说完眼泪簌簌落下。他伏在她的肩上，苦笑一声：“终于见到阳光了。”冷玥镇静下来，对他说：“我把衣服带来了，到澡堂去洗个澡，去去晦气。”

他们回到家里，自然是一番久别重逢的欢乐。这天，冷玥亲自下厨做了几个菜，开了一瓶红酒，从不沾酒的冷玥，今天破例陪他喝了一杯……

殷昌烈从牢里回家的消息，很快在县政府传开了。一些同事闻讯后，纷纷上门看望，殷昌烈对来人除了说了些感谢话以外，对政治话题，一个字不说。

一个星期过去了，殷昌烈还没有走出过家门。这天，已经被平反并重新站出来工作的原县委书记耿尚善上门看了殷昌烈，殷昌烈很敬重这个直接上司，对他以礼相待。一番互问后，耿尚善说了正事：“昌烈，你的问题已经初步得到澄清，你应该出来为国家、为人民做点事，不能在过去的阴影下无所事事地生活呀。”

殷昌烈沉默了一会儿，然后说：“耿书记，我所受的精神打击，现在还没有缓过来，我怎么工作？”

“这个我理解。”耿尚善劝导说，“你是党员，应该相信党。如果我们不为党工作，让心术不正的人为非作歹，你甘心吗？”

“您不是说，我的问题是‘初步澄清’，一有风吹草动，不是又要‘老账新账’一起算？我没有这个承受能力。”殷昌烈一想到坐牢的滋味，就心有余悸。

耿尚善听了，知道他的思想一时半刻转不过来，便说：“昌烈，一切都要向前看，不要光想消极的东西。光明总是占主导地位的。我今天来，一是慰问你，二是请你出来工作。我不急着要你表态，你考虑好了，给我一个回信。”

“谢谢老领导的关怀。想好了我主动去找您。”

“可以。”耿尚善起身和陪同人员一起走了。

殷昌烈送他走的时候，恰好碰到冷玥下班回来。冷玥点头和耿尚善打了招呼。耿尚善说：“冷医生回来了？昌烈，不用送了，你们回去吧。”

殷昌烈和冷玥回到屋里，冷玥问：“耿书记找你说了什么?”

“动员我出来工作嘛。”

“你答应没有?”

“没有。他让我考虑好了回他的话。”

“不去!”冷玥心里有气，“什么工作？没日没夜地干了几十年，落个‘反革命’的下场，你还没有醒悟?”

“耿书记说得也有道理……”

“什么道理?”她截下他的话，“让坏人当道，好人受罪，是哪家的道理?”

“但是,”他用耿尚善的话劝慰她，“如果我们这些人不去工作，让有野心的人为非作歹，那善良的人民将永无宁日，你甘心吗?”

冷玥被他的话说动了心，两人僵持着……

“知道你心里有气。我受的不白之冤刻骨铭心，我能忘掉?”他进一步劝她，“开始，我和你想的一样，耿书记的话，让我动摇了，我还是要站出来为党做些力所能及的工作。”

“这是你的事，并不妨碍我当医生，你自己做决定。”冷玥说了模棱两可的话。

“我并没有当面接受耿书记的意见，我们把意见统一了，再回他的话。”

“要去工作也可以，不当什么领导，做一个办具体事的工作人员。”

“行。听你的。”

过了几天，殷昌烈主动找了耿尚善，谈了自己对工作的想法。

“什么叫具体工作？革委会主任的工作不是具体工作？”耿尚善很温和地开导他，“昌烈，我知道你对之前所受的委屈心里有气，唯恐形势有变，这我理解。但不能因此就畏首畏尾，裹足不前。即使再一次被打倒，只要心里无愧，真理终究会站出来说话。”

殷昌烈听了耿尚善的劝导，问：“耿书记，不，耿主任，你要我做什么工作，直接说吧。”

“现在文、教、卫是‘重灾区’，我想要你把这条战线管起来。”

“不，不。耿主任，我到农村蹲点去。农业是K县的重点产业，我一定沉下心来，做出成绩来。”

“昌烈，你在我的面前不能讨价还价。文、教、卫工作你是轻车熟路，交给你我放心。”

“你不怕我重蹈搞‘封资修’那一套的覆辙？”

“你不要将我的军，就这么定了。还有一个会议在等我。”耿尚善拎起文件包，“你回去做好冷医生的工作，过几天上班。”

“哎！耿主任，我还有话……”

“不听。”耿尚善随即走了。

殷昌烈回家后，帮赵姐收拾饭桌，做了厅屋的卫生……到了吃饭时间，冷玥回来了，她放下手提包，问：“谈得怎么样了？”

“吃饭，吃了饭再说。”

吃完饭，殷昌烈说：“冷玥，我这么长时间没有出过门，在家憋得慌，今天想到郊外走走，呼吸呼吸新鲜空气。”

“天气这么冷，想喝西北风？”

“没关系，今天天气还算暖和。”

现在已经是初冬时节，太阳西下得早，气温渐渐下降，好在白天阳光充足。他们漫步在柳堤上，还不觉得冷。

冷玥问：“你的工作安排，耿书记怎么说？”

“说出来，你可能会有点接受不了。”

“我有什么接受不了的，关我什么事！”

殷昌烈沉默着不作声，冷玥急了：“说来听听，我帮你参谋参谋。”

“他要我管文、教、卫。”

“你接受了？”冷玥继续问。

“你说我会同意吗？”他很是无奈，“他还是原来的作风——主观、强硬，不发扬民主，申辩的机会都不给我。”

“现在的文、教、卫乱成什么样子！你陷进去了爬都爬不出来。”

“看样子，我只能重蹈覆辙了。”

“上什么班？”冷玥气恼地说，“在家闲着我养活你。”

“冷玥，不要真动气。‘文化大革命’中的经历，确实让我寒心。但我还是共产党员，不能用个人的恩怨得失向组织讨价还价，我心里也很纠结呀。”

“好吧，你自己的事你自己做主。成也好，败也好，只要不牵连我和子女。”

“我在最艰难的时候，你无怨无悔地支持我，维护全家人的尊严，维持家庭生计，承受了巨大的压力，我心存感激和愧疚。我相信，我们之间有大爱的基础，在人生道路上，无论碰到什么困难和挫折，我们都会相依相扶，不弃不离，走到两鬓斑白，直至生命的终结。”他的话让她感动了，她无语地靠在他身旁。他们相互拥着，沉默地走了很远很远……

殷昌烈没有选择余地地走上了新的工作岗位。工作了一段时间，县里任命他担任K县革命委员会副主任。

第三十八章

“文化大革命”期间，多变的政治形势让人无法判断。1971 年的“九一三”事件发生后，全国各地先后开展了“批林批孔”运动，K 县的造反派乘机闹了起来，矛头指向以耿尚善为首的革命委员会。分管文、教、卫的殷昌烈也处在风口浪尖上，批判他的大字报铺天盖地，说他是“复辟”的典型。殷昌烈回到家，冷玥埋怨他：“昌烈，我怎么警告你的？官没有当几天，又成了‘反革命’。”

殷昌烈听了她的批评，微笑着说：“冷玥，不要紧张，我又没有做亏心事，怕什么？”

“你能断定他们不会再次把你送进牢房？”

“我进不进牢房不是靠几篇文章能定案的。”他坐下后，对她说，“冷玥，口渴了，倒杯水来。”冷玥心里虽然有怨气，还是给他倒了一杯水：“在家有人伺候你，进了牢房谁管你！”

“你坐下，我慢慢对你讲。”冷玥坐下。

“‘文化大革命’初期，批评我、斗争我，我心里还真有点惶恐。不知什么原因，这次虽然批判的势头很猛，我心里倒泰然了许多，觉得真理就是真理，只要做的事对得起人民，心中无愧，我还真不怕被二次打倒。”殷昌烈态度很自信。

“这种动荡局势，是你能左右的吗？”

“我当然左右不了。但我相信党，相信人民，绝不会让坏人长期为非作歹。”

赵姐在后屋叫了声："准备吃饭。"

二人应了一声，冷玥问："玫玫呢？"

"到学校搞劳动去了，说是很晚才回来。"赵姐边说边摆好碗筷，"我把饭菜给玫玫留了，她回来了再热一下。"

吃饭的时候，殷昌烈问："冷玥，冷骏来信没有？"

"有一封信。"她随手从衣兜里拿出来，"今天上午收到的。"她把信给了他。殷昌烈打开信看后笑着说："冷骏的文笔还不错，很有文采，原来还不觉得。"

"当然不觉得。你什么时候关心过他的学习？"她批评了他，"吃饭。"

正在这个时候，玫玫回来了。她放下劳动工具，很是疲惫地说："累死我了。"

赵姐给玫玫倒了一杯水："喝，喝了吃饭。"

"谢谢赵阿姨。"她接过水一口气喝了。

冷玥吃完饭放下碗筷，问："玫玫，搞的什么劳动，这么累？"

"学校要修教室，装碎石子的活儿。您看……"玫玫伸出手。冷玥看了她的小手，很是心疼地说："起了这么多血泡！没有上课？"

"上什么课？老师们都在写大字报。"

殷昌烈不解地问："是谁让学校停课，让学生搞这么重的劳动的？"

"您别嚷了。老师和学生都在批判您呢。"玫玫边吃边说。

"批判我什么？"

"说您搞……搞什么'复辟'。"

"玫玫，别瞎说。"冷玥拦住女儿，"他们是在污蔑你爸爸。"

"我顶了他们：'你们的爸爸才'复辟'呢。'我不怕他们。"

"好女儿，有志气。"殷昌烈表扬了她。

"要不是因为您是我爸爸，说不定……"

"说不定你也要批判爸爸？"

"嗨！您真猜对了。"

冷玥和殷昌烈被女儿逗得大笑起来。

这阵“批林批孔”之风，来得凶猛，消停得也快，一年之后，便偃旗息鼓了。殷昌烈经过血与火的洗礼，坚强地站起来了。

时间过得真快，冷骏下乡一晃有三年多了。其间，冷玥去看过他几次，逢年过节，或集体放假，他也回城住上一段时间。在来来往往的过程中，冷玥发现，冷骏和沈娟的关系有些不同寻常。1972 年春节他回家休息，沈娟几乎天天和他黏在一起。冷玥有时出于礼貌留她吃饭，她也从不推辞。一天晚饭后，沈娟走了，冷玥问：“冷骏，你和沈娟形影不离为哪般？你是不是喜欢上沈娟了？”

冷骏红着脸回答：“妈，您想到哪里去了？未必……”他不说了。

“未必什么？说呀！”

“没有什么。”他愣着问，“您是不是不喜欢我们在一起？”

“妈只是问问，没有别的意思。”她寻思片刻，又说，“如果你真喜欢沈娟，就大大方方提出来，我和你爸好有个思想准备。”

“我们只是谈得来，志趣相投。”冷骏反问一句，“妈，您喜不喜欢沈娟？”

“你问得好奇怪。只要你喜欢就够了。妈喜欢不喜欢不起任何作用。”

“我们只是有个约定——有了稳定的生活环境，再确定二人的关系。”

“那好嘛！妈赞成。”

“可是，稳定的生活环境在哪里？茫然哪！”

“冷骏，要有信心。你们的这个要求不高，到时候，妈祝福你们。”冷玥心里很是高兴——她内心喜欢沈娟。

当天夜晚，殷昌烈回来了。休息的时候，冷玥便把冷骏和沈娟的关系告诉了殷昌烈，他听了也高兴：“这是一件好事。”他又有点忧虑，“就怕沈娟的爸爸从中作梗。这个人手艺好，但个性强，倔得很，遇事喜欢顶牛，对领导干部有一种反感情绪。他对冷骏的身世是一种嗤之以鼻的态度。”

“冷骏的身世他是怎么知道的?”

“造反派对我搞了那么大的批判，他怎么会不知道。”

一提伤心事，冷玥就幽怨起来：“是我，是我害了你和孩子们。”

“这与你没有丝毫关系。”他立刻安慰她，“不要一谈起冷骏的身世，你就自责。我们要堂堂正正地面对世俗的错误观点。”他靠近她并抚慰她，“为冷骏他们实现美好的愿望，我们一起努力。睡觉吧。”

“昌烈，现在各个部门都在招下乡知识青年。你能不能设法把冷骏招上来?”冷玥没有睡意，满脑子都是冷骏和沈娟的事。

“招知青回城有严格的规定：县里给指标，生产大队和知青点推荐，公社审查后再报县里批复。”他说了招工程序后，为难地说：“这个事……这个事……”

“你不要为难了，顺其自然吧。”她躺下后，掖了一下被子，“睡觉吧。”

没过几天，冷骏回来了。冷玥问：“你回去才几天，又放假了?”

“放什么假?”冷骏话里带有情绪。

“今天怎么这么不高兴，是不是有什么事?”

“没什么事。”他沉默了好一会儿，说话吞吞吐吐，“沈娟……沈娟招工返城了。”

冷玥明白冷骏不高兴的原因了，于是说：“那是好事！你们约定的目标已经实现了一半，为什么不高兴?”

“沈娟她不肯返城，我是陪她回来的。”

“为什么?”

“您说她为什么？您是故意装糊涂。”

“哦……”冷玥似乎明白了，“因为你没有走她不肯走，是吗?”

冷骏不语，赌着气回房里去了。

吃晚饭的时候，殷昌烈回来了，冷玥叫道：“冷骏，吃饭。”

“冷骏回来了?”他放下文件包问。

“回来了。陪沈娟回来的。”

“沈娟回来还要他陪?”

“吃饭，吃饭，别说了。”冷玥又叫道，“冷骏，出来吃饭。”

冷骏在房里回了一句：“你们吃，我不想吃。”

冷玥没有理他。一家人正在吃饭时，冷骏从房里出来，准备走……

“哥，哪里去啊?”玫玫问了一声，冷骏没有好脸色地回了一句：“关你什么事?”

殷昌烈停下筷子，说：“冷骏的情绪不对呀!”

“这不是你操心的事，吃饭。”冷玥带着不满呛了他一句。

殷昌烈满腹疑惑地吃完饭，拉着冷玥回房间：“是怎么一回事?”

冷玥便把冷骏这次回来的原因说了，问：“冷骏招工返城是个很现实的问题，我们不能回避了，你说怎么办?”

殷昌烈安慰她：“慢慢来，想办法，想办法……”

“这能慢吗?冷骏不返城，沈娟不肯上班。”

“我去找劳动局、知青办问问。”

“你放下架子好不好?去求求人家。”

“好，好，去求……求人家。”

第二天，殷昌烈去了劳动局。劳动局局长自然很热情，了解了他的来意后，便说：“殷主任，这事我们可以去问问。不过，推荐审查权在生产大队和公社两级。只要他们报过来，我们批复绝没有问题。”

“按规矩办，不为难你们。”殷昌烈说了原则性的话。

既然殷昌烈上了门，劳动局和知青办都下去做了工作。冷骏的身世问题是根本原因。一起下去的知青都想早点返城，扣下一个返城指标或许另一个知青就有希望。何况冷骏先天的政治缺陷是癞子头上的虱子——明摆着。

劳动局和知青办的领导分别给殷昌烈讲了基层的工作难度。殷昌烈感谢了大家："谢谢了。事情慢慢来，不要操之过急。"

沈娟回城后，揣着招工介绍信不报到。他父亲问她："为什么还不去报到?"

"没有玩儿够，不想去上班。"

"你这是什么态度？知道不知道为你返城的事爸爸求了多少人？有几个返城知青能抽到商业局坐办公室?"

"不稀罕!"

她父亲沈丙生听了火冒三丈："沈娟，你不去报到，看我怎么治你!"

"您怎么治我?"沈娟顶了一句，"打呀!"

说时迟那时快，沈丙生上去给了女儿狠狠的一巴掌："你作践自己！我看你要作践自己到什么时候?!"

沈娟捧着脸，哭着跑了……

沈娟的母亲听到父女的吵闹声，赶紧出来，看到女儿跑了，忙高声叫："沈娟，沈娟!"

"别理她！不知天高地厚的东西!"

"我说丙生哪，你怎么动不动就打人？孩子大了，有话好好说不行?"

"不行！人家商业局的范局长给了我好大面子——把她安排到商业局里当打字员。局里等着要人。她不去报到，我怎么面对范局长?"

"你不知道沈娟的心思。"

"什么心思?"

"我说出来你不要恼怒——她与殷主任的儿子好上了。他招工不成，沈娟有情绪，赌着气不上班。"

"有这事?！我坚决不同意他们往来。"他满脸怒气地起身，"我去找殷昌烈!"

老伴儿赶紧把他拦下："这是两个孩子的事，与人家大人有什么关系？兴许殷主任家里还蒙在鼓里。你上门兴师问罪有何理由?"

他听了，虽然觉得老伴儿说得有道理，但气还是没有消，吼了老伴儿："沈娟就是被你惯坏了！她与殷主任的儿子——不，继子的事，没门儿！"

"你也别吼我。沈娟是你的女儿，也是我的女儿，谁不愿意她好?!"

沈娟进出殷家已经习以为常。她跑出家，直接去找冷骏，向冷骏哭诉了她爸对她的态度。冷骏安慰她："不哭，不哭，伯父也是为你好。你应该去上班，不要伤老人家的心……"

正在这时，冷玥下班回家了。听到沈娟在大声说话："你不返城我就还回知青点去，当一辈子农民。气死他！"

"沈娟，你不要因为我而影响前途。你如果真这样做了，我会自责一辈子的。"冷骏提高了声音，"我有信心，走自强不息的励志道路，来回答你对我的企盼。我们一定会有光明的前途。"

"冷骏……"沈娟叫了一声不语了，房里寂静得很。冷玥猜想，二人有了很好的默契。

冷玥装作什么都不知道一样，故意弄出动静："赵姐，玫玫回来了没有?"

赵姐在厨房回答："还早呢，估计还有半小时。"

吃饭的时候，冷骏和沈娟从房里出来，冷玥很是亲昵地招呼一声："沈娟来了?"沈娟礼貌地回应了。冷骏说："妈，我们去外面走走。"

"马上要吃饭了，快去快回。"

吃饭的时候，冷玥依旧装作什么都不知道的样子问："听冷骏说，你已经招工返城，分到哪个单位了?"

"百货公司。"

"好哇！什么时候上班?"

"还没有考虑好。"

"沈娟，伯母劝你，还是早点上班为好。你上班了，冷骏就可以沉下心来考虑自己的事。”

“我沉不下心来！”冷骏一提返城的事心里就有气，“我哪点不如人？”

“冷骏，不要气馁。”殷昌烈说话了，“你返城的事，终究会解决的。”

“爸、妈……”冷骏还想说话。

沈娟拦住他：“冷骏，你不要为难伯父伯母了。做父母的谁不希望子女好？”

“沈娟是个明事理的姑娘。”冷玥表扬了她，然后又说，“沈娟，我想你爸你妈为你肯定操了不少心，不要辜负了他们。依伯母说，你上了班，你爸你妈会高兴，冷骏肯定也会高兴。”

沈娟放下碗筷，思量了一会儿：“冷骏，我上班了，你呢？”

“你去上班了，我的思想负担就减轻了一大半。你要相信，我会努力追赶上去的。”

“听伯母的。”沈娟允了。

冷骏对沈娟的态度，对她是个鼓舞，她带着一个少女固有的羞涩，说：“伯父、伯母，我和冷骏的关系想必你们已经意识到了。我大胆向你们表示：我们意气相投，志趣相通，已经有了很好的交往基础，不知伯父伯母是否能够接受？”

殷昌烈碍于身份只默默笑着，冷玥立即表了态：“沈娟，你能这样诚实地告诉我们，我和他爸十分高兴，也是赞成的。你们将来的幸福要靠你们自己去创造，父母只能尽力做些力所能及的事情来帮助你们。”

“冷骏，我这样对伯父伯母表态，你同意吗？当着伯父伯母的面对你也表明我的心迹——不论你将来前程如何，我将一如既往地爱你；如果你决心当农民，我一定和你一起过日出而作、日落而息的田园生活。”她稍微停顿了一下，“不过，我对你有个要求：不能丧志，对生活要有信心。”

冷骏激动地哭了，旁若无人地抱住沈娟，哽咽地说：“谢谢你对我的一片诚心……谢谢你！”

“好了，好了。今天全家高兴，只说高兴的事。”冷玥想缓和气氛，

“你们有了光明的前途，我们就有幸福的未来。”

“沈娟，伯父很赞赏你的坦诚和专一。”殷昌烈说话了，“你和冷骏的关系你父亲知道吗？”

“伯父，我知道您问这话的意思。”她反问，“您在乎我爸的态度吗？您放心，他的态度不重要，我有办法对付他。”

“沈娟，你和冷骏的事，一定要耐心做父母的工作，不能采取强硬的手段。”冷玥不赞成沈娟对她父亲的态度。

“伯母，您不知道……”她不想说下去了，“我会处理好的。”她起身，“我该回去了。”

“好，好。”冷玥吩咐，“冷骏，送送沈娟。”

通过短时间的坦诚沟通，几个当事人的心情都愉悦起来。这时的冷骏，脸上有了自信，拉住沈娟的手：“走。”沈娟说了道别的话，拥着冷骏一起走了。

沈娟回到家里，她见父亲正坐在厅屋生气，她没有理他，到自己的房里去了。一会儿，沈丙生忍不住厉声叫道：“沈娟，你出来！”

“出来怎么样？”她理直气壮地站在沈丙生面前。

“我问你，这半天去哪里了？”

“我去冷骏家了，怎么样？”

“冷骏是你什么人？一个大姑娘，随随便便跑到别人家里，你知羞不知羞？”

“冷骏是我的男朋友，去了又怎样？”

“谁允许你和这小子交朋友？”

“不要谁允许。”

“你死了这条心，爸是决不会同意的。”

“只需要《婚姻法》批准，不一定要您同意。”

“你混账！”他举起手准备打下去，不料打到闻声赶来的老伴儿身上。他老婆恼怒地推了他一把：“你不能这样逼沈娟！”

沈娟哭了："您要想用暴力让我屈服，我就会像白淑珍那样，死给您看！"

"沈娟，沈娟……"她妈被吓着了，"你千万不要走白淑珍的那条路。你……不然妈就死在你前面。"她妈哭了起来，沈丙生束手无策，气得回房里去了。

白淑珍是他们的邻居，因父母干涉她的婚姻而跳楼自杀了。

沈家的事，以沈娟上了班暂时平静下来。

沈娟上班的第二天，冷骏回知青点去了。

一年以后，在关系人的帮助下，冷骏返城，被安排在生产资料公司当了一名仓库保管员。

第三十九章

冷骏所担负的工作，说重也重，主要是体力活；但清闲时间比别的工种要多。他有一个很好的习惯——读书。闲下来的时候，总是阅读名著，有时还结合实际写点心得。回到家里很少出门。一天，冷玥因故很晚才回来，看到冷骏房里的灯还亮着，便随意推门进去，看到桌上放有若干本历史书籍，他正聚精会神地写什么。她凑过去一看，原来在一本历史书上写眉批。她恼怒了："冷骏，你在干什么？能不能把精力放在学习业务上？化肥农药的成分、农业机械的使用等。你把这些被批得体无完肤的书拿来当宝贝，这不是白白浪费时间？"

"妈，"冷骏放下笔，神情很是轻松，"我在家里学习学习，又不到外面去宣传，您放心好了。"

"我不放心！墙有缝，壁有耳，说不定什么时候让人抓了辫子，有你好受的。"

母子俩的吵声，自然让殷昌烈听到了。冷玥回房以后，他问："你和冷骏在吵什么？"

"吵什么？大是大非。"

"冷玥，冷骏爱学习，这是好习惯，不能给他泼冷水。只能诱导他向正确的方向发展。"

"就是方向不正确我才说他呢。这些旧历史书，是他能碰的?!"

"好了，别生气了，明天我找他谈谈。"

"睡觉！没有一个让人省心的。"冷玥把殷昌烈也带了进去。

殷昌烈找了一个恰当的机会，问了冷骏的学习情况。冷骏并没有被冷玥的话吓倒，他很有兴趣地递给殷昌烈一摞纸：“爸，您看看，有没有什么原则问题？”

殷昌烈接过来，看了一眼，全是学习唐宋历史的心得体会。

殷昌烈随便翻了几页，问：“你的这些资料是怎么得到的？现在书店没有此类的书卖。”

“我有一个同学，他的父亲曾是某高中的历史教师，在‘文化大革命’中被批判了。他父亲一气之下，吩咐他把所有藏书烧掉。他糊弄他爸，烧了一些不甚紧要的杂书，偷偷留下了大部分。因为我们很要好，他告诉了我。他曾经邀我到藏书的地方玩过，我成了找他借书的唯一常客。”

“冷骏，你的学习精神应该称道。但在目前的政治环境下，最好别研究历史。我建议，温习温习初、高中教科书是有益的。虽然其中有些文章遭到批判，但内容总体是健康的。如果真有恢复高考的那一天，你积累的基础知识，就可以派上用场了。”

“爸，”冷骏听得有些兴奋，“冷骏做梦都想读书，上大学是我人生的第一个目标。”他低下头很是无奈地说，“就算推荐上大学也轮不上我。我就是有学富五车的才华，也无用武之地。看看以前的一些书，主要可以填补精神上的空虚。”

“冷骏，你的这种思想很危险。”殷昌烈批评了他，“全国的形势正朝着好的方向发展，不能用消极思想来做错误的判断。”

“爸说得对。我是有悲世的消极情绪。一定改。”冷骏表态后，又问，“爸，真有恢复高考的那一天？”

“我又不是制定政策的干部，怎么说得准呢？爸只是有这种预感和愿望。”

“听爸的。”他接受了殷昌烈的批评和指点。

已经到了婚嫁年龄的冷骏和沈娟，由于沈丙生作梗，仍然无法真正走到一起。沈娟几次和冷骏商议，想以硬碰硬的方法对待沈丙生，都被冷骏制止了。

1976年10月，“四人帮”被打倒后，国人欣喜若狂。沈丙生开完声讨“四人帮”的大会回到家里，因为高兴，亲自下厨做了几个菜。吃饭时，他表现出少有的喜悦，主动拿出一瓶红酒，对女儿说：“娟儿，‘四人帮’倒台了，你也喝点红酒庆祝庆祝。”

“不喝!”沈娟并不领他的情。

“人人都欢天喜地，你怎么这样不高兴?”

“人家高兴让人家高兴，我高兴不起来。”

“为什么?”他放下酒杯，“是不是为冷骏那小子的事。”他沉下脸来，“沈娟，什么事都可以依你，就这件事由不得你。”

“沈娟什么事都可以听您的，唯独婚姻大事得由自己做主。”她针尖对麦芒地顶了他，又说，“爸，党对战犯都能宽大，您就不能宽大宽大冷骏?”

“你怎么把战犯和冷骏扯在一起，爸什么时候把冷骏当敌人了？我是觉得……觉得……总之我是为你好。”他没有理由说服沈娟，说话也结巴了。

“我承认您是为我好，但您根深蒂固的旧观点是在摧残女儿的幸福，只是你不觉得。”

“沈娟，”他有点服输了，“今天你不要扫爸的兴，什么也别说，吃饭。”

沈家一家三口人各怀着心思闷着头吃了一顿饭。

沈丙生喝酒时的高兴劲儿被沈娟搅乱了，他没有把握好多喝了一点。休息的时候，他带着稍许醉意对老婆说：“年贞，我……我错了吗？冷骏那小子有污点……不，是他的生父……你知道吗？一个人有了污点……有了污点，不被人看好……看好……”他说着说着，鼾声大作……

第二天，他起床后问老婆：“年贞，我昨天是不是和沈娟吵架了?”

“没有吵，只是酒后吐了真言。”年贞回话后，劝道，“丙生，沈娟的事你就放手吧。沈娟和冷骏感情深厚，做父母的要成全他们。”

“你不知道这事的利害关系，冷骏一辈子就是一个保管员，不会有什么前途。”

“她自己选的，日子由她去过。过不好她能埋怨我们？”

“这事……这事放在以后商量。”

“以后到什么时候，沈娟多大了？”

“多大了？只不过……”他把女儿的年龄一计算，内心也觉得不能拖下去了。

他穿上工作服，撇开话题：“上班去了。”

这天中午，沈娟回家吃饭，她母亲把沈丙生对冷骏的态度告诉了她：“沈娟，你爸开始妥协了。你最好约冷骏在家吃顿饭，看他是什么反应？”

沈娟考虑了一会儿：“妈，爸原来放出话来，冷骏胆敢踏进沈家一步，他就要横，如果冷骏突然来了，我爸闹出什么‘武戏’来不好收场呀。”

“我今天就跟他吱一声，看他是什么反应。”

“只要他不耍横，嘴上说几句没关系，我和冷骏都有思想准备。”

“好。你就等我的消息。”母女俩统一了意见。

第二天，沈娟约了冷骏，告诉他母亲传出的消息，问：“冷骏，我妈想约你到家里吃饭，你是什么意见？”

冷骏听了，喜忧参半，踌躇了一会儿：“我当然乐意去你家，只是……只是你爸……我怕……”

“有什么可怕的？这道坎儿必须要过，总不能长期拖下去。”她怂恿他，“冷骏，你只管去，天塌不下来。我爸他真敢动武，棍子打下来，我替你挨着。”

“去！一定去!!”冷骏下了决心。

二人商量后，买了两瓶好酒和一些点心，下午到了沈家。沈母较热情，留冷骏吃了晚饭。沈丙生由于工作性质原因，很少在家吃饭。冷骏没有见着沈丙生，想走。沈娟留住他：“别走，等一等我爸，丑女婿总是要见岳父岳母的。”她想用笑话让冷骏放轻松。正在这时，沈丙生提着一个网兜回来了，高兴地说：“今天食堂加餐……”他话没有说完，发现了冷骏，愣了一下，“这娃是谁?”

殷昌烈和沈丙生虽然都是县政府的工作人员，但他们之间几乎没有什么联系；而殷家在外有独立的院落，沈丙生对殷家人根本就不认识。沈丙生见到陌生的冷骏，疑惑时也想到了是他。冷骏突然见到沈丙生，心怦怦直跳，但还是非常胆怯地站了起来：“伯父好！我是沈娟的朋友——冷骏。”

“你来我家干啥?”

“是我请来的!”沈娟站起来很生气，“爸，我的朋友到家做客不行吗?”

很讲究脸面的沈丙生被沈娟呛得满脸通红：“你……你……”他把带来的网兜朝桌上一扔，“你想气死你爸!”

“爸，我怎么气你了?”她口气缓和下来，央求他，“爸，冷骏很早就想来拜见你，是我拦了他。今天他是本着挨你棍子的勇气来的。爸，给女儿点面子吧!”

沈娟的母亲也说话了：“丙生，看他们求你的情分上，就不要生气了。”她重新整理了桌椅，“你们陪长辈喝两杯。”

沈娟顺着母亲的话说：“爸，我们等你还饿着肚子哩。”她叫了冷骏，“来，陪我爸喝一杯。”

“这……”

“我知道你不会喝酒，今天要让爸高兴，你就拿出舍命陪君……不，舍命陪我爸的勇气喝几杯。”

冷骏的长相和冷玥极像。沈丙生虽然是第一次见到他，但他帅气的相貌让沈丙生心动了。心里的疙瘩虽然没有解开，但也有些松了，便一声不吭地坐到了桌子旁……

冷骏依了沈娟的意见，喝酒的时候，他端起酒杯，战战兢兢地说：“伯父，我不会喝酒，今天第一次见到您，敬您一杯。”他一口喝下，呛得连连咳嗽。

沈丙生见到冷骏喝酒的样子，瞪了他一眼：“你不会喝酒就不要喝，你看，这……吃饭，吃饭。”

沈娟见沈丙生的态度有了转变，故意说：“我们本来吃了饭，冷骏为了叫您一声爸……”

“沈娟！”沈丙生不让她说下去，有点生气道，“你说什么混账话？”

沈母怕场面尴尬，说道：“丙生，小孩子说话毛毛糙糙的，你不要计较。”又对女儿说：“沈娟，时间不早了，你送冷骏回去。”

沈娟预料的‘武戏’没有上演，心里很高兴，应了她妈的话：“妈，我和冷骏走了。”又回头说，“爸，今天高兴，多喝几杯，等一会儿我回来收拾。”她见沈丙生不回应她，拉着冷骏：“冷骏，我们走。”

冷骏离开饭桌前礼貌地道别：“伯父，您慢用，我们走了。”沈丙生睨了冷骏一眼，把一小杯酒倒进了口里……

从此以后，冷骏在沈娟的怂恿下，隔三岔五到沈家走动，多数时间碰不到沈丙生；偶尔遇到了，沈丙生虽然对他十分冷淡，但不像以前那样对他仇视和鄙视了。有一天，沈丙生回家早了一点，恰巧看到冷骏在桌边吃饭，冷骏起身道：“伯父，您下班了？”沈丙生没有回应，坐到桌子边吩咐老伴儿：“年贞，把酒拿来。”老伴儿连忙起身把酒拿来了，他自斟了一杯：“你……”他指指冷骏，“你不是能喝点吗？”

冷骏很是尴尬：“伯父，我不会……”

“冷骏，”沈娟截下他的话，“陪我爸喝几杯。”

冷骏以豁出去的态度说：“好，陪陪伯父。”

沈娟拿出酒杯给他斟了酒：“少喝点。”

沈丙生的态度，让冷骏受宠若惊。几杯酒下肚，冷骏就神经麻木了……沈丙生有点幸灾乐祸：“只有这点本事。”他对女儿说：“沈娟，把他送回去。”他们走的时候，沈丙生趁着酒兴说：“小伙子，能够喝几杯了再来叫我爸……”

沈娟送冷骏回到殷家，刚好殷昌烈回来了，看到冷骏醉得有点失态的样子，问沈娟：“冷骏是怎么了？和谁喝了酒？”

沈娟不好意思地回应说：“他陪我爸……要他少喝点，今天不知怎么控制不住自己。”

殷昌烈一听就明白了：“没事，没事。锻炼锻炼有好处。”他知道这是个好兆头，心里很高兴。

冷玥有事回来晚了一些，看到冷骏的样子，惊问：“冷骏怎么了？”

“没事，没事。”殷昌烈忙着回答，“陪沈娟的爸多喝了几杯。”

冷玥听他一解释，心里很高兴，说：“没关系的，我去给他烧碗解酒汤来。”

“伯父、伯母，”沈娟心里有些歉疚，“是我没掌握好分寸，让他喝多了。”

“沈娟，冷骏能陪你爸喝上几杯，我们高兴，你就不要自责了。”冷玥安慰了沈娟，又问，“沈娟，你爸同意了？”

沈娟很是羞涩地回应：“伯母，我爸……我爸本来就没啥意见，只是他旧思想作祟……总想‘抬头嫁女儿’。”

冷玥听了很喜悦：“沈娟，这不怪你爸。好多事，我们……尤其是伯母有责任。”她寻思了一会儿，“沈娟，约个时间，我想到你家去拜访你爸你妈。老祖宗传下来的规矩，男方父母应该上门去求亲。”

“伯母，这事不着急。我和爸爸妈妈商量好了再向您汇报。”

“可以。我们听你的安排。”

两家的婚事，只要沈丙生不从中作梗，应该是水到渠成的事。一天，沈丙生在家休假，恰好是个星期日，沈娟有空，她对她妈说：“妈，您歇着，今天我去市郊买菜。”她妈随口答道：“今天怎么啦？太阳从西边出来了。”她疑惑地瞪了沈娟一眼，“难得你有孝心，去。”

沈娟把菜买回来，开始自己动手杀鱼。沈丙生从房里出来，看她笨手笨脚的，接过刀具：“走，走。像你这样杀鱼，不把鱼胆刺破才怪哩。”他突然停下手中的活儿好奇地问，“谁买的？买鳜鱼做啥，多贵呀。”他老伴儿在厨房做清洁，接过话：“你那有孝心的女儿买的，我才舍不得哩。”

“爸，好久没吃您做的糖醋鳜鱼了，今天您给女儿烧一条。”

“什么孝心！原来是你想吃。”

沈家的饭菜没有像今天这样丰盛过：糖醋鳜鱼、红烧肉、炒三鲜……沈丙生自然要喝几杯。沈娟看她爸今天高兴的样子，小声说：“爸，女儿有件事要您做主。”

“你的什么事要我做主？”他喝了一口酒，望着女儿。

“是这样……是……”她嗫嚅了半天没有说出口。

“哦！”沈丙生似乎明白了，“为冷骏那小子的事？”沈丙生既然已挑明，沈娟索性大胆地说道：“冷骏的父母想上门看望你们，又怕遭您撵。您说……您会撵别人吗？”

“沈娟，你爸有这么坏吗？”他趁着酒兴说了他内心的话，“我不是反对你和冷骏的婚姻，只是……反正……来就来吧。”

沈娟高兴了，自斟了一小杯酒：“爸真是好爸，女儿敬您一杯。”

沈丙生望着有点失态的女儿：“沈娟，爸上了你的当。今天破费买这么多鱼和肉，你压根儿就没有安好心。”

沈母一颗悬着的心也落下了，说：“丙生，你把沈娟的好心当成驴肝肺了。”她怂恿女儿，“沈娟，再陪你爸喝一杯。”沈娟说：“妈，女儿喝醉了您不要啰唆。”她真的喝了第二杯。

1977 年的春节快要到了，沈娟到殷家传递沈丙生对他们婚姻的态度。殷昌烈夫妇决定在春节前去一趟沈家。殷昌烈问：“我去还是不去？”

冷玥考虑了一下，说：“你不去为好，以免她爸当着你的面尴尬。”

“不去也不好，总不能老不见面。如果我此次不去，反而让沈娟的爸生疑，认为我看不起他。”

冷玥觉得殷昌烈的话不无道理，就同意了。沈娟约的时间，也是一个星期天。殷家三口人起了一个大早，到商店买了几件像样的礼品，托人从省城给沈娟买的一枚金戒指也一并带上了。他们出门的时候，天上稀稀疏疏地下起了K县第一场冬雪。殷昌烈说：“好兆头，瑞雪兆丰年!”

冷玥喜悦地说：“国事、家事都是喜庆事，事事如意。”

在冷骏的引领下，他们很快来到沈家。沈娟在屋前翘首以待，脖子上的一条红丝巾在雪中飘舞……见殷家人到了，连忙小跑上前，接下冷骏手中的礼品，很是欣喜地说：“下这么大的雪，辛苦伯父伯母了。”他们随沈娟一同进屋，只见沈母在厅里忙前忙后。冷玥首先打了招呼：“老姐姐好!”

“坐，坐，屋里零乱得很，不成样子，委屈一下随便坐。”她又吩咐女儿，“沈娟，给客人倒茶。”

冷玥没有看见沈丙生，又问：“老哥哥呢?”

“他呀！难得休息一天，还在睡觉。”

殷昌烈不便多说，微笑着说了客气话：“给老姐姐添麻烦了。”

“不麻烦，不麻烦。”她回应后朝房里叫道，“丙生，殷主任他们来了，快起来。”

“老姐姐，不要这样称呼我，我们是一家人。”

这时沈丙生从房里出来，表情有些窘，殷昌烈立刻站起来：“老哥哥好。”

沈丙生不知说什么好，挥挥手：“坐，坐。”算是和客人打了招呼，随即到卫生间去了。

今天，沈家是有所准备的。沈丙生从卫生间出来后，对老伴儿说：“你陪他们说说话，我去做饭。”他是有意回避。

殷昌烈说：“老哥哥，不必麻烦，您也来坐，我们说说话就走。”

“那怎么行?”吕年贞说话了，“头一次进门，总得吃顿饭再走。”

沈娟附和着说："伯父、伯母，吃了饭再走。"

冷玥用眼神征求殷昌烈的意见，他说："既然老哥哥老姐姐这么热情，我们就恭敬不如从命了。"

大家坐下后，冷玥开口了："老哥哥、老姐姐，沈娟和冷骏的关系你们是知道的。我们应该早点上门拜访，确定他们的婚事。男家主动上门求亲，这是习俗。来迟了还请你们原谅。"

"这事……"吕年贞回应时有些尴尬，"现在是新社会，那些老规矩……就算了吧。"

殷昌烈是不抽烟的，今天从家临走时带了一包。他掏出来递了一支给沈丙生，沈丙生把烟接了，殷昌烈马上划了一根火柴给他点烟，他非常拘谨地说："这……"还是把烟点着了。殷昌烈自己也点了一支。

沈丙生闷坐了一会儿，对老伴儿说："年贞，你照顾好客人，我去厨房……"

"还是我去。"吕年贞接下他的话，"我去做饭，你陪陪他们。"

"你会做什么？还是我去。"他不等老伴儿表态，转身进了厨房。

吕年贞只好留下，不知说什么好。这时，冷玥又开口了："老姐姐，征求一下您和老哥哥的意见，孩子们都不小了，咱们定个时间，成全他们吧，也算了却我们做老人的一桩心事。"

"是的，孩子们的年龄都不小了。"她思量了一下，"总得准备准备。"

"要准备什么？"沈娟红着脸说，"政府提倡新事新办，节省一点为好。"

"沈娟，这里有你说话的份吗？"她拦住女儿的话，"这是两家大人的事。"吕年贞觉得在未来公婆面前，沈娟说话不谨慎。

"没关系的，他们是主角，听听他们的意见有好处，发扬民主嘛。"殷昌烈说了圆场的话。

"老姐姐，今天能不能定个大致时间？"冷玥总想沈家有个明确的态度。

“这事，我一个人当不了家，我和她爸商量商量。”吕年贞知道女方的态度要矜持，不能轻易许诺。

“可以，可以。”殷昌烈懂得欲速则不达的道理，说了有分寸的话，“我们等老哥哥老姐姐的回话。”

“冷骏，没有我们的事，我们到外面走走。”看得出，沈娟是对她妈的话不满。二人走的时候，吕年贞交代了一句：“不要走远，马上要吃饭了。”

他们把儿女的婚事放在一边，谈了自家的一些琐事。谈自家琐事的时候，大家都很尽兴，全然没有刚才的拘谨气氛。没过多久，沈丙生在厨房叫道：“沈娟，把桌椅拉出来，准备吃饭。”吕年贞应道：“好的。”她起身对客人说：“你们先坐一会儿。”冷玥应道：“我们一起动手。”三人麻利地摆好了桌椅，吕年贞到厨房拿出了碗筷……

吃饭的时候，沈娟二人还没有回来，吕年贞埋怨起来：“娟儿这个鬼丫头，玩儿得忘了形。”

“我去找找。”殷昌烈想抽身去外面透透气。

不一会儿，殷昌烈三人回来了。沈娟望着冷骏一个劲儿地笑：“小孩子们玩雪人，你倒成了泥人。”冷玥听了沈娟的话，再看冷骏，浑身既有雪又有泥，问：“冷骏，你怎么成了泥人？”冷骏笑着说：“沈娟追我，我一步踏进了莲藕坑。”殷昌烈高高兴兴地说了一句笑话：“冷骏想到藕坑里去采同心莲，然而季节未到。”

“说得文绉绉的，谁懂？”冷玥笑着说了殷昌烈。

“‘既觅同心侣，复采同心莲’是唐人徐彦伯的一句话，常喻男女爱情。”殷昌烈对同心莲做了解释。

“明白了，明白了。”冷玥笑着说，“冷骏又拾得一个好兆头。”

吃饭的时候，沈丙生磨蹭着没有出来。殷昌烈为拉近彼此间的距离，主动到厨房请他：“老哥哥，还忙什么呢？”

沈丙生很难为情地说：“没忙什么。”他解下围裙，跟着殷昌烈去了厅屋。饭桌上，两个女人的话多一点，但并未谈论儿女的婚事。殷昌烈主动敬了酒："老哥哥，我敬你一杯。冷骏这孩子不懂事的地方你要多原谅。"

"没事，孩子们都好。"沈丙生的回话很简单。

饭后，殷家三口人起身告辞，走的时候，沈娟说："冷骏，留下来帮忙收拾。"

冷骏望了望父母，说："你们先回家，我过一会儿回去。"

冷玥笑着说："冷骏，别偷懒，好好表现。"

沈家人只把他们送到了门口，吕年贞随口说了道别的话："亲家们经常来走动走动。"她此话一出，两个孩子的喜悦挂在脸上，沈丙生用埋怨的眼神瞪了老伴儿，冷玥他们心生意外。冷玥连忙回答："谢谢亲家的盛情，一定常来拜访。"

冷骏和沈娟的婚事，走了近十年的曲曲折折之路，终于尘埃落定：两家商定，婚期定在 1977 年的"三八节"。

由于当时政治环境所限，婚礼办得很低调：仪式简朴而热闹，摆了五桌筵席招待双方亲友。年过八十的桂巧，身体还算硬朗，冷玥夫妇雇了一辆专车，把她从古槐镇接来了。老人见了漂亮的孙媳妇，布满皱纹的脸上，笑出了一朵花儿。她颤抖着手从衣袋里掏出用红纸包着的一小摞银圆，问沈娟："你叫沈……"

"奶奶，我叫沈娟。"

"沈娟，奶奶没有什么贵重的东西送你。这是你爷爷生前攒下的一点积蓄，送给你。"

"奶奶，您留着做个纪念吧。"

"不，奶奶老了，留着没啥意思，送给你倒还有个念想。"

"谢谢奶奶。"冷骏从她手中接过来，"我代沈娟收下了。"

桂巧瞪了冷骏一眼："要做大人了，还是这样毛手毛脚的。"她有点怀念老伴儿了，"嗯，你爷爷……你爷爷在天上看到你们今天热热闹闹办喜事，不知有多高兴。"

"奶奶，我们已经给爷爷烧了香，告诉他了。"冷骏回了话。

“好，难得你们有孝心。”

按照双方家长的一致意见，冷骏他们的新房安置在县商业局，小两口过起了半独立的生活。

1977 年下半年，传来了一个让人振奋的消息——恢复高考，并且是当年冬季招生。

沈娟把这个消息告诉了冷骏，然后问：“冷骏，你不是一直想读书吗？机会来了，你有什么打算？”

冷骏对沈娟说了模棱两可的话：“这是我以前的愿望，现在的条件变了，我想读书也难呀。”

“什么条件变了？结婚了怕什么？我支持你！”沈娟毫不犹豫地表明了自己的态度。

“谢谢你。只是年纪大了，还要政审……”

“我知道你有顾虑。这次招生，对‘老三届’的条件宽得很——不限年龄，不论婚否，政审主要看个人的政治表现。我希望你辞掉工作，一心准备高考，你是有希望的。”她鼓励他。

“你呢？”

“我和你只能有一个去读书。你的学习基础比我好，你去合适。我在家里当你的后盾。”

“这事……这事还得和双方父母商量商量。”他心里顾及眼前的利益，“辞职也不能随随便便，弄不好，书没有读成，还丢掉了工作。”

“我爸我妈没事，他们不会反对。”她寻思了一会儿，“要不，今天我和你回家去吃晚饭，征求爸妈的意见？”

“可以。”二人回家后，把冷骏想高考的事向冷玥、殷昌烈做了汇报。殷昌烈很是赞成，冷玥也表示同意。

冷骏向单位提出了辞职申请，上级主管部门批准，并对他做了停薪留职的处理。

按照沈娟的意见，他搬回老家去住，选了一间适合学习的房专心备考。

经过两个多月的准备，冷骏不负众望，考取了省财经学院商贸专业。毕业后，一纸大学文凭，改变了他的人生……

第四十章

根据党的十一届三中全会的精神，全国工作重心转到以经济建设为中心的轨道上来，城乡面貌发生了巨大的变化，国人精神振奋，加快了改革开放的步伐。

1980 年，按照国家规定，冷玥办理了退休手续。凭她在患者中的好口碑，县中医院为了留住这个难得的人才，诚意挽留她，她婉言谢绝了。医院领导只好请出秦宜岚给她做工作。秦宜岚说："冷玥，我和你干爹都是快八十岁的人了，医院还不让我们休息，每周有三个半天在门诊坐诊，你就陪我们几年吧。"

"干妈，我对医院是有感情的。但我对古槐镇有个未了的心愿。您让我学医的初衷，是让我学有所成之后回家乡报效父老乡亲……"

"是的。我曾经说过。"秦宜岚接下话茬说，"现在那里的交通比较方便，医疗条件正在改善……"

"不!"冷玥也截下她的话，"干妈，你不知道，那里的医疗条件还很差，特别是医生的素质不高。我想回古槐镇后，办个培训班，在实践中帮助乡村医生提高专业水平。"

"冷玥，你留下来干几年，再回古槐镇了却你的心愿。"她见冷玥不语，又说，"我不是当医院的说客，干妈内心里也希望你陪干妈几年。"

冷玥被秦宜岚的话诓住了，感恩之心油然而生，犹豫片刻，应道："干妈，听您的，冷玥陪您几年。"她又叮嘱一句，"干妈，玥儿终究要回古槐镇去的。"

“好，好，到时候，干妈陪你一起去。”

冷玥笑了：“干妈，我没有让您陪我去的奢望。只要您从精神和业务上支持我就行了。”

秦宜岚起身抱住冷玥：“干妈是舍不得你离开。”

“冷玥也一样舍不得干妈。”

二人抱了许久许久……

冷玥回家后，殷昌烈今天也难得回家吃饭，冷玥说：“我们吃完饭到外面走走，我有事和你商量。”

“我也有事和你商量。”

饭后，二人携手出了门。他们来到胜利广场，间或有人和殷昌烈打招呼。广场内多是父母带着儿女在遛弯。篮球场内正在举行一场比赛，人声鼎沸。冷玥说：“走，找一个清静的地方坐坐。”他们走到不远处的荷香阁，那里三面临水，很是幽静。坐下后，冷玥说：“有什么事你先说。”

“还是你先说。”

冷玥便把医院挽留她以及秦宜岚的劝说告诉了殷昌烈，然后说：“我和你商量好了退休后回古槐镇去的。干妈的面子我磨不开，答应留下来陪她一些时日，只要时机成熟，我还是想完成我的夙愿。”

“既然你已经答应了干妈，也好。等我离休后，我们再一起创业。”

“不。你离休后愿意干什么就干什么，不要受我的拖累。”

“这不叫拖累。这是……什么来着……这是‘娶鸡随鸡，娶狗随狗’嘛。”

他把一句俗语反着说，逗得冷玥大笑起来，捶打着他：“你好坏。你是鸡狗不假，怎么把我变成鸡狗了？”她笑后说，“轮到说你的事了。”

“今天上午，我接到家里的一封信，信上谈了家里的一些事情，都是泛泛的话，而对一件很重要的事说得不清不楚。”

“什么事？”

“妈妈病了。”

“病得怎么样?”

“信上说得很含糊。我估计，爸隐瞒了病情，怕我们担心。”他叹了一声，“咳，八十多岁的人了，生病是自然规律。”

“昌烈，不能这么说。生老病死是自然规律，然而做儿女的不能不当一回事。老人病了，我们要给予最大的热情和关怀。”

“想起来我很愧疚。这么多年在外忙工作，没有尽一个儿子应尽的责任。”他抬头望了她一眼，“如果你有时间，我们回南山去看看。”

“好啊!”冷玥立即表态，“我现在拿了退休证，不需要请假。”

“就这么定了。我有几年没有休探亲假了，向县委书记请个长假。”

“一个政协主席有多少事?就是一个闲差嘛。”

“只要有一个头衔，就有一份责任。”

“你还是像当常务副县长时那般认真。”

“保持晚节嘛。”

“对了……”冷玥忽然记起，“要不要玫玫他们也去?”

“不要惊动他们。”

一切准备就绪后，冷玥他们搭乘长途汽车来到了南山。到家时，已是晚上六点了。他们进屋时，只见殷道全在厅里忙乎什么，便叫了一声：“爸!”殷道全抬头见是儿子、儿媳妇回来了，一脸惊喜，忙叫：“玉华，你看谁回来了!”

殷母颤巍巍地从房里走出来，眯着双眼望了又望，这时，殷昌烈走上前：“妈，昌烈和冷玥回来看您了。”

“昌烈和冷玥回来了!好，好!”殷母激动不已。冷玥上前扶着体弱的婆母到椅子上坐下，说：“妈，您病了多长时间?我们一点都不知情。”

“人老了，生病是常有的。告诉了你们多麻烦，不能影响你们的工作。”

殷昌烈看到母亲衰弱的病体，哭了：“妈，儿子不孝，没有在您身边伺候您。”

“昌烈，别这么说。家里不缺钱花，又有你姐经常来照顾，我和你爸过得很好。”

殷道全说了安慰的话：“你们也尽了孝心。寄来的营养品吃不完，浪费了很多。”他想了一下，“我去找你姐……”

“这么晚，别去找了。”老伴儿拦下丈夫，“明天要他们来，一家人在一起吃顿饭。”她又问，“昌烈，你们还没有吃饭吧？”

“不着急，晚点吃没关系。”冷玥回了话。

“道全，你和他们到馆子里去吃。”

“你们也没吃饭？”殷昌烈很奇怪。

“没有。我们每天吃得很晚。”殷道全回应后问老伴儿，“你呢？一起去吧。”

“我腿脚不方便，不去了。你们随便带点吃的回来就行。”

第二天，殷昌烈的姐姐和姐夫来了，还带来了一个孙子。姐弟俩好久没有见面，都很激动和高兴。大家谈了一些家庭琐事。殷昌烈说：“姐姐、姐夫，多亏你们照顾两位老人，不然，他们好多具体事都无法解决。昌烈很惭愧，也很感激你们。”

“昌烈，你说什么呢?!”他姐姐故意生气，“爸妈是你的，难道不是我的？姐照顾不应该？我看你存在男女有别的封建思想。”

“姐，不是……”他一时找不到说辞。

“姐，昌烈不是这个意思。”冷玥说了圆场的话，“我和昌烈觉得，当儿子儿媳妇的照顾老人太少了，心里有愧意。”

“你看，冷玥比你会说话。”她表扬了冷玥又将了殷昌烈一军，“你不快离休了吗？退下以后来南山一心一意照顾爸妈。”

“昌英，别为难你弟弟了。”殷道全知道他们是带着亲情在拌嘴，并无恶意，说了圆场的话。“昌烈他们一家人在 K 县生活习惯了，一切随意。说不定他们退休后，还有新的作为哩。”

殷昌烈听了殷道全的话，一时高兴，说道：“爸，真是‘知子莫若父’，猜到我们心里了。”

“猜到你们心里了？”殷道全很诧异，“你们退休后还真想再折腾？”

殷昌烈便把冷玥想回古槐镇悬壶济世的打算说了，问：“爸，您对古槐镇很了解，冷玥的这个心愿好不好？”

殷道全毫不犹豫地说：“这当然是件功德无量的好事。”他反问，“你们一个退休了一个快退休了，有这种再创业的精力？再说，要一大笔钱呀。”

“爸，”冷玥解释道，“古槐镇是个山区，山民们现在的生活条件有了很大的改善，但缺医少药的现实还是困扰着他们。好多能够医治的病，由轻拖到重，很多可以挽救的生命没法挽救。我想尽我的微薄之力，为老百姓做些事情。”

“你的专业是中医，是‘半条腿’，救急的病还是要靠西医西药。”

“爸，您不知道，我的专长是中医。中西医结合已经提倡多年，我参加了三次省举办的中西医结合医治疑难杂症的学术会议，加之在治病的过程中有了多年中西医结合的实践经验。在条件成熟的时候，还可聘请有经验的西医医生。”

“一个医院办起来要投入多少资金，你想过没有？”

“我想过。开始，只想开个小诊所，把局面打开，用不了多少钱。”

“冷玥的‘野心’大得很，她想经过二十年的努力，在古槐镇办个中等规模的中医院。”殷昌烈说了冷玥的规划。

“昌烈，你说话好不中听！什么叫‘野心’。”冷玥笑着批评了他，“这叫宏伟蓝图。”

“好！”殷道全表了态，“人活在世界上要有精气神，爸支持你们。”

“爸，您怎么支持我们？别的您是无能为力了，拿点真金白银总还是可以的。”殷昌烈高兴地说。

“我……我哪有什么真金白银？”

“人民币也行。”他调侃他爸。

“你这个浑小子，快六十岁的人了，还这么不正经。”

“昌烈，”他姐说话了，“有两年多没有见到冷骏他们了，现在干得怎样？”

“还行。冷骏在省供销社，现在是个副处级干部。沈娟在市商业系统一家公司搞财务。”

“小孩谁在照顾？”

“沈娟父母的身体还可以，她爸退休后一直跟着他们。”冷玥回了话。

“你们这次来，怎么没有把玫玫带来？”殷母问。

“她的小孩还不满一岁，带来麻烦。”

“嗬，真快！一眨眼的工夫……小孩谁在带？”

“男方的妈妈在带。”冷玥回应后又说，“对冷骏他们我们已经完全放手了，日常生活有赵姐帮忙，日子还是很轻松的。”

“冷玥，”殷道全问了，“你妈九十多岁了，身体怎么样？”

“身体虽然衰弱，但还能够挪步，起居生活必须要人照顾。我在老家请了一个远房婶子，也是单身，在照顾她。”冷玥有点无奈，“咳，这么大年纪了还很倔，几次接她和我们一起生活，她就是不肯，总是说要和我爸在一起。”

“冷玥，我在想，既然你要回古槐镇，那么，如果我和你妈身体没有大碍，也想回古槐镇去安度晚年。”

“真的？”殷昌烈高兴得像个孩子，“爸妈去了，我保证早请示，晚汇报，弥补以前的过失，好好孝敬你们。”

“那里的一山一水我都熟悉，还有许多健在的亲朋故交，去了肯定不会寂寞。让我特别怀念的是那里的环境，那真是一个天然的养老圣地。”

“说起你们的身体，我有一个想法，趁我们这次假期还长，陪二老到中心医院做一次全面检查。根据检查结果，精心给你们治疗一段时间。”冷玥建议。

“冷玥这个建议好哇！”殷昌英表示同意。

“人老了总会生病的，检查什么?”殷母不同意。

“妈，在K县，能找冷玥看上病那是幸运。她回家了，这是多好的机会。”殷昌烈劝了他妈。

“去！明天就去。”殷道全怂恿老伴儿，“不要浪费冷玥他们的一片心意。”

殷母无言，似乎是默许了。

第二天，冷玥他们偕父母到中心医院做了全面体检。过了一天，结果出来了——殷道全除高血压外一切正常；殷母主要是体弱，阴虚火旺，有轻度水肿。殷昌烈建议她住一段时间院，她硬是不肯。冷玥说：“妈，只住很短一段时间，水肿消了就出院，我再用中药给您调理。”听了冷玥的劝说，殷母同意了。可刚进院没几天，她就吵着要出院。冷玥到医院和主治医生交换了意见，医院同意她办了出院手续。回家后，冷玥用了滋肾阴补肾阳的药方对她进行调理。一个星期过去了，她的精神有了很大改善，能够到户外行走了。殷昌烈的假期快到了，冷玥留了一副温阳固本的药方，对殷道全说：“爸，把剩下的几副药吃了，再熬一剂药膏给妈吃，她的身体会慢慢恢复的。如果身体有什么不良反应，可以打电话到家里，家里最近安装了一部电话，我把电话号码留给您。”她写下电话号码交给了殷道全。

他们动身返K县的前一天，冷玥提议：“昌烈，我们去寺庙那里看看石瑞大哥，他是我的救命恩人。”他应了：“可以，带点礼品去。”

“那是自然。”她想了一下，“不过，石瑞大哥很仗义，还有点犟，不愿意接受别人的馈赠。”

“如果是这样，我们就空手去看看。”

二人来到清山寺，去了石瑞经营的回春便民店，店内只有他的内人在忙乎，冷玥进去问：“嫂子，你还认不认识我?”

女人瞪着眼看了一会儿，惊喜地叫道：“你不是冷玥医生吗?越发清秀了，一时没有认出来。”

“嫂子，不是清秀，是老了。”冷玥回了女人的话，但没有看见石瑞，问：“石瑞大哥呢？”

“他呀……”女人的脸顿时忧伤起来，“他呀，出远门去了。”

“出远门了？是不是做生意去了？”

“他的事，一时半会儿说不完。”她又接待了一个顾客，边忙边说，“等我闲下来再告诉你。”

冷玥很是疑惑，提了建议：“嫂子，有事您先忙，我们到庙里逛逛，等一会儿再来。”

“好，好，过一会儿再来。”

他们走到庙前广场，石瑞以前施茶水的棚子依然热闹。冷玥走进茶棚，一个青年男子在吆喝：“凉茶免费，自斟自饮！”冷玥问：“兄弟，以前的那位石瑞大哥呢？”

“石瑞大哥？”他用诧异的表情看着冷玥，“你认识石瑞？”

“认识。他是我的救命恩人。”

“好人哪！”男子感叹了一声，“他长期在庙里做义工，又受僧人潜移默化的影响，加之悟性很高。去年，刚满六十岁的他，修炼去了……”

“唉！怎么会是这样？”冷玥的疑惑有了答案，心里很伤感，“兄弟，你是石大哥的什么人？”

“我是他的内弟。高中毕业后，在家待了三年。他走了以后，我就到店里帮姐姐料理生意，闲下来照应一下凉茶棚。”

“你把石大哥办茶棚的善举发扬下来了？”殷昌烈问。

“是的。这是他的心愿。”

“谢谢你！”冷玥和他打了招呼，对殷昌烈说：“我们去安慰安慰嫂子。”

他们又回到石瑞的商店，这时生意清淡下来。女人用热情的语气说：“你们别有什么心思。石瑞走了，还有嫂子在。今天就在店里吃饭。”

“嫂子，不麻烦了。”冷玥有一种无以名状的哀叹，“石瑞大哥的事……”这时，她的弟弟回来了，见是冷玥她们，对姐姐说：“这两位是来看望姐夫的。我已经把姐夫的事情对他们讲了。你不介意吧？”

“讲了就讲了嘛。没事。”

“嫂子，你们的孩子都大了吧？”

“搞计划生育嘛，只有一个儿子，孙子都有了。”女人很开朗，“孩子们都争气，不用我操心。我只想一心一意把店经营好……”她稍微停顿了一下，“有时候，在经济上补贴补贴娃们，孙子我不能什么都不管呀。”她走出柜台，“今天给我面子，我代石瑞请你们。”

冷玥二人很是犹豫：“嫂子，我们改天再来拜访。”冷玥掏出一些钱，“我们来得匆忙，没有买什么礼物，这点钱给您孙子买点东西。”

女人生气了：“冷医生，你这样做就生分了。你知道，石瑞不愿意无缘无故接受别人的礼物，他的这个规矩我不能破。”

冷玥有点尴尬：“这……这样，请您和兄弟吃顿饭。”

“我请你们。”女人硬是攥着冷玥的手，“你们要是拒绝，就不是朋友了。”她对她弟弟交代了一句：“你把店照料一会儿。”

冷玥他们觉得盛情难却，只好顺从了女人的邀请……吃完饭，冷玥他们走的时候，再三感谢她的款待：“嫂子，石瑞大哥走了，你要多保重，家人还需要你照顾。”

“是的，是的。”

冷玥忽然记起，写了一张纸条递给女人：“嫂子，这是我们的电话号码，有事多联系。”

女人接过纸条：“有事找你们。有石瑞没石瑞都一样，常来常往。”

二人辞别了女人……

殷昌烈他们把家里的事办完以后，辞别父母和姐姐一家人，回 K 县去了。

他们回 K 县后，给石瑞的孙子寄去了很多礼品……

第四十一章

1985年秋，桂巧九十九岁了，冷玥他们提前给她办了百岁生日宴。老人看到儿孙满堂，异常兴奋，虽然行动不便，但头脑清醒，不时和亲友们点头。生日宴不久，桂巧突然意识模糊，尿屎失禁。冷玥得到了友人的电话，连夜赶回古槐镇。他们到家以后，老人清醒了些，望了众人一眼，几滴泪水流下，便溘然辞世了。百岁老人辞世，人称“白喜事”。冷玥虽然认同这个说法，但毕竟有深深的母女情分，心里很是悲哀。出殡的时候，忍不住大哭了一场。

办完了桂巧的丧事，冷玥在老屋里东看看、西瞧瞧，好像走进了一个陌生的环境。殷昌烈觉得有些蹊跷，问：“冷玥，你在想什么？”

“我在想……”她好长时间没有说出什么，殷昌烈有些怕了，拍了她一下：“失魂落魄的，怎么了？”

冷玥回过神来：“谁失魂落魄？”

“我看你心神不宁的样子，怕……”

“怕什么？怕我神经了？”她认真地对他说：“昌烈，我在想，怎么样利用老屋开个诊所。”

“太简陋了吧。”他听出她的话音了，“怎么？现在就规划起诊所来了？”

“是的。回县后，先做好干妈的工作，再向单位辞职。我这次下定决心了。”她又问，“昌烈，你什么时候办离休手续？”

“还有两个月。”他回应后问，“你这么急干什么？”

“你不急我急，我马上六十岁了，时间不等人。”她看着他，“昌烈，你离休后不一定要跟着我受累，你有你的自由。”

“冷玥，你说什么呢？我不是表过态，娶鸡……”

“你正经点好不好？我不当鸡狗。”

“冷玥，你想甩掉我？没门儿，我黏你一辈子。”

冷玥笑了：“我当然求之不得。不过，你要有失败的心理准备，有吃苦受罪的精神。创业不是一件容易的事。我是为了学医报效家乡父老的承诺，你就不一样了。”

“为什么不一样？你忘了，我也是古槐镇人。”

“你如果这样想，我心里很高兴。不过，你当官的时间长了，能放下架子吗？”

“我有什么架子？只要不做违法和阿谀奉承的事，接待患者、打扫卫生，我什么事都能做。”

“那就委屈你了。”

料理完家事后，冷玥和殷昌烈回到了县城。冷玥回到医院，和秦宜岚交换了意见。秦宜岚很支持：“我留了你几年，再不能强求你了。但你一定要得到医院领导的支持。”

“不管遇到多大的阻力，我回古槐镇的决心不会变。”冷玥有点时不我待的心情，“留给我完成夙愿的时间不多了。”

“可以理解。尽量办得稳妥一点。”

冷玥回家后，把与秦宜岚的谈话告诉了殷昌烈。他说：“你先找医院的领导交谈一下，看他们是什么态度。”

第二天，冷玥去医院向院长递了辞职申请。院长说：“冷医生，患者信任你，医院更舍不得你走，希望你慎重考虑考虑。”

“谢谢领导对我的厚爱。但我有一个承诺至今没有兑现，愧对古槐镇的乡亲父老。回老家后再苦再难，我也无怨无悔。”她便把学医的初衷告诉了院长。

院长对她的善举很赞赏，说：“冷医生，我有一个建议，不知你能不能接受？”

“您说。”

“医院可以到古槐镇设一个门诊，由你负责，抽一定的资金和人员支持你。”

冷玥犹豫了一下，问：“这样做合适吗？”

“这是我个人的想法，还要集体讨论，报卫生局批准。”他寻思了一会儿，“最好，殷主席出面给卫生局打个招呼。”

“老殷这个人从来不过问我的事，他未必肯出面。”

“冷医生，这不是什么原则问题，卫生局不会为难他。”

“好。我去说说。”

“不过……”院长话到嘴边，有些难为情，“不过，你要答应医院一个要求。”

“什么要求？我能办到的一定答应。”

“你的诊室我们保留，希望你每个月到医院坐诊三天，这是为患者着想。”

“我好好考虑考虑，明天答复您。”

冷玥把与院长交谈的经过告诉了殷昌烈，说：“你认为院长的建议可不可以接受？”

“院长的建议可以接受，这是两全其美的事。但要有个文字依据，明确你的责、权、利，合同要经司法部门公证，做到有法可依。”

“还要这么麻烦？”

“开始麻烦一点好，以后办事就不会有麻烦了。”

冷玥考虑了一会儿：“合同上一定要写上一条——不以盈利为目的，扶贫济困是办诊所的宗旨。”

冷玥说到去卫生局打招呼一事，他说：“要医院先去办手续，要是卫生局不提出异议，我何必出面呢。”

冷玥把他们商量的意见回复了院长，院长说：“有一些程序要走，你不要急于离开医院。”

“短时间可以，时间长了不行。希望院长理解。”

“好，我抓紧时间办。”

医院走完流程后，拟定了一个法律文书。文书中开宗明义写了到古槐镇办诊所的宗旨：救死扶伤，扶贫济困，逐步改变山区缺医少药的面貌，努力提高群众的健康水平。冷玥和殷昌烈对合同再三斟酌后，提出了少许修改意见，最终完成了法律手续。县中医院随后派来西医医生、药剂师、护士等业务技术人员。1987 年元旦，K 县中医院古槐镇诊所在冷家老屋内挂牌。不久，殷昌烈办理了离休手续，也回到了古槐镇。

他放下行李，冷玥发现了一个奇怪的手提包，问：“这是什么？”

他打开手提包，原来是一架摄影机。她好奇地问：“你买的？这要多少钱？”

“花了三千多元。我倾其所有了。”

“花了这么多钱？你买这个东西有啥用？”

“我离开了工作岗位，它是我开始新生活的工具。”

“你想当摄影师？这不无聊吗？”

“我想用它记录下市井百态，反映老百姓——包括你——日新月异的生活。”

“我一个悬壶济世的普通医生，用不着你为我留下什么。”

“这事说不准喽。如果有一天你真的成了名人，要上报纸杂志，说不定歪打正着用上了。”

“我没有这个欲望，你别操心。”她帮他拿了物件，“去房里收拾收拾。”

殷昌烈回到古槐镇，成了名副其实的主家男，除了料理家务外，诊所有事需要帮忙，他也十分乐于参与。二人在辛劳之余，过着相濡以沫、妇唱夫随、和和美美的新生活。

时间如白驹过隙，转眼到了 2005 年春，省里一家晚报刊登了《莫道桑榆晚，微霞尚满天——访省著名中医冷玥》的长篇通讯，并配有多幅照片及文字说明。文字说明如下：

——2002 年，在改革大潮中，冷玥的诊所——古槐镇中医院从县中医院分离出来，县领导和冷玥在新建医院门前共同揭牌。

——冷玥全神贯注坐诊；

——冷玥在山寨巡诊，走在崎岖的小路上；

——冷玥走访贫病交加的患者，为他们看病送药；

——冷玥出诊后深夜归来；

——冷玥在基层保健医生培训班上讲课。

通讯中的照片，均选自《殷昌烈摄影集》。

最后一帧照片，是晚报记者抢拍的——冷玥和殷昌烈手牵手，漫步在绚丽无比的夕阳余晖中……

后记

由于年龄、身体和心情的关系，《苦爱》较前几部作品写得比较艰辛，但毕竟出版了，心里多少有些宽慰。

这部小说的素材来源有二：少年时在家乡听到的民间传说；工作期间接触过的众多类似人物。我将原始资料进行取舍，进行艺术再创作，形成了一个完整的故事。

有朋友问我："你的几部小说在题材、时代背景方面几乎一致，为什么？"

是的。我们亲身经历的、听到的、看到的以及从文字资料和影像作品中获得的，等等，都是生活的积累。我在写作中，自然会写我熟悉的生活，反映我所经历的年代，这符合文学创作"源于生活，高于生活"的要求。

五部作品的题材、时代背景尽管有相似之处，但人物经历、故事情节迥然不同，故事的表现形式和人物性格特征也各不相同。取相近的题材，塑造不同的人物，讲不同的故事，应该是文学创作的特色。

我曾几次表示不写长篇了，每每自食其言。这次我不承诺什么，或许不承诺便是承诺。

万贤滋

2018 年 5 月